古典文獻研究輯刊

十五編

曾永義 主編

第9冊

遼金元文言小說研究（下）

林溫芳 著

國家圖書館出版品預行編目資料

遼金元文言小說研究（下）／林溫芳 著 — 初版 — 新北市：
花木蘭文化出版社，2017〔民106〕
目 2+192 面；19×26 公分
（古典文學研究輯刊 十五編；第 9 冊）
ISBN 978-986-404-901-1（精裝）
1. 中國小說 2. 文學評論 3. 遼代 4. 金代 5. 元代
820.8   106000806

ISBN-978-986-404-901-1

9 789864 049011

古典文學研究輯刊
十五編　第 九 冊　　　　　　ISBN：978-986-404-901-1

遼金元文言小說研究（下）

作　　者　林溫芳
主　　編　曾永義
總 編 輯　杜潔祥
副總編輯　楊嘉樂
編　　輯　許郁翎、王筑　美術編輯　陳逸婷
出　　版　花木蘭文化出版社
社　　長　高小娟
聯絡地址　235 新北市中和區中安街七二號十三樓
　　　　　電話：02-2923-1455／傳真：02-2923-1452
網　　址　http://www.huamulan.tw 信箱 hml 810518@gmail.com
印　　刷　普羅文化出版廣告事業
初　　版　2017 年 3 月
全書字數　359371 字
定　　價　十五編 18 冊（精裝）新台幣 32,000 元
版權所有・請勿翻印

遼金元文言小說研究（下）

林溫芳　著

目
次

第五章　遼金元文言小說反映之信仰

　　唐宋以來，儒釋道三者相互交流，小說常出現以儒爲本，佛道相互援引的情況。〔註1〕，因此，小說中所呈現的宗教思想已很難截然析辨。〔註2〕金元時代的三教發展在小說中，基本上也順應這種基調，有獨特的發展，也有合流、互補的一面，主要呈現出「儒釋道互補、各取所需、捨此取彼，甚至支離破碎的情況」〔註3〕。在這種合流的發展中，仍有脈絡可循，即是以儒家

〔註1〕　文言小說中，佛道相互援引的情況，因果報應往往夾雜儒、道、釋的觀念，已非絕對、純然的佛教因果報應觀。例如，唐代《冥報記》即是效仿六朝以來的「釋氏輔教之書」，用以「微明善惡，勸戒將來」。（唐）唐臨撰：《冥報記・自序》，收入王汝濤編校：《全唐小說》（濟南：山東文藝出版社，1993年3月），頁221。劉葉秋則指出，佛教的因果報應之說、道家的治鬼驅邪與成仙入道之事，以及小說作者多是儒士，這種三教交流互匯的影響，使志怪小說的內容更爲複雜。見氏著：〈源遠流長的志怪小說〉，收入程毅中編：《神怪情俠的藝術世界：中國古代小說流派漫話》，頁11。可見小說中所反映的三教思想實不易梳理出單純的流派。

〔註2〕　孔令宏說：「這一時期（宋代）的三教融合，實質上變成了儒學爲主，難以說清楚哪是儒家的、哪是釋的或道的，要指出三教在細微之處的互相吸收，將變得頗爲瑣碎和困難。」見氏著：《宋明道教思想研究》（北京：宗教文化出版社，2002年4月），頁405～406。

〔註3〕　王平指出：「儒釋道的互補，有兩個特點應引起我們的注意。一是互補不等於合一，而是用某一家的思想觀念去補充其他家的缺失與不足。或是用某一家的思維方式豐富小說創作的構思與想象，或是用某一家哲理教義充實小說的內容與蘊涵。因此在具體小說創作中，往往呈現爲側重某一家思想的情況，而並非三家在小說的各個構成因素中都鼎足而立。……小說中表現的三家思想及其互補、常常有各取所需、捨此取彼甚而至於支離破碎的情況。」見氏著：《中國古代小說文化研究》（濟南：山東教育出版社，1996年9月），頁56。

倫理道德思想為主軸，再輔以佛道教義思想的構架。民間信仰方面，金元兩朝都是多神論民族，也崇拜自然、動植物及英雄人物等〔註4〕；同時也信仰巫覡鬼靈〔註5〕。這部份信仰與漢族是極為相似的，尤其金元入主中原之後，承繼「『宋故禮器』，對於宋帝禮拜的神祇，也幾乎照單全收」〔註6〕，加上主政者推動漢化的影響，使當時百姓逐漸接受中國文化而信奉佛道諸神。綜合而言，金元時代的宗教信仰，除了少數異俗教派之外，信崇三教、自然神及巫覡鬼魂等等，與漢族之信奉大致相同。因此，本章將探討遼金元文言小說所呈現的儒釋道思想、民間信仰，以及神秘的數術崇拜。

第一節　儒釋道三教

一、反映三教的倫理觀

　　小說藉由不同的情節與人物描繪現實人生，也反映當代社會的不同思想，及具時代意義的倫理道德觀。儒釋道三教影響中國至大，其思想根源雖然「同歸於善」〔註7〕，在運用上仍有區別，往往「以佛治心、以道治身、以儒治世」〔註8〕。表現於小說多是以儒家的道德倫理觀為主軸，善儒家之所善，惡儒家之所惡。

（一）儒家仁義忠孝的彰顯

　　中國文化以儒家學說為中心。儒家的人倫之道，以「君臣、父子、夫

〔註4〕　金、元兩朝都是多神論族群。在金代方面，信仰包括天地、日月、山川及動
　　　　物等自然崇拜；同時也崇拜靈魂、鬼魂等；另也迷信占卜、相術及風水等數
　　　　術。詳見宋德金、史金波：《中國風俗通史·遼金西夏卷》（上海：上海文藝
　　　　出版社，2001 年 11 月），頁 374～478。在元朝方面，除佛道信仰外，「還存
　　　　在多種神祇崇拜，主要有自然神、英雄人物神、行業神等。自然神包括天體、
　　　　自然現象、無生物（土地、山、水、海、石等）、生物（動物、植物）諸多方
　　　　面的神祇，大多已人格化。英雄人物神包括歷史上有名的帝王將相，以及為
　　　　地方作出貢獻的人物，是人的神化。」陳高華、史衛民：《中國風俗通史·元
　　　　代卷》（上海：上海文藝出版社，2006 年 3 月），頁 352～366。
〔註5〕　《中國風俗通史·元代卷》，同上註，頁 366～374。
〔註6〕　朱瑞熙等著：《遼宋西夏金社會生活史》（北京：中國社會科學出版社，1998
　　　　年），頁 252。
〔註7〕　（唐）令狐德棻：《周書·韋瓊》（臺北：世界書局，1986 年《四庫全書薈要》），
　　　　卷 31，頁 108～688。
〔註8〕　（元）劉謐：《三教平心論》（臺北：新文豐出版公司，1993 年 6 月），卷上，
　　　　頁 4。

婦、長幼、朋友」等五倫〔註9〕爲準則，表達君臣、父子及夫婦等若能各善
其道，則上下有序，達到名正言順之理〔註10〕。而五常「仁義禮智信」則是
個人的德性，藉以維繫三綱，〔註11〕是中國文化體系的核心。學者指出：「倫
理道德在中國文學中受到優先的考慮。它幾乎籠蓋一切作品」〔註12〕。金元
時代借重儒生推動漢化〔註13〕，所以文言小說也深受儒學影響，無論是故
事情節或人物形象，經常出現「肯定人生、重視人倫、推崇道德」〔註14〕的
精神。

1.仁愛萬物

孔子講求「仁」；認爲「仁愛」是最基本的倫理道德。所謂：「民之於仁
也，甚於水火。」〔註15〕在儒家看來，仁是最基本、出於自然的倫理道德。

〔註9〕　孔子以「君君、臣臣、父父、子子」三綱爲人倫之道。孔子：《論語・顏淵第
　　　　十二》收入（清）阮元校勘《十三經注疏》（臺北：藝文印書館，2007 年 8
　　　　月），頁108。孟子也指出：「聖人有憂之，使契爲司徒，教以人倫：父子有
　　　　親，君臣有義，夫婦有別，長幼有序，朋友有信。」孟子：《孟子・滕文公
　　　　上》，收入（清）阮元校勘《十三經注疏》（臺北：藝文印書館，2007 年 8
　　　　月），頁98。意即，「君臣、父子、夫婦、長幼、朋友」等五倫，是儒家倫理
　　　　規範。
〔註10〕　韓非：「臣事君，子事父，妻事夫，三者順則天下治，三者逆則天下亂，此天
　　　　下之常道也。」見氏著：《韓非子・忠孝》（臺北：臺灣中華書局，1966 年 3
　　　　月《四部備要》），卷20，葉2。
〔註11〕　馮友蘭指出，「五常是個人的德性，三綱是社會的倫理。舊時綱常二字連用。
　　　　意指道德，或一般道德律。人發展人性必須遵循道德律，道德律是文化與文
　　　　明的根本。」馮友蘭著、涂又光譯：《中國哲學簡史》（臺中：藍燈文化事業
　　　　公司，出版年代不詳），頁194。
〔註12〕　徐朔方著，廖可斌、徐永明編：《古代戲曲小說研究》（杭州：浙江大學出版
　　　　社，2008 年 11 月），頁61。
〔註13〕　金元兩朝在漢化過程中，有許多崇儒、興學的措施。在金代漢化方面，是逐
　　　　步深入、發展的過程，而且歷代皇帝均推行過一系列政策。如金熙宗時期，
　　　　全面實行漢式官制等等。趙琦：《金元之際的儒士與漢文化》（北京：人民出
　　　　版社，2004 年 9 月），頁 1～2。在元代方面，蒙元朝庭雖然施行蒙古本位政
　　　　策，另一方面爲了消彌蒙、漢之間的隔閡，曾在不同時期推動蒙古菁英學習
　　　　漢族文化的政策，如曾於 1233 年在燕京設置國子學，招收蒙、漢學生，使古
　　　　子弟學習漢語、漢文等等。詳見蕭啓慶：〈論元代蒙古人之漢化〉，收入氏著：
　　　　《蒙元史新研》（臺北：允晨文化出版，1994 年 9 月），頁219～263。
〔註14〕　王平指出，儒學價值觀主要表現於肯定人生、重視人倫、推崇道德等幾個方
　　　　面，此反映於中國古代小說則是鮮明的人文主義特徵，重視人物形象倫理道
　　　　德性格的刻畫，強調小說倫理教化的功能。同註3，頁111。
〔註15〕　《論語・衛靈公第十五》，同註9，頁141。

反映於故事，多寫人物的仁心與寬厚。有寫婦人的慈愛寬仁之事，如《湖海新聞夷堅續志·治家勤儉》（前集卷 1）記楊誠齋夫人羅氏年逾七十，寒月仍黎明即起爲奴婢等下屬煮粥；平日穿戴則著重簡樸。更感人的是她有子女七人，全部「自乳」，原因是：「饑人之子以哺吾子，是誠何心哉？」小說以煮粥與授乳等生活細節長篇幅描繪羅氏之慈愛與仁心，之後小說繼續寫其夫、子之事，說明他們爲官「清介絕俗」，都是因爲羅氏克勤克儉持家的結果。彰顯的是婦道仁心與母儀之重要。

「仁義禮智，我固有之。」〔註16〕儒家講究仁者之心，在小說人物中處處可見。如《遂昌雜錄》寫元代參知政事趙頤父子因爲不忍之心，救了南宋俘虜之事；又記趙頤曾因仁心而私下縱放竊取少許官銀的盜賊。另有表現官吏仁愛精神的故事，如《湖海新聞夷堅續志·西澗旗句》（後集卷 2）寫宋代丞相葉夢鼎「仁慈廉謹」，在縣官屆滿離去時，市民將葉某的仁善寫於旗幟上，爲其送行。某彩旗上有一聯云：「關節一毫無地入，公廉兩字只天知。」突然該旗被大風吹入空中，搖盪飛舞。眾人相信這是上天證實葉丞的仁廉所致。又《輟耕錄·匠官仁慈》（卷 12）記杭州某府副總管羅國器之「天性仁慈」，有匠人延誤工程，下屬向羅某請示該如何處罰匠人。羅某曰：「吾聞其新娶，若責之，舅姑必以新婦不利。口舌之餘，不測繫焉。姑置勿問，後或再犯，重加懲治可也。」二則故事都寫官吏仁慈愛民，前一則主角受百姓愛載；後一篇更突出將心比心，與人爲善的精神。尤其後一篇作者感嘆：一個總管都能爲匠人小民著想，官員卻「貪墨苛慘，惟以鞭扑立威爲務，哀哉！」可見著錄故事之目的，在凸顯仁心之可貴，諷刺當時苛吏酷刑橫行霸道！

「惻隱之心，仁之端也」。〔註17〕以下數篇都是主角爲身世堪憐的倡女贖身，再助其嫁人的故事。《稗史》寫豐有俊偶遊青樓，在娼館遇到故人之女，先籌錢爲她贖身，後「濃奩」、擇良士嫁之。《輟耕錄·玉堂嫁妓》（卷 22）記姚燧在宴會上遇某歌妓，「秀麗閑雅，微操閩音」。追問之下發現是官家女因父親侵佔公款，被賣入倡家。姚燧於心不忍，幫她落籍，而且以父女相稱，再把她嫁給小吏。同書之〈嫁妾猶處子〉（卷 8）則敘錢璧家有女鬟，「風姿秀雅，殊可人意」。正室勸他將該鬟納爲妾室，他正色地答道：「我之所以置此

〔註16〕 《孟子·告子上》，同註9，頁 195。
〔註17〕 《孟子·公孫丑上》，同註9，頁 66。

者，欲以侍巾櫛耳，豈有他意哉！汝乃反欲敗吾德耶！」於是替她準備妝奩，並保持她完璧之身以嫁人。三則故事的主人從日常待人接物中，不分貴賤地為人著想，做到「仁者愛人」、「克己復禮」的精神。

2. 孝順父母

儒家視孝悌為仁愛的基本行為，對「孝」的意涵也擴大解釋。曾子云：「身也者，父母之遺體也。行父母之遺體，敢不敬乎？居處不莊，非孝也。事君不忠，非孝也。蒞官不敬，非孝也。朋友不信，非孝也。戰陳無勇，非孝也。五者不遂，災及於親，敢不敬乎？」〔註18〕換言之，處世居家事不端重，侍奉君主不忠誠、為官不恭敬嚴肅、對朋友沒有信義，在戰事中不勇猛殺敵，都是不孝的所為，將令雙親蒙羞。這些觀點幾乎含括五倫的精神，可以說孝順是儒家倫理道德的根本。金元兩朝也是如此，如金世宗即崇尚孝悌〔註19〕，元裕宗從小師從「姚樞、竇默受《孝經》」〔註20〕。在這種講究孝道的氣氛之下，孝親故事不勝枚舉，首先討論割股療親、祈天求代、舐目復明等類型故事。

「割股療親」是講述傷害自身而療癒雙親的故事，情節不外乎孝順的子媳每遇父母生病不癒，就滴血、剔肝、割股、取腦髓等，再和藥、煮粥或煲湯以進雙親，父母也多因此痊癒。遼金元文言小說這類故事頗多，如《湖海新聞夷堅續志·取腦行孝》（前集卷1）記宋代王羽之母病革，「焚香叩天、取腦調羹」。之後「有神人以火炬燭之」，母即病癒，官府因此旌表門閭。同書〈剔肝行孝〉（前集卷1）記羅裳之母病疾，「焚香告天、剔肝和粥」。胸前傷口湧血，「取香鑪火灰敷，血立止」。《萬柳溪邊舊話》則記婦人因為婆婆患眼疾，婦人「慟哭禱天、刺臂血調藥」。故事中的孝子孝媳都會向天祈禱，也出現「神助」的情節，長輩也奇蹟似的痊癒，表現出孝感動天的內涵。

這類刲肉療親的故事，表達出「父母唯其疾之憂」〔註21〕的孝順思想，《稗史》之作者特別為此提出更深入的看法，他在〈刲股批乳〉一篇載錄數則主角以「刲股肉和湯」、「刃其左乳煎糜」、「刲股肉作羹」等不同療親方式，

〔註18〕（漢）鄭玄注、（唐）孔穎達疏：《禮記·祭義》，收入（清）阮元校勘《十三經注疏》（臺北：藝文印書館，2007年8月），卷48，頁821。

〔註19〕史傳記載，金世宗「崇孝悌」。（元）脫脫等撰：《金史·世宗本紀》（臺北：鼎文書局，1985年6月），卷8，頁203。

〔註20〕（明）宋濂：《元史》（臺北：鼎文書局，1986年3月），卷115，頁2888。

〔註21〕《論語·為政第二》，同註9，頁17。

結果卻大相逕庭，有的幸運痊癒，也有僅延壽數月，卻也有食後立即死亡者，顯見這種自傷療親的方式不一定都有效。篇末感嘆道：

> 嗟夫！刲肉一也，或生或死，豈非命耶。或者誚割傷股膚爲非孝，則過矣。夫身乃父母之身也，父母病苟可以身代，亦爲之矧臠肉之足惜。古人所謂身體髮膚受之父母，不敢毀傷者，其意謂鬥狠猖獗，殘形之類耳。若夫剜所愛之肉，活幾死之親，發於眞誠自不容已。
> 烏可謂之非孝乎，聖人復生不易吾言矣！

雖說身體乃父母所生，不應任意自我毀傷，但若是出於「眞誠」而刲肉療親，仍屬孝行。此外，近代有研究者指出，這些孝子以自己的身體爲藥材，企圖療癒父母，藉以感動天地，是一種矛盾的「不孝之孝」〔註22〕、「非孝道正」〔註23〕。

儘管當時有人不認同刲股療親，甚至朝廷也曾明令禁止，但因地方官員多持正面態度，一時之間難以遏止。〔註24〕如《續夷堅志・劉政純孝》（卷2）寫金人劉政，「母老失明，以舌舐之」，後來又「刲股肉啖之」。金世宗因此嘉許他，賜他官位。《輟耕錄》之〈孝感〉（卷7）也有數篇「舐親之目」故事，其中丁氏孝行被縣官知道後，「上其事於朝，表其閭曰『孝子之門』」。足見官府的態度助長割股療親的行爲。另外，同書之〈孝行〉（卷6）更爲神奇，記元仁宗年間，朱良吉之母病篤，他「割取心肉」，母病癒，良吉卻「心痛」幾死。鄰里爲此大爲感動，聚財延請道士祈禱於天，最後良吉獲得醫者爲其縫合傷口，神奇復原。作者以爲這是「動天地，感鬼神，莫大乎孝」的結果。

關於孝感動天的故事也是俯拾皆是。如《續夷堅志・張童入冥》（卷1）記張童無故而亡，他以奉養雙親爲由苦苦哀求冥官，因而得以還陽。《輟耕錄・緣窗遺稿》（卷13）寫孫蕙蘭死後，繼母大慟，孫突然復活軟言寬慰母親，

〔註22〕 邱仲麟：〈不孝之孝：唐以來割股療親現象的社會史初探〉《新史學》第6卷第1期，1995年），頁49～94。

〔註23〕 學者指出，宋代便有人指出割股肝行爲「非孝道之正」。文中並舉明代官員認爲：「子事親，居則致其敬，養則致其樂，有疾則醫藥吁禱」。以此才是孝的正道。詳見張錫勤：〈論宋元明清時代的愚忠、愚孝、愚貞、愚節〉（《道德與文明》，2006年第2期），頁23。

〔註24〕 史傳經常出現割股療親的事蹟，也不乏據此表彰孝悌。例如《宋史・孝義列傳》：「子有復父仇而殺人者，壯而釋之；刲股割肝，咸見褒賞；至於數世同居，輒復其家。一百餘年，……史不絕書。」（元）脫脫等撰：《宋史》（臺北：鼎文書局，1983年11月），卷456，頁13386。

再囑咐夫婿善待其母，言畢隨即又死。故事特別強調孫氏從小熟讀《孝經》、《論語》及《女誡》等書，表現受儒教影響甚深。《誠齋雜記》敘楊威少與母親上山打柴，遇凶猛老虎，「抱母，且號且行」，老虎受感動而去。《廣客談》寫江湖異人龍廣寒侍母至孝，使寒梅在六月綻放以慶祝其母壽誕。《續夷堅志・鎮城地陷》（卷4）描寫婦人因孝順婆婆倖免於難之事：

> 鎮城欲陷日，州長、佐史率妓樂迎官出城。坐待驛亭次，見一婦被髮跣足，喘汗入城，問之，云其姑卒病，買藥欲救之。良久，亭中人聞空際有相問答者云：「出城未？」答者言：「未」。吏卒聞之大駭怪，不知所謂。少之，婦得藥而出，城隨陷，城中無一人免者。此婦殆以孝感脫此禍歟！

篇中婦人顧不得髮散、鞋掉；也不管氣喘吁吁、汗流浹背，執意趕路爲病中的婆婆買藥。或是此舉感動天上神明，一直等到孝婦出城後才令城鎮塌陷。故事表現出「大孝尊親」〔註25〕的精神，傳達孝行可以直達天聽，感動天神。

　　奉養雙親是孝道基本的表現，不過宋元之交，兵馬倥傯，許多家庭因此離散，所以有不少千里尋親、負親避難的故事。如《湖海新聞夷堅續志・子取父歸》（前集卷1）寫張吉甫十年之內三度往返千里，請求父親回鄉團聚。《輟耕錄・祖孝子》（卷30）記戰亂致母子失散二十餘年，孝子費盡千辛萬苦終於找回母親。同書〈馬孝子〉（卷29）則寫元末盜賊作亂，馬伯傑背負母親避難，母親不幸身死，他以身體保護墓地，強盜被其孝行感動而放過他。這類尋親、奉親故事，主角多長途跋涉，屢遭折難，才有機會奉養或保護雙親，可說他們除孝順的行爲外，表達出更多「善」的精神。

　　另外，孝順故事經常結合賢母的角色。《山居新語》（卷1）寫賣菜人拾得財物，聽從母親的勸告而送交官府。《庶齋老學叢談》（卷2）記謝疊山之母被元兵拘禁，藉以要脅其子。謝母大義凜然，寧死不屈。《輟耕錄・賢孝》（卷11）更是彰顯母賢子孝的故事：

> 前至元間，杭州有鄭萬戶者，天性峻急，不能有所容。而奉事母夫人備極孝道。母誕日垂至，預市文繡氈段，製袍爲壽。針工持歸，縫綴既成，爲油所汙。時估貴重，工莫能償，自經不死。鄰婦有識其母者，潛送入白之。至日，臥不起。子至，候問安否，見有憂色，

<hr />

〔註25〕　《禮記・祭義》：曾子曰：「孝有三：大孝尊親，其次弗辱，其下能養。」同註18，卷48，頁820。

請其故。曰：「昨莫偶視新袍。適几上油缶翻，濺漬成玷，我情思殊
不佳耳。子告曰：「一袍壞，復製一袍，可也，夫人何重惜乃爾？」
面對製袍人不慎污損高價壽袍，鄭母非但沒有怪罪，還佯裝自污衣袍，救了
製衣人的性命，更避免兒子因此傷人，形象仁慈善良。反觀個性嚴厲急躁、
不容或有缺失的兒子，面對母親卻是無盡順服與軟語，更襯托他的孝順。

受儒家倫理道德觀的影響，小說作者盡其筆墨描繪孝子賢婦之事，極力
讚揚孝道；同時也塑造逆子惡媳的不孝行逕，使人物孝順與否涇渭分明。尤
其有些人物一昧孝順，甚至不惜傷害身體，讓形象顯得平板單調。另外，不
孝的故事已散見本文各篇章，此處不再贅言。

3.忠於君上

古往今來，中國強調君臣關係。「君使臣以禮，臣事君以忠」〔註26〕，忠
君是臣子的最高情操。宋朝本就是儒家治國，金朝恢復科舉之後，仕人逐漸
重視儒家道德規範，統治者也「尊孔崇儒」〔註27〕，金世宗更提倡將「孝悌」
觀念應用於「君臣」關係，希望臣子忠誠、服從於君王。元代統治者也是大
力倡導「忠臣不事二君」的觀念。於是遼金元文言小說忠君愛國、保衛山河
的人物處處可見，尤其此時期的戰役不但時間久，事涉的民族也多，在民族
存亡之際以犧牲小我救亡圖存的英雄不知凡幾，他們的事蹟經過小說家的潤
飾，更顯悲壯，卻也加深忠君節義等倫理道德觀念。

宋朝為國死節者，如岳飛、文天祥等對抗金元名將，其形象之忠烈，是
儒家倫理道德的典範。他們的忠烈故事為人所熟知，遼金元文言小說在這方
面的記載也多不脫其外，於此不多贅述。以下討論像他們一樣節烈忠義、為
國捐軀的人物故事。如《湖海新聞夷堅續志·忠顯自經》（前集卷1）寫宋欽
宗派遣劉韐赴金國談判，金人意欲招降，他不願苟且冒榮，留下血書云：「金
人不以予為有罪，而以予為可用，夫正女不事二夫，忠臣不事二君。以順為
正者，妾婦之道也，此予所以有罪也。」隨即自經，以死報國。同書之〈負
御容死〉寫靖康元年，王稟死守太原，金兵陷城時，王稟悲歎道：「天亡稟也。
稟豈惜死違天命而負朝廷哉！」最後抱著帝王圖像投水而死。他們忠君、為

〔註26〕《論語·八佾第三》：定公問：「君使臣，臣事君，如之何？」孔子對曰：「君
　　　使臣以禮，臣事君以忠。」同註9，頁30。
〔註27〕金世宗在提倡保持女真舊俗的同時，又推崇儒家有關倫理道德的學說，也用
　　　女真文譯漢人之經史。例如他曾說：「朕所以令譯『五經』者，正欲女直人知
　　　仁義道德所在耳！」《金史·世宗本紀》，同註19，卷8，頁184～185。

國死節的形象鮮明。

金人殉國者亦不在少數。《歸潛志》記載頗多，如抗元名將王子明，「守順州，竟以節死」。完顏右丞胡斜虎「為人忠實」，「力戰不支，赴蔡水死」。完顏參政速蘭，「蒞官修謹得名」，兵亂被圍，赴國難死於道。金朝末年，在與蒙軍的戰爭中，這些忠君的義士，多處於孤軍奮戰的劣勢，城破之時，也紛紛彈盡援絕，或自殺，抑堅守城池而死。

元代至正年間紅巾起義，社會大亂，為國死節亦所在多有。以下節錄《輟耕錄》（卷 14）數篇主角殉身前後的言行：

> （李黼）江州路總管……紅巾寇逼淮西，……張文榜以諭民曰：「為臣死忠，為子死孝，在黼之分，惟知盡死守土而已，所謂城存與存，城亡與亡者也。」……總兵御史大夫也先帖木兒從北門遁去。……公被執，脅以刃，不肯降。口罵不絕聲，遂殺之。……初，武昌陷時，公謂子秉方曰：「我，國之守臣，當死此土，汝可奉母往下江依伯父，以存吾後。」秉方曰：「父死國，子死父，有何不可。」公怒曰：「汝不遵命，是不孝也。」秉昭（任男）亦告其兄曰：「兄不去，則叔父無後，不孝莫大於是。某當與叔父同死生矣，兄無慮焉。」秉方不獲已，買舟奉母夫人行。……

> （樊執敬）江浙行省參知政事，……紅巾自徽犯杭。……公曰：「吾封疆之守，不守而去，是以私利廢臣道。」……遂躍馬逆戰以死，死時猶嚼齒罵不絕聲。……

> （王伯顏）福寧州尹，……會鄰境賊眾勢頗張，……賊眾萬餘，……公獨身奮以死自誓。……公屬聲叱曰：「我天子守臣，義當殺賊，不幸敗，有死耳。」……子相亦被執，魁（賊首）欲官之。相曰：「汝逆吾君，又殺吾父，義不共戴天。我忠臣子，詎能事賊邪？」……
> （相妻）慟哭曰：「吾既失所天，義豈受辱？」……

> （張桓）西臺監察禦史公，……（紅巾）陷賊，賊魁者素聞公有治績，置公上坐，脅之受偽官。公唾罵之，遂縛公妻奴九人至前。先殺妾，次殺子女以及妻，每殺一人，則諭公曰：「禦史若降，餘可免。」公弗為動容，其罵如初。……

當時天下大亂，盜賊四竄，戰敗而降、不戰而逃之輩，難以數計。反觀上述故事主角，個個視死如歸，以君父、夫婿為天。不論是死守護城的忠烈臣子，

或誓保父身的後輩子執，甚或是喪夫殉節的婦人，形象之忠孝義烈，躍然紙上。誠如作者在篇末所言：「子爲父死，婦爲夫死，聲光赫奕，照映史冊，使百世而下，知綱常大義之不可廢，天理人心之不可滅如此。……孰謂百年之國而無人哉！」確實，這一篇篇殘酷戰事中的血書，寫盡「忠君思想」下的犧牲者之氣節，闡揚儒家綱常的精神，也反映出元代部份將領不論族群，其殉國死節的思想與行爲深受儒家影響。

王平指出，「中國古代小說非常重視人物的德行節操，總是傾盡全力讚揚那些大忠大孝、品行高潔之士，人物形象的善惡良莠，有如涇渭之水，分明易辨。」〔註28〕確實，受儒學的影響，歌頌忠孝節義等綱常的小說反覆出現，凸顯的是已然深入人心之忠君愛國的道理。耐人尋味的是，遼金元文言小說卻極少表現「君使臣以禮」的精神。試觀中國古代君臣關係，多的是濫權的宰輔，當他們掌握權勢時，往往忽略忠心事君的眞義，恣意妄爲。於是，帝王因爲寵信、濫用奸臣，敗德亡國者比比皆是。偶遇明君與賢臣，又往往關乎個人修爲與德性，其行爲標準無法放諸四海皆準。於是像金代這類弒君、奪人妻的無道君王〔註29〕，也就不足爲奇。

另有家臣、奴僕報答知遇之恩的故事。《湖海新聞夷堅續志・愛吏報德》（前集卷 2）寫宋朝楊存中無端逐退「所親愛吏」，並暗示他：「無事莫來見我。」該吏隨即「悟其意」，離開楊家。之後該吏令其子到楊某的死對頭處當差，刺探敵情，並幫助楊某免去牢獄之災。小說塑造楊某善謀略、熟兵法之形象，與史傳相合〔註30〕；而該吏則表現出忠於主家的美德。《輟耕錄・義奴》（卷 7）寫劉信甫是富商曹氏的家奴，曹某臨死前托孤於劉。後來主人之弟前來爭產，信甫爲保護少主與家產，幾經磨難、耗盡錢財，甚至幾死，仍堅持不負主人所託。最後少主與家產都平安無事，並想還錢給信甫。信甫說：

〔註28〕 同註3，頁 116。

〔註29〕 《金史・海陵王本紀》：「海陵智足以拒諫，言足以飾非。欲爲君則弒其君，欲伐國則弒其母，欲奪人之妻則使之殺其夫。三綱絕矣，何暇他論。至於屠滅宗族，剪刈忠良，婦姑姊妹盡入嬪御。方以三十二總管之兵圖一天下，卒之戾氣感召，身由惡終，使天下後世稱無道主以海陵爲首。可不戒哉！可不戒哉！」同註19，卷5，頁118。

〔註30〕 楊存中是南宋抗金名將之一，爲人所熟知的楊家將之一員，其父楊震、其祖楊宗閔。《宋史・楊存中傳》：「存中魁梧沈鷙，少警敏，誦書數百言，力能絕人。慨然語人曰：『大丈夫當以武功取富貴，焉用俯首爲腐儒哉！』於是學孫、吳法，善射騎。」同註24，卷367，頁11433。

> 奴之富皆主翁之蔭也。今主有難，奴救脫之，分內事耳。寧望求報
> 哉？

此話說出家臣義奴的心聲！食君之祿，忠君之事，擔君之憂；所以既蒙國恩、家恩，家國有難，全力以赴是理所當然。因此，前述故事中的忠臣與義僕，無一不受儒家倫理道德觀念的影響。

　　遼金元文言小說寫忠君的篇章很多，敘叛臣誤國者也不少，故事不約而同地讓叛逆者遭受「惡有惡報」的下場。如宋代宰相秦檜、賈似道及元代伯顏等人。尚如《至正直記·宋末叛臣》（卷 2）寫宋末叛臣范文虎，子孫下場悽慘，認為他「世之叛主不忠」以致有如是下場，「善惡有報，只爭遲早。」《湖海新聞夷堅續志·雷擊不忠》（前集卷 2）寫宋欽宗被金國擄至北方的半途，突然一陣狂風暴雨，欽宗與隨從避入民舍，又雷電大震，民家夫婦與小兒都被震死。

> 男、婦背上皆有朱篆而不可識，獨小兒有朱篆四字可認，云「章惇
> 後身」。帝曰：「章惇為相誤國，京城之陷皆因此賊為之，今果報如
> 是。」為臣不忠者，可不戒哉！

章惇是王安石變法時倚重的左右手。據《宋史》載：「（章惇）盡復熙豐舊法，黜逐元祐朝臣；肆開邊隙，詆誣宣仁后。」〔註 31〕這應該也是欽宗說他「誤國」的原因。故事中章惇已轉世為「小兒」，仍受前世之累而致雷擊之報，甚至刺字凸顯其惡。故事以不忠不義者會累世遭受天譴，宣揚忠君愛國的精神。

4. 情篤夫妻

　　中國古代在夫妻關係上主張夫婦有別。強調「夫為妻綱」〔註 32〕，要求女子「從父、從夫、從子」〔註 33〕，於是父綱、夫綱幾成為婦女終身依從的教條。反映於故事，女子作貞婦、烈女之形象者，比比皆是。有守節不嫁者，

〔註 31〕 章惇（1035～1105 年），字子厚，建州浦城人。是北宋王安石變法時所倚重的
　　　　 左右手。史傳稱：「惇豪俊、博學善文」。將章惇列入〈奸臣傳〉。詳見《宋史·
　　　　 章惇傳》，同註 24，卷 471，頁 13709～13714。
〔註 32〕 《白虎通·三綱六紀》：「君為臣綱，父為子綱，夫為妻綱。」（漢）班固：《白
　　　　 虎通》（臺北：臺灣商務印書館，1965～1966 年《叢書集成簡編》），卷 3 下，
　　　　 頁 203。
〔註 33〕 《儀禮·喪服》：「婦人有三從之義，無專用之道，故未嫁從父、既嫁從夫、
　　　　 夫死從子。」鄭玄注、賈公彥疏：《儀禮注疏》，收入（清）阮元校刻：《十三
　　　　 經注疏》（臺北：藝文印書館，1989 年），頁 359。

如《輟耕錄》之〈楊貞婦〉（卷29）寫王靜安年方十七歲，丈夫死於兵禍，「權貴爭求之」，靜安毅然截髮，甚至還自殺未遂。〈項節婦〉（卷22）敘「燕山項氏、其夫江南人，行賈燕薊間。聘項與居未幾，夫死，奉柩回江南，誓以夫餘貲養姑以自終。比至，姑已改適，勵志孑居，以守夫祀。」利用項氏守志與婆婆改嫁作對比，襯托出主角貞烈的形象。

有殉夫的故事。《山房隨筆》寫抗元義士趙靜齋被殺，無人敢為他收屍。最後他已改嫁的姬妾不但為他收屍，還投江以身相殉。《萬柳溪邊舊話》記范貞節在其夫死後，先託孤於丈夫的庶母，再「持夫故佩劍自刎死」，有司「表其墓」。《輟耕錄·夫婦同棺》（卷20）寫妻子執意與夫婿共存亡的故事：

> 至正年間，張春兒，葉縣軍士李青之妻也，年二十，青疾革，顧謂春曰：「吾殆矣，汝其善事後人。」春截髮示信，誓弗再適。未幾，青死，春慟垂絕，且囑匠人曰：「造棺宜極大，將以盡納亡者衣服弓劍之屬。」匠如其言。既斂，乃自經。因為鄰里就用此棺同葬之。
> 事奏上於朝，旌其墓。

女主角殉情的決心，在夫婿死前已然絕決。就像墜樓自盡的綠珠，沒有絲毫猶豫。紅顏一生僅為君盡，而君死即情滅，獨活不若同亡。最後，陶宗儀喟嘆道：「春兒生長寒微，不閑禮節，尚知夫婦大義如此，顧世之名門巨族，動以衣冠自眩，往往有夫骨未寒而求匹之念已萌於中者，豈不為春兒萬世之罪人也與？」感嘆世道衰頹，同時強調守節之重要。此外，在戰亂中殉國的文臣武將，有不少夫人也隨之赴死。如《歸潛志》記烏古孫仲端在崔立之變前「閉戶自縊，其夫人亦從死」。同書又寫完顏平章合打，以有戰功入仕，蒙古軍入侵，「妻隨夫亡」。二則故事表現夫妻情深，同時也彰顯儒家「夫為妻綱」的倫理。

上述這些閨閣弱質，從小被要求恪守三從、以夫為綱，殉夫思想早已根深柢固，很難再有他想。陳顧遠說：「中國傳統禮教侈言『餓死事極小，失節事極大』，對於婦女夫死再嫁，很早就抱持否定的態度，繼經朱子之提倡，元世之崇尚，而迄於明清，士庶遂莫不以再嫁為恥矣！」〔註34〕誠為確論！試觀上述守節的婦人，國家多加旌表，當然會助長守貞的風氣，甚至認為「烈女不侍二夫」就像「忠臣不事貳君」，是天經地義。

身逢亂世，還要顧全夫家、子女，一旦遇到強權威脅，處境更是不堪設

〔註34〕陳顧遠：《中國婚姻史》（臺北：臺灣商務印書館，1992年9月），頁447～454。

想。《輟耕錄‧貞烈墓》（卷 12）寫某卒之妻郭氏「有令姿、見之者無不嘖嘖稱賞」。千夫長李某心慕於她，某卒因此致禍，甚至被判死刑而陷於牢獄。郭氏面對眾人的追求，仍不爲所動地閉門績紡，自給自足。另一方面，葉姓獄卒也「有意於郭氏」，故而善待郭氏之夫某卒，某卒果然因此勸說郭氏改嫁給葉某。故事迂迴曲折，至此直轉急下：

> 郭氏曰：「汝之死，以我之色，我又能二適以求生乎？」既歸，持二
> 幼痛泣而言曰：「汝爹行且死，娘死亦在旦夕。我兒無所怙恃，終必
> 死於饑寒，我今賣汝與人，娘豈忍哉？蓋勢不容已，將復奈何？汝
> 在他人家，非若父母膝下比，毋仍如是嬌癡爲也。天苟有知，使汝
> 成立，歲時能以卮酒奠父母，則是我有後矣。」

郭氏交待遺言之後，將賣子女所得的錢，「以三之一具酒饌」，至獄探夫；又部分贈予葉某做爲謝禮。最後，「走至仙人渡溪水中，危坐而死。此處水極險惡，竟不爲衝激倒仆。」縣官爲具棺斂，爲申達上司，表其墓曰「眞烈郭氏之墓」，最後其夫獲釋，接回子女，終身誓不再娶。小說多處描寫郭氏女潔身自愛，堅貞自守，層層鋪墊婦人的節烈形象。雖然語言直白，但架構完整，情節波折起伏，故事頗爲精彩而完整。至於郭氏女者，因爲紅顏致禍，不得不賣掉兒女、以身殉節。其處境堪憫，心境堪憐，行逕堪悲！而那個「坐水不仆」的死亡異象，是作者給她的「貞節牌坊」，是傳世教化的冠冕！

　　因爲男主外，女主內，所以婦人要安頓家庭、孝順翁姑、善撫兒女，不能讓丈夫有後顧之憂。其中「子嗣」一項關乎家族命脈的存續，至重至要，所以有一類爲夫買妾的「賢妻」故事。情節通常是妻子未能爲丈夫生下一兒半女，於是設法置妾，以使家族不致絕後。如《廣客談》敘沈仲說之妻鄒氏「賢而有德」，因夫無子，每憂之。「買一外家，甚有姿容」。《湖海新聞夷堅續志‧陰騭狀元》（前集卷 2）馮京壯年無子，妻子給他白金數笏，囑咐：「此爲買妾之資。」之後馮京利用金錢幫助一女回歸本家，不久馮妻就懷孕生子。《輟耕錄‧算命得子》（卷 22）寫妒妻不允許丈夫娶妾，後來「見夫無嗣，心頗慚而憐之。」這些故事中的婦人莫不爲子嗣而煩惱，即便是妒婦也不例外。因此，有些作者也會強調妒婦害夫家絕嗣的情節，如《湖海新聞夷堅續志‧妒害胎孕》（前集卷 2）寫悍妻未生子，於是投藥毒害四位懷孕的婢妾。之後神人託夢於其夫：「爾妻妒心太過，今誤四妾無子。爾有一子，亦因而促壽，將亦主絕嗣。」最後果眞子喪家絕。其他如同書的〈妒溺子孫〉、《輟耕錄‧

戴氏絕嗣》（卷27）等都是這類婦人嫉妒側室，或謀害妾室的性命，抑是遣送他嫁，進而導致夫家絕嗣、滅家的悲劇。

綜上，婦人在「夫綱」之下，貞潔形象頗為突出，卻少有個人真實的情感流露。這或是因為在「婦者，服也」的觀念之下，社會經常將婦女視為沒有獨立人格者，所以婦人往往備受政權、族權、神權及夫權等壓迫〔註35〕，處於社會底層。

5. 誠信友儕

中國向來重視朋友關係，強調「四海之內皆兄弟」〔註36〕、「海內存知己，天涯若比鄰」〔註37〕。朋友之間講求「信」，是「事非宜，勿輕諾；苟輕諾，進退錯」〔註38〕的義氣。同時，儒家也強調朋友之間相互寬容、不遺故舊及共享等美德。金元文言小說也在這些方面表現朋友之間的情誼，如《輟耕錄·葉氏還金》（卷23）寫至正年間，葉克明與富民束子章情如兄弟，子章赴險地經商之前，將「貲囊相託」。葉某請子章「手緘」後「謹藏」。之後子章橫死，其友朱某前來要求取回錢袋中屬於他的財物。葉公以子章不曾交待而拒絕，朱某因此認為葉公有私吞財物的意圖，憤而離去。最後，葉公請束、朱二家人共同開啟囊緘，令兩家各自領回財物。同書之〈不亂附妾〉寫秦某受友人之託，順道帶他人之妾返鄉。期間雖然不得已而同寢，他坐懷不亂，並將該妾「原封不動」送回某家。二則故事的主角，都是厚德君子，也都不負朋友所託。小說歌頌的是「朋友信之」〔註39〕的精神。

另有反映朋友之間「義氣」的故事。《歸潛志》（卷10）寫王子明為友殺姦夫。《輟耕錄·王一山》（卷24）記王一山「世業儒」，其友因案逃匿至他家。官府貼出告示，隱藏者將連坐，逮捕者將賞金。後來鄰居察覺王某藏匿罪犯，為圖賞金而告官，王與友人都被執入獄。官吏連番審問王一山：

（憲使）問云：「女知彼所犯乎？」王曰：「知之」。「女聞國有制乎？」

〔註35〕 朱恒夫：《宋明理學與古代小說》（上海：上海古籍出版社，2005年12月），頁277～302。

〔註36〕 《論語·顏淵第十二》，同註9，頁106。

〔註37〕 王勃：〈送杜少府之任蜀川〉。清聖祖御定：《全唐詩》（臺北：文史哲出版社，1978年12月），卷374，頁4205。

〔註38〕 （清）李毓秀：《弟子規·信》（新北市：耿欣印刷有限公司，2013年2月），頁14。

〔註39〕 《論語·公冶長第五》，同註9，頁46。

曰：「知之」。「女見揭示罪賞乎？」曰：「見之」。「女奚不就利避害
乎？」曰：「朋友顛連來奔，乘其危以售之，則名教中有所不容。某
誠弗忍爲。事覺連坐，乃甘心焉。」使竦然曰：「君子所謂臨難毋苟
免，其人踐之矣，眞義士也！若加以罪，是吾政苛而刑濫，民何以
勸。」遂釋之。

王一山明知友人是罪犯，仍無所畏懼地收留他；明知會因此犯法，仍對友人
不離不棄。王某展現的是「無求生以害仁」〔註40〕與「乘人之危，非仁也」
〔註41〕的精神。可以說他將朋友之間的交誼由「義、信」的層次，提升到
「仁」的內涵。

朋友相交以義氣爲重，不因貴賤貧富而改易。表現這種精神的故事，如
《輟耕錄·結交重義氣》（卷24）寫元代名士張可與李仲方、鮮于伯機同仕於
朝。後來李仲方卒於官，家又甚貧，張、鮮于二人憂慮：「若不爲之經紀，則
孤寡何所依」。於是各許配一女給仲方的二個兒子，幫助其成人。同書之〈交
誼〉（卷5）、〈倡儇好義〉（卷24）等都是這類故事。同書〈禦史五常〉（卷10）
寫元代周景遠當禦史後，仍每天與舊友來往。下屬認爲不妥，故意將周某每
日的交遊情況「大書壁上」，希望藉此警醒他。周某非但不以爲意，某日在接
見某友之後，還提醒下屬要「補書之」，義正辭嚴地告訴他：「人之所以讀書
爲士君子者，正欲爲五常主張也。使我今日謝絕故舊，是爲禦史而無一常，
寧不爲禦史，不可滅人理。」這些故事的主角不因身份、地位的更易，而拋
棄舊遊，表現出《論語》：「故舊不遺」〔註42〕的處世態度。

又有寫患難中見眞情的交誼。《山居新語》（卷1）記杭州人孫子耕不惜千
里往返，只爲護送因犯罪被流放到「奴兒幹」（今黑龍江）的友人。這在交通
不便的古代尤爲難能可貴。《輟耕錄·隆友道》（卷5）則寫文天祥與張毅父之
間感人的情誼：

……（文天祥）貴顯時，（張毅父）屢以官辟不就。江南既內屬，公
自廣還，過吉州城下，來見。曰：「今日丞相赴北，某當偕行。」既
至燕，寓於公囚所側近，日以美饌。凡三載，始終如一。且潛制一
櫝，公受刑日，即以藏其首。復訪求公之室歐陽氏於俘虜中，俾出

〔註40〕《論語·衛靈公第十五》，同註9，頁138。
〔註41〕（南朝宋）范曄撰、（唐）李賢等注：《後漢書·蓋勳傳》（臺北：洪氏出版社，
1978年），卷58，頁1879。
〔註42〕《論語·泰伯第八》，同註9，頁70。

焚其屍，收拾骸骨，襲以重囊，與先所函櫃南歸，付公家葬之。……
張毅父在文天祥位居高官時，堅持不肯相隨；當文天祥落難成為階下囚時，
他卻排除萬難細心照料，兩人的交誼如此之深厚、崇高！而張毅父寧願捨棄
富貴功名，也不願好友招致結黨偏私的惡名，實踐的是「君子周而不比」的
精神。

受人之託，忠人之事。有故事描寫託孤及代友送葬之事，彰顯朋友之間
崇德尚義的可貴情誼。《山居新語》（卷 4）寫葉子澄與伯顏「厚交」，伯顏死
於兵禍，其魂魄指示家人前去投靠葉子澄。同一時間，「葉夜夢伯顏相見，以
家屬為託」。之後葉某果然如伯顏所託，善待其家小。小說以靈異手法表現兩
人的交誼，更突出這份情誼的難能可貴。《遂昌雜錄》敘王溪月為友辦喪、撫
孤之事。《輟耕錄・假宅以死》（卷5）更為感人：

（周仁榮）築一室，才落成，友人楊公道與疾至門曰：「願假君新宅
以死。」讓正寢居之，妻子咸不然，弗願。未幾，楊死，箱財廿八，
莫有主者。楊之弟詣分財。曰：「若兄寄死於我，意固在是。喪事之
費自己出，終不利其一毫。」對眾封籍，自平陽呼其子來，悉付與
之。

故事主角一個恃義而讓出新宅待喪，另一個不必言說即交付財物，兩人實踐
的是既信且義的高貴情誼，及「與朋友交，言而有信」〔註 43〕的態度。周仁
榮讓友人死在新宅則表現出「生，於我乎館；死，於我乎殯」〔註 44〕待人接
物的精神，及「朋友死，無所歸，曰：『於我殯。』」〔註 45〕的仁厚胸懷。另
外，伯叔奪產的故事，在金元小說中頗有篇幅，恐怕在當時社會並非偶見，
故事也經常流露「親不如友」之嘆。

除了上述以人物言行表達儒家倫理觀外，也有寫禽獸具有孝慈或仁義的
行為。記仁義之事，如《湖海新聞夷堅續志・獸有仁義》（後集卷 2）：「憂州
有獸名猓然，似猴而差大，有仁義。行則大者前，小者後。有為射者中，則
傷者拔死者箭自刺而死。」記孝順慈愛者，如同書之〈獸有人心〉寫猿猴遇
到獵人捕殺，猿母為護子而中箭，死前先「抱其子飽食之乳」，又摘數片木葉
「盛餘乳」，大號而絕。猿母在面對死亡時並不是惶恐哀傷，而是擔心雛兒無

〔註43〕 《論語・學而第一》，同註9，頁 7。
〔註44〕 《禮記・檀弓上》，同註18，卷 8，頁 149。
〔註45〕 《論語・鄉黨第十》，同註9，頁 91。

法照顧自己，這種至高的母愛，令人動容。故事最後寫獵人因此破弩斷箭，終身不再狩獵。敘貞烈者，如《續夷堅志・貞雞》（卷 2）：「房皞希白宰盧氏時，客至，烹一雞，其雌繞舍悲鳴，三日不飲啄而死，文士多爲詩文，予號之爲『貞雞』」。同書〈孝順馬〉（卷 3）則記某馬僅服侍主人、忠心於主之事。前述三篇故事，首篇中的動物貫徹「長幼之序」之禮與不忍獨活之義；第二篇突出獸類有仁心與慈心；後二篇彰顯貞節與忠義。小説作者以儒家道德思想去體察外界事物，希望藉由動物具仁義之性的故事，表達人不可不如禽獸之意。因此，像這種寫動物的仁義孝慈行爲的故事，莫不是希望透過禽獸有人倫之性，行教化之實。

綜上，遼金元文言小説作者藉由題材創作、情節安排及人物塑造等，將儒家的倫理道觀置入小説中，宣揚孔子的五倫精神，也傳達五常的處世哲學。所以小説中寫世人之仁與慈、子女之孝與逆、朝臣之忠與奸、夫婦之貞與淫、朋友之信與義，都是要凸顯以儒學倫理道德爲核心的價值觀。同時，這種正、反兩面的書寫手法，一方面塑造符合規範以豎立典範；另一方面以負面人物違背倫常而招致報應之事，警惕世人行善修德。可以説這是小説反映儒學思想中重視人倫、推崇道德的價值觀，所以重視人物在倫理道德形象上的刻畫，突出小説的道德教化功能。遼金元文言小説在表現儒家思想確實較爲明顯，導致部分故事過於強調倫常之理，使內容淪於教條與道德教訓示，這樣的小説經常較缺乏表現人生自然規律的美感。不過，摒除這個部份不説，不少故事經過作者巧妙的安排，雖寓含三綱五常之思，情節卻曲折多姿，人物豐美。

（二）佛教果報思想的闡揚

中國自古即有「報應觀」〔註46〕，或起源於自然崇拜、或是鬼魂崇拜。〔註47〕人們普遍相信禍福自招，善惡有報，個人的行爲結果將由鬼神論定其賞罰。所謂：「天道福善禍淫」〔註48〕、「夫有陰德者　必有陽報，有陰行者

〔註46〕　關於中國傳統之果報觀，劉雯鵬指出，個人之善惡行爲將有「天報」、「鬼報」外，先秦時發展出來的儒家德報觀念，影響中國果報觀甚鉅，而且其逐漸與道、釋合流，成爲中國果報觀的基石。詳見氏著：《歷代筆記小説中因果報應故事研究》（臺北：中國文化大學中國文學研究所博士論文，2003 年），頁 22 ～33。

〔註47〕　同上註，頁 19～20。

〔註48〕　《尚書・商書》，收入（清）阮元校刻《十三經注疏》（臺北：藝文印書館，

必有昭名。」〔註49〕。佛教傳入之後，其三世流轉、六道輪迴、因果報應、天堂地獄等思想，自然也為民間接受。其中因果報應與業力輪迴的觀念結合固有的報應觀，發展為影響中國社會至深、至遠的「善惡有報」報應觀。

1. 善有善報

行善的種類千百種，但獲得回報的內容卻不外乎「壽、富、貴、安樂、子孫眾多」〔註50〕等五福。以下由延壽得嗣、富貴顯耀及福蔭子孫三端，探討善報故事。

（1）延壽得嗣

在樂生惡死的觀念下，中國人喜歡長壽、圓滿。所以故事寫行善之後的回報多是延壽、疾癒及避免災禍等等。所有善行中尤以「救命」能獲得的回報最大，意即拯救性命能得到莫大功德。如《輟耕錄・飛雲渡》（卷8）：

> 飛雲渡風浪甚惡，每有覆舟之患。有一少年子，放縱不羈，嘗以所生年、月、日時就日者問平生富貧壽夭。有告曰：「汝之壽莫能躍三旬。」及偏叩他日者，言亦多同。於是意謂非久於人世，乃不娶妻，不事生產作業，每以輕財仗義為志。嘗俟船渡傍，見一丫鬟女子，徘徊悲戚，若將赴水，少年亟止之。問曰：「何為輕生如此？答曰：「我本人家小婢，主人有姻事，暫借親眷珠子耳環一雙，直鈔三十餘，定今日送還，竟於中途失去。寧死耳，焉敢歸？」少年曰：「我適拾得，但不審果是汝物否？」方再三磨問顆數裝束，實是。遂同造主人，主人感謝，欲贈以禮，辭不受。既而主人怒此婢，遣嫁業梳剃者，所居去渡所只尺間。期歲，少年與同行二十有八人將過渡，道遇一婦人，拜且謝。視之，乃失環女也。因告其故於夫，屈留午飯。余人先登舟，俄風濤大作，皆葬魚腹。

少年因為術士之言而認為自己所剩時日不多，於是輕財仗義，屢屢行善救人，最後被自己曾經拯救的婦人所救。故事寫得曲折有致，前伏後應，是此類故事的名篇佳作。值得注意的是，主角無論算多少次命，結果都是壽促，最後

1989 年 1 月），卷 8，頁 112。

〔註49〕　（漢）劉安：《淮南子・人間訓》（臺北：臺灣商務印書館，1979 年《四部叢刊正編》），卷 18，頁 136。

〔註50〕　《新論・辨惑第十三》所言：「五福：壽、富、貴、安樂、子孫眾多。」（漢）桓譚撰、（清）孫馮翼輯注：《新論》（臺北：中華書局，1965～1966 年，《四部備要》），葉 8。

他卻長命百歲，這正是作者最後所說的，「能救人一命，而造物者亦救其一命以答之」。類似的故事，尚如同書之〈陰德延壽〉（卷 12）寫某鉅賈因術士預言他將不久於人世，慨然金援欲自盡的孕婦，他也因此福壽綿長。小說家利用救人於急難之中可以獲得福報的觀念，改變主角的命運，所以故事的旨趣在於凸顯夭壽雖然自有定數，「及時」行善卻可以延年益壽，藉以教化世人為善修福。

佛教視眾生萬物一律平等，所以不僅僅是「救人一命，勝造七級浮屠」，「放生」一樣會獲得回報。所謂「放生」，是「贖取或救助被捕獲的水族、飛禽、走獸等動物，放回山野沼池，使不受人類傷害、宰殺、烹食。」〔註 51〕這種觀念對民間影響極大，所以藉由放生、戒殺而獲得回報的情節，在小說中不勝枚舉。如《湖海新聞夷堅續志》之〈捨橋獲子〉（前集卷 2）寫因為「放生積善」，全家躲過疫疾；同書之〈救物延壽〉（補遺）記主角買「魚卵」放生而延壽。故事多是經由冥冥中的「天帝」執行報償，與被放生的生物無直接關係。

以下是由獲救者直接報恩，如《湖海新聞夷堅續志·放鱉報恩》（前集卷 2）記載二則大鱉報恩之事。其一寫葉某曾放生大鱉，之後該鱉救他於洪水之中。另一則是婢女放走主人欲烹煮的大鱉，之後婢女生病幾死，巨鱉為其治病。又如《輟耕錄·蛙獄》（卷 15），寫主角因為經常放生青蛙，後來他不幸橫死，青蛙為他到官府報冤緝兇。再如《湖海新聞夷堅續志·放鶉延壽》（前集卷 2）寫黃鶉化身老人在夢中求饒：

> 蔡某每喜食鶉。一夕，夢黃衣老人曰：「來日當自被害，願公貸命。」蔡問：「汝何人？」乃誦詩云：「食君數粒粟，充君羹中肉。一羹斷數命，下筯猶未足。口腹須臾間，福禍相倚伏。願公戒勿殺，死生如轉轂。」覺而異之，詢於掌饌，得黃鶉數十，放之。經宿復夢黃衣老人曰：「感公從禱，已獲復生。今上帝已延公壽命矣。」後蔡果享高壽而卒。

這些故事的報恩均由先獲益者（被放生之物）直接執行，明確聯結善報的因果關係。不過，從黃鶉報恩故事可以發現，恩報與否仍須由「上帝」裁決。正如上一篇《輟耕錄·蛙獄》作者的結語所言：「一念之善，為造物者固已鑒

〔註 51〕中華民國行政院「文化建設委員會」《臺灣大百科全書》網站，http://taiwanpedia.culture.tw/web/content?ID=1930，網址：上網日期：2014/5/26。

之」。換言之，即使動物親自報恩，仍然必須獲得天帝許可，才有後面「執行」的動作。第三章第一節曾討論過虱、犬及馬等動物報恩故事，也多是人類先善待動物才獲得報償。故事主角莫不具有慈悲為懷的胸襟，幫助動物免於危殆，小至蜉蝣螻蟻，大至牛馬等等，表現眾生平等的思想。

故事中天帝對於行善者總不吝於給予延壽、疾癒、免災等回報，其中較為特別的報償是關乎後世子孫。中國人重視子嗣，不但將繁衍後代視為孝道的展現〔註52〕，更具有「延續父母與祖先的生命」〔註53〕等超越道德的義意。所以善報故事也將後代子孫平安、得官等納入行善的回報之一。

（2）免災增福

佛家鼓勵人們修己、度眾，廣結善緣，尤其強調此生善惡，影響來世禍福。於是「樂善好施」成為人們行善積德最直接的作法，所以故事經常出現主角修船鋪路、濟貧好施等的善行。這種故事在《湖海新聞夷堅續志》（前集卷2）中有不少篇章，如〈平糶榮顯〉、〈米價不增〉、〈施粥有功〉、〈修路延年〉等等，其內容都與好施獲報有關。又如《稗史·丐者報恩》，寫禹某好施，平日對丐者無吝，後來禹家失火，因為乞丐的幫忙，禹某的財物絲毫未損。故事流露出恩義交互輝映的道德情懷。古人認為「有心為善，雖善不賞」，所以這些好施者，往往具有不要求回報的奉獻精神。只是心之所向，樂己所為，反而得到天帝更多的回報。

值得關注的是，儘管因果報應之思深入人心，但在真實社會中人們的善惡行為不一定能得到恰如其分的賞懲，善人惡報，惡人善終的例子屢見不鮮，使「仁者壽」、「善惡有報」的必然性反覆遭到質疑。於是發展出「陰德受報」的觀念，以概括諸多不公平的現象。這種陰德獲報的果報故事在中國古代小說向來佔有一席之地，在金元文言小說如《湖海新聞夷堅續志·竇氏陰德》（前集卷2）記竇禹鈞夢見先祖曰：「汝無子，又且不壽，何不早修陰德，以回造化。」禹鈞從此萬般行善，晚年連生五子，相繼登科。《湖海新聞夷堅續志·修船增壽》（前集卷2）又有渡口湍急，常年溺死者甚眾。徐某「造一

〔註52〕 《孟子·離婁章句上》：「不孝有三，無後為大」。同註9，頁137。
〔註53〕 楊懋春指出：傳宗接代之所以「被賢愚智不肖一切人士所謹守奉行，是因為它不再僅是一項道德，……還具有延續父母與祖先的生物性生命。」楊懋春：《中國家庭與倫理》（臺北：中央文物供應社，1981年6月），頁137～138。換言之，人們認為若有後代，即可視為「不死」，子嗣的承衍代表著生命意義的延續。

巨舟」，終於減少死亡。某日忽有道人登門預測徐某即將壽終，他在生日當天，夢至冥府，閻羅王指徐某「功德莫大」，允諾他「夫妻壽考」。自此他更加一心好善樂施。

上述故事的主角自己行善積累福德，自身得到福報，也就是所謂「斯是有爲福田，來世自受其樂果。若是無心陰德，能與天心合一。」〔註 54〕至於承繼先人陰德的故事已涉三教思想融合，將在下一個單元討論。

（3）富貴顯耀

財富與官祿一向是人們心嚮神往的目標，理所當然成爲善報故事的報償之一，以激發群眾行善的意願。如《瑯嬛記》主角長期放生活物，獲得中舉通籍的回報。《續夷堅志·高尉陰德》（卷 2）高德卿因爲「以公事活千餘人」，不斷升官加爵。《至正直記·陰德之報》（卷 1）則記史彌遠先祖曾救婢僕於難，其家族因此連四代「富盛不絕」。又如《平江紀事》：

> 徐孝祥居吳江同里，……一日後園徐步，見樹根一穴坍陷，諦視之
> 下有石甕，啓之皆白物也。乃亟掩之，一毫弗取。人無有知者幾三
> 十年。值至治壬戌，歲大歉，民不聊生，孝祥曰：「是物當出世耶」。
> 乃啓其穴，物皆如故，日取數錠，收糴以散貧人，所全活者，不可
> 勝計。物盡乃已。女將適人，惟荊布遣之，而於藏中之物，錙銖無
> 犯。……

徐孝祥本是淡泊隱士，安貧樂道，對於偶得的白銀分毫不取。後遇荒年歉收，民不聊生之際，全數取之濟貧，鄉人因此活命者不可勝數。所以徐某最後獲得官祿、長壽及子孫貴顯等回饋。

除上述之外，善報故事又有極力寫人仁君子必有天償之事，如受友人之託送妾返鄉，即使同寢仍不及亂，最後子孫榮顯（《輟耕錄·不亂附妾》卷 4）。又如醫者仁心無償救人，不淫人婦，「天帝」賞賜給他「官錢五萬」（《江湖紀聞·醫不淫婦》卷 6）。另有敬神助神，或既忠且孝，抑是人品高潔等等善報故事。內容多貼合百姓爲善終得善果的觀念，以純淨世風，激發社會良善面。

2. 惡有惡報

佛教認爲眾生在未達到神界之前總是處在生死流轉、因果輪迴的痛苦中。生死福禍、富貴貧賤都是報應，〔註 55〕報應內容全賴個人的思想與作爲

〔註 54〕 （清）祖源超溟：《萬法歸心錄》（臺北：大乘定香精舍，102 年 11 月），卷 1。
〔註 55〕 孫遜：《中國古代小說與宗教》（上海：復旦大學出版社，2000 年 7 月），頁 143。

而定。也就是所謂「禍福無門，唯人所招」〔註 56〕。小說屢見做了虧心或損德之事，抑是殘暴好殺，甚或是作姦犯科的雞鳴狗盜之徒，招致薄財折福、惡疾纏身之報，或是死於非命、神鬼懲治，甚至是在來生受報的惡果。藉以宣揚作惡失德者，必然招致惡報。

（1）降厄折福

中國社會鼓勵人們維持勤儉生活，對於錦衣玉食、浪費奢侈的行為，在小說中也成為招致惡報的原因。如《續夷堅志・玉食之禍》（卷 1）寫富人劉某，「性資豪侈，非珍膳不下筯」。之後老病、財消、鬱鬱而終及子孫行乞。又如《湖海新聞夷堅續志・潑散酒漿》（前集卷 2）寫鬼女生前浪費酒漿，死後在山野酒店擠血為酒。同書之〈棄水招疾〉記僧某因「棄水」招致胃疾纏身的惡報，表現「如滌缽水，亦施眾物」這等節約與感恩的觀念。另有些主角為了滿足口腹之慾，殺生致禍；有的浪費衣食招報，故事旨趣不外乎勸人珍惜衣食，惜生、戒殺。

有一類以勸人「放下屠刀」為主旨的故事。例如《續夷堅志・魏相夢魚》（卷 4）記某魏姓官員先後夢見身困魚群、被魚骨鯁喉，夢醒之後終身不再食魚。又同書〈介蟲之變〉寫某進士嗜食糟蟹，之後也因夢驚悟而不再食蟹。其他如《湖海新聞夷堅續志・殺鱔悔悟》（前集卷 2）、同卷之〈繪飛蝴蝶〉等都是類似故事。內容雖然沒有出現直接的報應，然主角透過夢中景物投射出可預見的報應，或動物求生的本能等徵兆，或能觸發人們反省與徹悟。

有時人們雖然作惡，若能及時醒悟補過，也會減輕罪行。如《湖海新聞夷堅續志・冤報解和〉（前集卷 2）寫某商與富商同舟，為財臨時起意殺人。「持刀斷其五指」，再推入江中致死。某商因此大富，後來他夢見富商投胎為鄰家子，於是收養該子，並善撫之。在供給無度之下，義子嗜飲、賭博無所不至，後因索錢不成而將某商砍得「五指俱落」。最後某商對義子具道所以，給他財物遠走異鄉。故事較為特別的是，某商殺人奪財，卻因於心有愧而善撫重新投胎的富商，雖犯下極重至惡之罪，卻沒有遭到極重的報應，表現出「冤冤相報何時了」的旨趣。另外，兩人的冤仇是劫財與砍落手指，與復仇的內容一致，表現施一報，必有一報的觀念。

〔註56〕（春秋）左丘明：《左傳・襄公二十三年》，收入（清）阮元校勘：《十三經注疏》（臺北：藝文印書館，2007 年 8 月），卷35，頁 605。

另有戒淫的故事，主要表現酒色過度致報。如《至正直記·上虞陳仁壽》（卷 4）寫陳仁壽幼時酒色過度，「骨節疼軟」，並且詳述其症狀如何之怪異，又如何無藥可醫，終身廢疾。又如《輟耕錄·狎娼遭毒》（卷 11）寫某人「狎遊群娼，挑達太甚」，「陰器消縮，若閹宦然」。又有戒謗、止訟之事，內容主述口舌之報。如《湖海新聞夷堅續志·華岳爲閻王》（後集卷 2）寫陽生平生「喜作謔詞」，被追至冥府，幸因機智善對，才僥倖返回陽間。同書之〈口舌招報〉（補遺）敘士子祝某「爲人猥薄，好彰人短」。晚年忽病舌黃，每作必須砭刺，出血數升乃已。反覆發作，痛苦切至，最後「嚼舌枯爛」而死。故事突出主角的下場，莫不是冤業所致。

（2）陰懲橫死

好殺取生致報的故事，內容多描寫主角嗜食某物，物類進行復仇，主角或是死亡，或是終身戒食該物，抑是物投生於其家。這種故事在《湖海新聞夷堅續志》頗多，如〈殺鵝訴冤〉（前集卷 2）寫楊某爲「鵝鮓」而殺五百隻鵝。五百鵝於陰府訴冤，楊不久即病死。〈生子有鱗〉（補遺）記全某嗜捕蛇、吃蛇，妻子懷孕先後產下「九頭一尾」大蛇、有「蛇鱗」的男孩。〈殺鱔取命〉（前集卷 2）寫道人生平嗜食鱔魚，之後道人在兵禍中被抓，有軍人以「煮鱔湯灌口而死」。這些故事的旨趣正如後一篇作者所言：「世人欲一甘日飽腹，與夫食肆一日所殺，不知所害幾萬命矣。世間珍味無限，何苦而食之！若能知戒，更劫廣勸，則物得活命，而我壽亦延，實一大美事，宜信之毋忘。」其他如〈取蜂受報〉（補遺）以「塞穴取乳蜂」營生，被群蜂狂螫，痛苦而死。〈沃蜂受報〉（補遺）記某人殺蜂過多，被蜜蜂螫死。上述無論是爲口腹之慾引起殺物或是好殺取生故事，都以「現世報」呈現，凸顯殺生之惡；同時恫嚇浪費、好殺之徒莫一意孤行；更見證天道之不誣，但主旨都不脫教化世人勿濫殺生之理。

另有因黃白術而致禍的故事。古代社會相信道家丹丸可以化鐵爲金，所以丹藥向來奇貨可居，於是小說便出現爭奪丹丸或身懷丹丸致禍的情節。如《席上腐談》寫成弼爲逼迫道人交出「煉丹砂合大還丹」，持刀「斷道者手、刖其足、斷其頭」。他不擇手段拿到丹丸後，化得金數萬斤。最後成弼被武士抓走，爲逼使他寫出煉丹配方，「斷其手、刖其足……，遂斬之」。故事以現世、同形一報還一的原形報仇方式，強烈傳達出惡有惡報的思想。

詆神、罵天獲報者。如《湖海新聞夷堅續志·欺誑獲報》（前集卷 2），某

道人在「老君殿下煆藥而賣」，每對著老君神像自稱是老師。某日，又在神像前大放厥詞，突然從火鑪竄出異火而飛燒其身，眾人以水澆灌，火焰更形熾盛，最後他跪在老君像前「俯伏如待罪狀」。同卷之〈穢語罵天〉則是婦人穢語罵天，立即被雷擊，且用婦人隨身的木盆「枷其項」。更奇的是木盆竟敲不破，「痛徹骨髓」而死。內容對這些昧著良心誆神、不敬神佛及穢語罵天者的懲罰毫不手軟。下一則頗具趣味性，背景是南宋滅亡之後，江南釋教都總統楊璉眞珈將舊宋宮殿改爲興元寺：

> 越人孫起岩，來杭與友人遊舊內。時內已爲興元寺，有大閣，舊常朝殿所爲也。夜宿其側，至四鼓，大呼，一寺皆驚，乃其魘也。既寤，尚不能言，已而問之，曰：「夢登閣，爲衣朱紫者數人執，而責之汝不能作詩，輒敢登此，欲毆之，得一人解，遂得釋。」杜子美詩成泣鬼神，信矣。（《閑居錄》）

孫起岩在已經改爲佛寺的朝殿睡覺，卻因才學不足而被神明略施薄懲。反映出時人以朝廷宮殿爲崇高聖地，同時嘲諷當朝無才無德的官員。上述誆騙與褻瀆神明的故事，儘管報應輕重有別，卻透露出神明半點都欺騙不得之思。

　　有毀壞佛像獲致惡報者，如《湖海新聞夷堅續志》（後集卷2）之〈佛譴軍卒〉、〈毀壞佛像〉、〈擊損佛像〉等等，內容寫人們以各種方式毀損神像，分別遭到「病瘡癩，皮肉之道裂」、「病癩、腐爛見骨」、生疽「透腦」等病疾纏身，痛苦至死。另〈神作人言〉一篇記張永爲了裝修房屋，砍伐廟宇的木柱，此後張宅經常出現怪異的人聲。最後張因案死於獄中，「眷屬自知此必廟神爲祟，以戕其性命」。故事中的主角莫不因奇疾或詭異的因素飽受折磨，痛苦至死，可以說是惡報故事中死法最爲慘烈者。值得注的是，不同於與其他惡報故事展現天理昭彰或神鬼制裁的正義，反而透露出宣教的意味，凡不禮敬神佛者，必遭佛譴的警告。

　　此外，刑罰的執行者包括神鬼與動物等等。由天神執行者，如《湖海新聞夷堅續志‧僧竊聖像》（後集卷2）記僧人不務清修，專事盜竊，最後被「雷電追逐」。由鬼魅執行者，如同書之〈冤鬼現形〉（前集卷2）中有數篇謀財害命，被害者化爲冤鬼復仇。由動物代爲執行者，已見第三章。這些故事，既表現天神至高無上的地位與無所不知的能力，又突出鬼魅等有冤仇必報的決心，突出惡行必有報的觀念。無論何者，都傳達「人命不可負，其冤對在冥冥間」（《湖海新聞夷堅續志‧冤鬼現形》前集卷2）這等強烈的果報觀。

古人究竟有多相信神鬼必然會賞善罰惡、善惡必然有報？明人周楫有一段生動活潑的描寫：

> 那冤魂難道就罷了？日遊神、夜遊神、虛空過往神明時時鑒察，城隍土地不時巡行，還有昆沙門天王、使者、太子考察人間善惡，月月查點，難道半夜三更都瞎了眼睛不成？少不得自然有報，只是遲早之間。〔註57〕

天地間所有的神祇都緊盯著為惡之徒，強調作惡者終究會得到報應。就如同下一節即將討論鬼靈崇拜，其中為了證明鬼神乃實有而建構出地獄等死後世界，其實都是為了彰顯因果報應歷歷可見，將故事作為勸人行善的工具。

（3）來生受報

佛家主張「現報」、「生報」及「後報」三報論，〔註58〕以解釋積善遭殃、作惡卻福壽終享等業報反常的現象。前述故事的報應觀著重於現世報，以下反映來世受報。有作惡投胎為畜牲之事，如《湖海新聞夷堅續志》（補遺）之〈監庫為雞〉寫和尚侵用寺廟公款，投身為「雞」；同書之〈侵用寺財〉則做惡投生為「貓」。前世為惡，後身墜入畜牲道，具強烈的警世作用。

又如《瑯嬛記》記某父喜好以彈弓捕殺鳥類，他死後投生為鳥類被兒子彈死。《湖海新聞夷堅續志‧認父為牛》（補遺）寫某屠夫以宰牛為生，經常誘導兒子繼承衣缽。最後被兒子「看成」是牛，持刀斷首而亡。故事以如何殺生便在來世因此致死，充滿護生、戒殺的意味。小說呈現陰森可怖的情調，達到恫嚇人心的效果，更傳達「世上決無無因之果，也決無無果之因」〔註59〕

〔註57〕（明）周楫纂、陳美林校注：《西湖二集》（臺北：三民書局，1998 年 7 月），頁 283。

〔註58〕東晉高僧慧遠曾著述〈三報論〉、〈明報應〉等，闡述因果報應思想，提出「現報」、「生報」及「後報」三報論。吳遠指出，「所謂現報，亦即今世所作之善惡諸業，在今世即得到報應；所謂生報，即今世所作之善惡諸業，到來生才得到報應；所謂後報，須經二生、三生、乃至百生、千生之後才得到報應。」詳見（南朝梁）僧祐編纂、吳遠釋譯：《弘明集》（臺北：佛光山宗務委員會，1998 年），卷 5，頁 169。由此觀之，善業或惡業一定有其報應，只是時間上的遲速不同而已。

〔註59〕《成實論‧三受報業品》：「若此身造業，即此身受，是名現報；此世造業，次來世受，是名生報；此世造業，過次世受，是名後報。」（姚秦）釋鳩摩羅什譯：《成實論》（北京：北京圖書館出版社，2008 年 1 月《趙城金藏》），卷 8，頁 589。表現出業力牽繫三世，果報自有其成熟的因緣，業報終不可逃避的思想。

的報應觀。

這種「轉世投畜」故事較特別的，應屬畜牲身上刺字。如《湖海新聞夷堅續志・畫工爲牛》（補遺）記畫工解奉先爲王家畫壁像，未完工即逃。死後投身爲王家牛隻，背上刺有「解奉先」三個字。《續夷堅志・高監償債》（卷2）寫高監借向人借錢，「後百方詆欺，一錢不償」，死後投身「赤犢」，腹下白毛成字云：「還債人高都監」。同書之〈馬三詆欺報〉（卷 1）更是這類故事的典型：

> 恩州劉馬三，以鉤距致富。嘗用詭計取鄰舍袁春田。春訴于官，馬三出契券爲質，竟奪之。春不能平，日爲鄉人言：「渠詆欺如此，已將爲異類矣！」馬三亦自誓云：「我果詐取汝田，當如所言也！」泰和二年，馬三以病死。袁春家犬乳數子，中一小花狗，腹毛純白，有朱書：「我是恩州劉馬三」七字。馬三素多怨家，竟欲出錢買之。尋爲州刺史所取。闔郡皆知。馬氏子孫不勝其辱，購而藏于家。

主角不但行騙致富，還非法竊取鄰田，甚至昧著良心立誓，其後果然投胎爲畜。更甚者是主角即便刺字仍不足以抵銷前過，甚至成爲笑柄，禍延子孫。這些生前爲惡，死後轉世投胎爲畜牲而被刺字的故事，強烈傳達出因果報應思想，警戒世人的意味相當濃厚。

以上金元文言小說反映佛教之宿命觀、果報觀、轉世輪迴之說，故事多是以「善惡到頭終有報，只爭來早與來遲」的道理闡述業報的觀念，以行教化之功。一方面鼓勵人們行善積德，轉禍爲福，化凶爲吉；另一方面警告爲惡者，造孽將損及福德，招致惡害、災難。在戰鼓頻仍、社會動盪的亂世，佛教善惡分明，報應昭彰的觀念，能稍解人們心中的不平、悲忿及痛苦，使人心能得到撫慰。

（三）道教濟世理想的實踐

道教是源於中國的宗教，思想「雜而多端」〔註60〕、兼容並蓄，是以巫祝文化、神仙信仰爲核心，陰陽五行、黃老之學爲基礎，而且吸收儒家關注世俗社會〔註61〕的情懷。換言之，道教雖然提倡修心養命，追求長生成仙之法，但受儒家思想的影響，也將傳統倫理道德觀融入體系之中，所謂「仙

〔註60〕 （元）馬端臨：《文獻通考・經籍》（北京：中華書局，2011年），卷225，頁6203。

〔註61〕 盧國龍：《道教哲學》（北京：華夏出版社，1999年），頁22。

經萬卷，忠孝爲先」〔註62〕、「欲成仙者，要當以忠孝、和順、仁信爲本。若德行不修，而但務方術，皆不得長生也。」〔註63〕可知道教以先盡人倫爲基礎，積善修德亦可以名列仙道，是將道德修煉趨向現實功利，以實踐濟世的精神。以下由謫仙與道人的博愛濟世精神二端加以說明。

1. 謫世神仙的經世情懷

「謫仙」〔註64〕傳說，是道教文學的重要題材之一，內容是天上神仙被貶謫，下凡歷劫、濟世的故事。由於道家追求「忠勤奉國，惠愛臨民」的精神，因而謫世的神仙、精物等下凡後多位居要津，企盼達到救世濟民的理想。

（1）神仙謫世，經世濟俗

宋朝不少帝王崇信道教，爲了凸顯自己出身不凡，於是編造自己是天上謫仙下凡。《湖海新聞夷堅續志·神仙應世》（前集卷1）寫宋仁宗是「赤腳大仙」降世，當朝文武大臣皆是天上星官下凡，輔佐時政，造就當時的太平盛世。後續即位的英宗、神宗及哲宗三位君王也都是「武夷仙人應世」。同書之〈來和天尊〉則寫宋眞宗是「來和天尊」下凡來，故事頗爲特別，是以楊礪未仕之前夢遊地府，神人諄諄告誡他將來要盡心輔佐「來和天尊」。之後楊某登進士第，在襄王府任職，楊礪告訴其子曰：「吾觀襄王儀表，眞向所夢來和天尊也。」之後襄王果然登基爲帝，是爲宋眞宗。故事以夢兆的手法，傳達出帝王命定之思。類似情節也出現在宋欽宗，《異聞總錄》（卷2）寫他被金人

〔註62〕（唐）撰人不詳：《虛皇天尊初眞十戒文》，收入《正統道藏·洞眞部·戒律類》（臺北：新文豐出版公司，1988年），頁219。

〔註63〕《抱朴子》：「欲求仙者，要當以忠孝、和順、仁信爲本。若德行不修，而但務方術，皆不得長生也。」（晉）葛洪撰、陳飛龍註譯：《抱朴子·對俗》（臺北：臺灣商務印書館，2000年），頁113。

〔註64〕李豐楙：「居住在神仙世界的神靈，因爲觸犯戒律，或是偶然興起的一點凡心而被貶逐到人間來，過著凡俗人的生活以贖罪，等待業罪償還已畢，即可重新返回神仙世界。」見氏著：〈道教謫仙傳說與唐人小說〉，收入《第二屆國際漢學會議論文集》（臺北：中央研究院，1990年），頁357～374。孫遜也提出神仙謫世的原因：「由於觸犯某種戒規（通常是由於動了凡心），而被謫降至入世。一般來說，謫世是指有過失而遭貶謫，但其中也包括因爲某種特殊原因，天帝令其下降人間，或本人自願下凡歷劫。不管是屬於哪種情況，謫仙們的人生歷程是被規定好的，即經過一段塵世生活，又重新回在歸天界。」同註55，頁277。兩者最大的不同在於，後文認爲神仙本人也可自願下凡歷劫。

擄往北國途中之事：

> 至源昌州，宿城外寺中，殿中佛像皆無，惟石刻二胡婦在焉，鬼火
> 縱橫，散而復合。忽有人攜酒物出現，曰：「此寺有神明最靈。隔夕
> 報夢曰：『明晚有天羅王，衣青袍，自南方來此宿頓，是以到此祇
> 候。』」帝飲罷，人復引帝入山阜間，……視神亦石刻一婦，若將軍
> 狀，手執鐵劍，侍者皆婦人。及帝出門，又聞唱喏聲如前，詢問則
> 曰契丹天皇侍女神寺，帝方悟其前身是天羅王也。

小說寫得神影幢幢，又是鬼火，又是武神、女神等諸多神人，其中混雜外族
女神，表現出仙道天界無種族之分。耐人尋味的是，眾多神人竟然必須透過
「寺中神明」轉告，才知道欽宗到來。另外，《湖海新聞夷堅續志‧北狩異聞》
（前集卷1）寫欽宗是天羅王貶降人世，神人預告：「（欽宗）不久亦歸天上，
但未免馬足之報。」之後「少帝（欽宗）到金國，因與諸王講武，大閱軍馬，
群馬跳躍，帝不能制，墮馬而崩，果應馬足之報無差。」兩則故事無論是神
明恭迎帝王，或是預告帝王的前程，都表現出命定與因果報應之思。尤其是
「馬足之報」傳達欽宗之所以被貶下凡，是被懲罰，是下凡歷刼，刼難結束，
將重反天界。由於連神仙都會因爲作惡被懲治，更何況一般平民百姓，所以
這種故事在述奇之外，還具教化世人的作用。

　　謫仙故事中神、人之間的轉換，多附會於帝王，而且關乎權勢。例如《湖
海新聞夷堅續志‧北狩異聞》（前集卷1）寫宋徽宗之前身，「是玉堂天子，因
不聽玉皇說法，故遭謫降；今在人間，又滅佛法，是有北行之禍。」據作者
之意，徽宗在上界得罪玉皇而被貶謫，降生凡界後又不思反躬自省，還毀佛
滅佛，致有靖康之難被擄至北國之事。箇中因緣令人費解，如果天仙因爲犯
錯被謫凡間是一種懲罰，爲何可以在人間享有一切榮華富貴，卻讓千千萬萬
百姓無辜忍受其橫徵暴斂，失道喪國之苦？爲何天帝貶降一個於政事輕佻無
能的君王使人民哀鴻遍野、民不聊生，道理何在？爲何不能令謫仙們在人界
修德治國，功德圓滿再回歸天庭呢？難道生爲平民眾生就當平白無故受其塗
毒與蹂躪，但做錯事而遭貶謫塵世的是天仙，凡間百姓何辜！不管如何，被
貶謫人間爲王的天仙之權力仍是由天帝賦與，一切繫於天神意旨，人民莫可
奈何。更顯出人民面對威權時的萬般無奈，及萬事宿命的思想。

　　綜上所述，神仙貶降塵世的故事，多帶有果報的意味。天降好的神仙當
君王，就會派出眾星象輔佐，社會安和樂利；天降「不好」的仙人爲帝王，

身邊總圍繞著奸相惡臣，百姓就跟著受苦受難。這透露出天地間所有事全憑「天帝」作主，人民如芻狗，何能改變。幸而昏君奸相不總是發生，天道仍是有光明正義的循環。

（2）精怪降世，英勇救國

《湖海新聞夷堅續志》（前集卷 1）有數則精怪轉世為貴人，或是成為賢良佐政，或是為國出征的勇將。如〈中興名將〉記韓世忠是虎精轉世，勇猛過人，後來成為宋朝抗金名將。〈精靈應世〉寫宋高宗時的狀元王佐[註65]，膽識過人，是「蜈蚣精」轉世；太守王謙則是「大白龜」投胎。故事傳達「貴人非星即精」的思想；同時他們謫降世間為國為民服務，表現道家濟世的精神。

趙方是南宋抗金名將，金元文言小說有數篇故事記載他的軼事。《湖海新聞夷堅續志‧趙方異相》（前集卷 2）寫貧儒趙方擁有大小眼，相者以為「大者觀天地，小者視四表。」曾館於富人胡氏，胡氏以其異相，將女兒嫁給他，最後他果然名振華夏。《錢塘遺事‧趙方威名》（卷 3）則從趙方之英勇切入，寫他「威望表聳，金人相戒不敢犯邊」，稱呼他為「趙爺爺」。接著描寫他本尊現形：

> 一日浴湯，伏事只窺見一巨蛇蟠於桶中，皆不敢漏泄。一夕更鼓不鳴，詰朝申舉，當更軍人自分必死。及執覆，謂有巨蛇蟠於鼓，故不敢近，以故皆知為蛇之精。……其威名已遠暢矣。

趙方本相為蛇精，神勇莫名。據史傳記載，趙方本是儒生，卻能在金軍入侵宋境時力主對戰，而且親往襄陽鎮守，才得以立下千秋萬世的功業。因此故事把他與蛇精降世的形象結合，以映襯出他的英勇是其來有自。篇末還寫趙方前往武當山燒香，「上眞（即玄武神）」降筆云：「襄陽趙方，欲上武當。酆都小卒，不請燒香。」由於趙方乃天降蛇精，連玄武神都不敢讓他燒香，足見其神勇。另外，《湖海新聞夷堅續志‧欺君誤國》（前集卷2）另記某官死而復生，曾看到趙方在陰間審判秦檜為臣不忠、欺君誤國之事。由上述金元描寫趙方的故事來看，著重於異相、出身非凡及勇猛過人等奇異的情節，應是當時趙方鎮守宋金邊界，使金人不敢來犯，聲名鵲起，所以小說作者據以彰

[註65] 陸游曾寫〈尚書王公墓誌銘〉評價王佐「以出賢能、蹈義秉節」。詳見（宋）陸游：《陸放翁全集‧渭南文集》（臺北：文友書局，1959 年），卷 34，頁 208～213。

顯他英雄的形象。諸如這種英雄人物具有感生異貌的殊奇特性，通常是英雄走向發迹變泰的徵兆，甚至成為小說的母題之一〔註66〕。

前述故事是主角的本相被他人看到，以下是利用夢境使主角省悟本相。如《湖海新聞夷堅續志·精靈應世》（前集卷1）寫宋太宗第八子趙元儼之事：

> 宋皇兄趙八大王判吉州，每日餐啗如虎，飽而午睡，夢在後池蓮葉上乘涼，被院子打覺，即喚院子來問，應云：「偶在荷池內釣魚，被一大青蝦蟆在蓮葉上用口吸鉤絲，未免用釣竿擊之。」

八大王趙元儼原是蝦蟆精轉世，更有趣的是他在睡午覺時，本尊竟被下屬的魚竿釣住，想像力之豐富。據《宋史》記載：「元儼廣顙豐頤，嚴毅不可犯，天下崇憚之，名聞外夷。」〔註67〕由於他長相奇異，又嚴肅不苟言笑，所以當時還相傳若小兒夜哭，喊聲「八大王來也」，小兒即停止哭泣〔註68〕，成為厭勝的象徵。另外《庶齋老學叢談》（卷4）寫元代丞相留中齋也是蝦蟆精轉世。故事主角在人間都是有所貢獻的國家棟樑，他們為國謀利，甚至名震外邦，都是經世濟民的表現。

神人本來在高高的仙界，或犯錯，抑是主動下降塵世，從此心繫凡間，凸顯道家濟世利民的精神。尤其是在紛紛擾擾的亂世，面對兵災離亂，小說作者們無法置身事外，又無可作為，只能將滿腹的憤懣，利用道家神仙謫世的觀念，結合濟世的理想，將變幻莫測、神通無限的神仙貶降於人世，令其拯救受苦的平民百姓。這種將現實的無奈投射到神仙形象，實在也是莫可奈何的作法。

2. 道人處世的濟民精神

道教主張「欲修仙道，先修人道」〔註69〕、「人事盡時，天理自現」

〔註66〕 吳正光指出：「宋元以來，感生異貌這一神話原型已經完全置換成了帝王將相發迹變泰精忠報國故事中的一大母題。」見氏著：《中國古代小說的原型與母題》（北京：社會科學文獻出版社，2002年10月），頁324。

〔註67〕 《宋史·周王元儼傳》，同註24，卷245，頁8705。

〔註68〕 據《宋人軼事彙編》：「太宗第八子趙元儼，名聞外夷。燕冀小兒夜啼，其家必驚之曰：『八大王來也。』其畏之如此。」（清）丁傳靖輯：《宋人軼事彙編》，收入北京圖書館出版社影印室輯：《宋代傳記資料叢刊》（北京：北京圖書館出版社，2006年1月），卷3，頁111。

〔註69〕 （清）王常月演、施守平纂：《碧苑壇經·印證效驗》，收入胡道靜等主編：《藏外道書》（成都：巴蜀書社，1992年），卷中，頁10～193。

〔註70〕，認爲天理即仙道，必須先盡人事之後，才有機會修得仙道。此反映於小說，是許多神仙異人紛紛投入救世濟世的行列。

（1）惠澤德人，樂善好施

道家講究慈愛眾生，從勸人爲善著手。《湖海新聞夷堅續志》不少故事寫民眾因爲尊敬道士，或是對道士施食無吝，獲得道士回報，而且報償的方式不一。有直接使主角受益的故事，如〈插簪生筍〉（後集卷1）寫村嫗經常茶獻於魏夫人，他於是拔簪插於籬下，使該地年年生筍，令婦家食饌無缺。同卷之〈賣酒遇仙〉寫主家對道人施酒無吝，得道人指點得到風水寶地下葬親人，之後發財、補官。另有主角獲得工具可以廣爲行善，如同卷之〈錢治病〉寫鍾某羨慕修道，經常爲道人設茶，道者回贈予一枚錢幣，並告訴他：「以水浸之，見我即施，必有所應。」之後適逢鄉里發生瘟疫，鍾某以是錢救人無數。故事藉由道人回饋以仙具，幫助更多人，宣揚利己利他，彰顯廣爲行善之功。

道人的回報也不是無止境的，如果善念消失，或是貪心，道人隨時可以收回所施予的報償。如《湖海新聞夷堅續志・井化酒泉後》（集卷1）記崔婆經常施茶給過往的僧道，道人以杖拄地，隨即出現水井，水的滋味如酒，濃而香。買者如市，崔婆因此致富。後來崔婆貪婪地向道士提出新的要求，道人怒其貪心，讓酒復爲水。類似故事也見同書之〈跨鶴道人〉，比較特別的是，故事最後道者向貪心的凡人借筆畫一紙鶴，再以水噴之，乘跨仙鶴飛去。作者故意弄此懸虛，讓道人形象與「神仙」結合。

仙人給予人們異物，除講究機緣，要視個人的能力與造化而定。《平江紀事》記元代張三郎善笛，曾在夜深人靜時作曲。突然有位老人前來聽曲，並傳授他曲調。數曲後，老者認爲張某「凡心易忘」，不堪教導，隨即失去蹤影。這與前述那些貪心的老嫗們有異曲同工之妙，都是強調凡夫俗骨只有肉胎俗眼俗心，突出仙界與人界的不同，彰顯神仙的來去不可捉摸。

道家所謂：「積善事未滿，雖服仙藥，亦無益也。」〔註71〕前述道人回報的故事多寫人們僅以敬茶、施酒食這等小惠，卻得到道人極大的報償，表現行善不分大小。符合道家崇尚善意，鼓勵慈愛眾生而累積行善的思想；同時

〔註70〕　（宋）劉玉：《樵陽語錄》，收入蕭天石主編：《大道破疑直指、樵陽經合丹妙訣合刊》：（新店：自由出版社，2000年2月《道藏精華》），頁137。

〔註71〕　《抱朴子・對俗》，同註63，頁114～115。

宣揚「一念之善」的觀念，促使人們養成做好事不限時地、不分貴賤的觀念，有助提升社會良善風俗。值得一提的是，由於道教將成仙得道當作人生的最高理想，所以這些在人間助人為善的道人，個個都是「深藏不露」的神仙，隨時與人同在。似乎是鼓勵眾人只要持續積累善行，成仙之路並非遙不可及。

「善念」可以惠澤德人，利人利己，《輟耕錄·釋怨結姻》（卷 13）即傳達這種觀念。內容寫司大務農甚貧，為富人陳氏之佃家，因農作入不敷出，不得已將所佃之田轉質他人。之後陳氏受李慶的鼓惑，使司大失去佃田。司大憤而趁夜到李家放火：

> 夜持炬火往燒其家。忽聞得內有人娩，司竊念：「吾所讎者，其家公也，何故殺其母子。」遂棄火溝中而歸。司無以為養生計，即所償錢為豆乳釀酒，貨賣以給食。久之，不復乏絕，更自有餘。而李日益貧。……（李）歸積膏火破盎中，夜抵司家。司妻方就蓐，李猶豫間，聞人啟戶，懼事覺，遺火亟走。而司家實不有人。旦，得火器場中，驗器底有李字，因悟昔我焚彼家，以其家人產子，不欲焚。今彼焚我家，而我之妻亦產子，而不被焚。此天也，非人也。持錢五千往李，……具白前所仇事，瀝酒為誓，語酤兒曰：「子識之，試用此警世間人，不善慎勿為也。」劇飲盡歡，乃更約為婚姻。自是李亦不貧，家至今豐給。

文章十分詳盡地說明司、李兩人的恩怨情仇，是此時期篇幅相對較長的小說。筆法平實，情節卻見巧思。在思想方面，不時流露命定、莫可奈何之嘆。然主角們都表現積極面對環境與生命的困境，值得讚許。值得關注的是，主角司大放下殺人念頭的瞬間，福份隨即升起，這個善念，惠澤廣被兩家子孫。

（2）輕財仗義，援窮救貧

道家講求輕財仗義，濟弱扶傾。所謂「財物乃天地中和所有，以共養人。」「積財億萬，不肯救窮周急，使人饑寒而死，罪不除也。」﹝註72﹞這種思想反映在小說中，主要是描寫神仙道人回報慷慨解囊的善心人士。如《湖海新聞夷堅續志·異人送扇》（後集卷 1）寫道人向太學生化緣，士人無吝地「盡

﹝註72﹞（漢）不著撰人、羅熾主編：《太平經注譯》（重慶：西南師範大學出版社，1996 年），卷 67，頁 423、418。

傾筐中錢與之」。道者遂送他「奇扇」，助他躲過戰火兵災。同書之〈劉咬指臥雪〉寫劉生施恩於道人，道人回報以道術，助他修煉成仙。故事表現人們捨一己之財，濟人於危難之際，功德無量。

仙道人物從不吝於施展道術助人。如前述故事的道者以仙術化水井爲酒泉、留錢或扇等仙具助人，而以符咒助人之事更多，其中最精彩者莫如《輟耕錄·鬼贓》（卷6）一篇。內容敘述老嫗經常供食予道者，道者主動以雷火「符篆」幫她去除「妖異」。不過，其中一個猿妖遁逃，道者再送她一張「鐵簡」，交待她留到廿年後再使用。後續情節一如道者所言，二十年後果有猿妖前來強娶老嫗之女，老嫗依囑咐施符，擊死獼猴數十。故事寫得奇異有趣，尤其是老嫗製作一張假鐵簡隨身攜帶，騙過猿妖一節，展現婦人的智慧。

道教的神仙使用仙法、符籙等四處幫助世人，又以巫術、讖緯來懲惡助善，同時約束民眾爲惡的念頭，達到揚善抑惡的目的。上述故事中的道家神仙，隨時助弱，卻也賦予賞罰的作用。至於賞罰的準標與形式，則又受儒家倫理道德與釋教善惡之報的影響。

（3）濟人危急，除患拯疾

世間貧病疾苦者眾，所以神祇傳授藥方救人的情節屢見不鮮，而且多在夢中或寤寐間進行。如《湖海新聞夷堅續志》（後集卷2）之〈神醫爛足〉寫嚴某兩足生瘡，臭穢潰爛，爲眾人所不容，只好棲身於五夫人祠。廟神挺身授予妙方治癒足病，凸顯神人的慈悲。〈神醫骨鯁〉記神祇憐惜人們的病痛，授以解除鯁喉之苦的秘方。〈石公待士〉一篇尤其有趣，寫某石公廟之事：

> 至元庚寅秋，有士人趁旅邸不及，寓宿於石公祠下，遂禱於神云：「旅
> 中困乏，冀神指迷。」神予之夢曰：「湖北有巨商，見在本縣城中，
> 足瘡苦甚，已出五百千求醫。而醫者盡其伎不能效，汝往與醫。」
> 士人云：「某素不善醫，奈何？」神曰：「此商嘗乘船在吾廟前對吾
> 廟尿，吾怒之，令小鬼以釘刺其脛，故爾。汝以我殿上香鑪灰與擦
> 其瘡，即愈。」……士人俟天明前往彼處，如其言用之，巨商之瘡
> 隨愈。

廟神因不滿商賈在廟前任意便溺，故施以薄懲；再利用貧士祈禱的機會解除商賈的病症。其恣意妄爲的行爲令人莞爾，而在傷處塗抹香灰，也符合古代民俗的醫療行爲。前述故事的神人們在世間傳授樂方，除人病痛，傳達神明的慈悲濟世。

　　由於道教有「入世」傾向，具有較強烈的政治願望〔註 73〕。所以「干預時政，輔國濟民」，成爲道教濟世思想的特質之一。所謂「道者，虛無之至眞也；術者，變化之玄伎也。道無形，以術以濟人。」〔註 74〕可知道者多使用道術爲國服務，因此小說中經常有道士與帝王、時政出現關聯。如林靈素與宋徽宗（《湖海新聞夷堅續志・呂仙賦詞》後集卷 1）、何蓑衣與宋孝宗（同書之〈通神〉）及唐道錄與宋度宗（同書之〈宋朝革命〉）。一國之君，於國之大事無所定見，盡付道士齋醮與方術之中，怎不令人感嘆！

二、反映三教思想合流

　　元人劉謐云：「儒教在中國，使綱常以正，人倫以明，禮樂刑政。四達不悖。……道教在中國，使人清虛以自守，卑弱以自持。……佛教在中國，使人棄華而就實，背僞而歸眞。……三教在世，缺一不可。」〔註 75〕由於三教對中國社會之影響至鉅，不少學者咸認爲三教本質相同，互爲表裡〔註 76〕。這種三教調合的思潮在唐宋逐漸發展，在金元時代更形成熟。因此遼金元文言小說反映出兼容並蓄的三教思想。

（一）表現於故事內涵

　　首先討論援佛道入儒的情況。中國自古即有「善惡報應」思想，所謂「積善之家必有餘慶，積不善之家必有餘殃。」〔註 77〕「凡人爲善者，天報以福；爲不善者，天報以禍。」〔註 78〕由於佛教與道教的影響力逐漸擴大，爲了體現儒家道德倫理與名教綱常，經常援引佛家因果輪迴、善惡報應與道家的行善積累陰德的思維，使故事的內涵呈現三教融合。如《至正直記・忠卿陰德》（卷 1）寫元兵南侵，人民四處逃竄，孔某「寧自給不足」，也要分救眾人。

〔註 73〕張應杭、蔡海榕：《中國傳統文化概論》（上海：上海人民出版社，2000 年），頁 182。

〔註 74〕（宋）張君房編：《雲笈七籤・祕要訣法・序事第一》（臺北：臺灣商務印書館，1979 年《四部叢刊正編》），卷 45，頁 476。

〔註 75〕同註 8，卷上，頁 4～5。

〔註 76〕宋代高僧云：「夫三教者，本同而末異，其於訓民治世，豈不共爲表裡。」（宋）智圓：《閒居編・謝吳寺丞撰閒居編序書》，收入藏經書院編：《續藏經》（臺北：中國佛教會影印卍續藏經委員會，1967 年），冊 101，卷 22，頁 60。

〔註 77〕詳見《周易・坤・文言》，收入（清）阮元校刻《十三經注疏》（北京：中華書局，1991 年 6 月），卷 1，頁 19。

〔註 78〕（漢）劉向：《說苑・雜言》（臺北：藝文印書館，1967 年《百部叢書集成》），卷 10，頁 5。

之後北兵進駐南京，「哨騎四出，俘掠太繁」。孔某還上書伯顏，請求不要濫殺無辜。於是「儒籍者悉安之，由是活者甚眾」。孔家因此積德無數，後世子孫富足。故事表現儒者在戰時仁心濟人的大愛；同時出於天性、不求回報的助人方式，可以積累福德以蔭子孫。這種積累善因的果報觀念，顯然已受佛道的影響。下一則故事更能看出三教思想的交融：

> 士人王獻可，字君和。……待榜次。一日晨起，市人攜新魚至，擲骰錢賭之。君和祝骰錢以卜前程，一擲得魚。市人拊膺曰：「我家數口，絕食已二日；就一熟分人賒此魚，望獲數錢，以爲舉家之食。子乃一擲勝之。我家食祿盡矣！」君和惻然哀之，不取魚，又以數錢遺之。市人謝而去。及下第西歸，……猝爲群盜所執。……一少年忽直前問君和：「非京師邸中乞我魚不取者乎？今日乃相見于此！」再三慰謝，並同行皆免。（《續夷堅志・盜謝王君和》卷4）

主角因爲天性純然的仁心而救人，也因此救了自己。值得關注的是其中的報應觀，主角科考已然結束、及第，之後才遭遇禍事而獲救。所以他不是憑藉救人的陰德而中舉，而是因爲一念之仁，才有日後活命的機會。因此，故事突出的是主角的側隱之心，是儒家善惡有報的精神；同時，也有佛道「命由我造，福由己求」的報應思想，可見儒釋道在報應思想的相混情況。

在援儒入佛道方面，中國以儒教立國，佛道二教爲了宣揚宗教，不得不援引儒家的倫理道德規範於教義之中。如五常是儒家倫理思想的基礎，於是佛教有五戒：「不殺，仁也；不盜，義也，不邪淫，禮也；不飲者，智也；不妄語，信也。」〔註79〕道教則有：「一曰行仁，慈愛不殺；二曰行義，賞善伐惡；三曰行禮，敬老恭少；四曰行智，化愚學聖；五曰行信，守忠抱一。」〔註80〕三教在相同的道德規範下，依各自的宗教信仰去實踐目標。這種情況經過宋代文學的發展，在遼金元文言小說已極爲常見。如《湖海新聞夷堅續志》有數篇寫人物因爲仁善的行爲，獲得神人的庇祐或是其他善報的故事。其中〈修船增壽〉（前集卷2）寫主角出於「慈心」，造船助鄉里過渡，延壽三

〔註79〕 契嵩謂：「五戒：一曰不殺，謂當愛生，不可以己輒暴一物，不止不食其肉也。二曰不盜，不義不取，不止不攘他物也。三曰不邪淫，謂不亂非其匹偶也。四曰不妄語，謂不以言欺人。五曰不飲酒，謂不以醉亂其修心。」（宋）契嵩：《鐔津文集》（北京：線裝書局，2004年《宋集珍本叢刊》），頁355。

〔註80〕 （北周）宇文邕纂：《無上祕要》（上海：上海古籍出版社，1989年《道藏要籍選刊》），頁167。

紀。〈慈仁雀報〉（前集卷2）敘何縣尉「天資仁慈」，經常買雀鳥放生。後來何某獲得群雀的幫助而偵破懸案。上述主角莫不具有儒家的道德特質，可以說這些果報故事是利用佛教善惡有報、道家修德積福的思維與架構，彰顯儒家傳統倫理道德。陳平原先生指出：

> 佛道與中國小說有緣。唐宋以還，小說家的靈感、想像離不開佛道，
> 小說的情節類型、體制特徵離不開佛道，小說中體現的哲學意識、
> 人生感悟和審美趨向更離不開佛道。〔註81〕

確實如此！中國古代小說在寫彰顯仁心的情節時，主人翁多有一念之仁的慈心與善行，也因此獲得各種報償。故事的因果報應觀念是三教相互交流的結果，這也使小說創作的構思與想像更為多元。

再如《湖海新聞夷堅續志・灶神現身》（後集卷2）記陰子方為人「至孝、有仁恩」，獲得灶神護祐而大富。〔註82〕同書之〈神授針法〉敘陳瓘因為「忠直」，神人授其針法濟世。類似故事中的神仙一般都是道德與正義的化身，也代表著天命的執行者。通常神仙可以鑑往知來，適時對小說人物提出警告，或是直接懲罰，以明世間倫常之理。可以說上述仙道故事中反映出道家淑世的情懷，又加上佛家濟弱的精神，及儒家行善積德的觀念。三教合流使仙道故事的思想內涵更加豐富而多姿，而且經常流露出勸人為善的旨趣。

另有佛道思想互相援引的故事。例如《續夷堅志・王叟陰德》（卷2）寫醫生王叟，病患不分貴賤貧富，對貧家尤其悉心照料；於藥材則仔細篩選、滌洗。所以子孫滿堂，貴顯榮達。人謂王叟「陰德大矣」，他卻謙稱：「非敢自為陰德，但心之所安，不能不爾也。」這種為功不居的態度，表現出「慈者，萬善之本」〔註83〕的道家慈心濟世的精神，同時又融入佛教的果報觀。另外，上一小節曾討論的「陰德獲報」故事，主角多為自種福田，積累陰德，

〔註81〕 陳平原：《小說史：理論與實踐》（臺北：淑馨出版社，1998年10月），頁280。

〔註82〕 此則故事可溯自《後漢書・陰識傳》：「宣帝時，陰子方者至孝有仁恩。臘日晨炊，而灶神形見，子方再拜受慶：家有黃羊，因以祀之。自是以後，暴至巨富。至識三世，而遂繁昌，故後常以臘日祀灶而薦黃羊焉。」同註41，卷32，頁1133。相較《後漢書》與《湖海新聞夷堅續志・灶神現身》兩篇，後者省去了「黃羊（黃狗）祭灶」的習俗，取而代之的是「每值臘日即祀之」、「祀灶當用社日，可以謝過，能為人轉禍為福，除死定生。凡有禱祈，感應如響，」等等充滿道教色彩的情節。可知故事在流傳的過程中，加入了道教的祭祀之俗，而有濃厚的傳教意味。

〔註83〕 （宋）李昌齡著、（清）黃正元注：《太上感應篇彙編・慈心於物》（臺北：揚善雜誌社，1977年），卷1，頁61。

又另有一類是先人行善積德，福蔭子孫。如同書之〈王氏金馬〉（卷 1）寫王
氏之「上世業醫，有陰德聞里」，家人「皆敬神佛」。有三寸「金馬」自動臨
門，之後家人先後登科、榮顯。這種可以累積陰德造福子孫的觀念，與佛家
主張業與禍福「身自當之，無誰代者」〔註84〕的思想不同。學者林富士根據
漢代《太平經》，提出道教的「承負」說：

> 所謂「承負」，不僅會承受先人、前人的功過禍福，也會「分享」或
> 「承擔」當時其他社會成員的「善功」或「惡果」。換句說，「報應」
> 的計算基準並不限於個人，而是包含群體和先人在內。〔註85〕

個人的善惡行為所積累的善因與惡果，不僅攸關家人，更會影響當時社會的
成員，這種思想與遼金元文言小說所反映的三教觀更為接近。如《異聞總錄》
（卷 2）寫宋末元初崔福子，「三世仕宦，父仕至守，福子以蔭至承務郎」。由
於崔某為官不檢、好賭，神人告訴他：「爾家富貴，皆爾高祖一人所積耳，曾
祖以下三世，當秉鈞軸。而即以富貴，率皆驕淫貪暴，故不復顯。」最後崔
福子與其子果然橫死。文中主角享受先人所積累的陰德，卻不知再造福田，
終於禍延子孫，表現出親人之間生死同命、禍福與共的觀念。不過，故事的
旨趣似乎不在種下「陰德」的「因」，而是凸顯做惡敗德的「果」；是在提醒
世人一言一行，都將影響後世子孫，意在警示教化世人，多行善、少作惡。
又如《輟耕錄‧杭人遭難》（卷 11）極力描寫杭州民風之「淫奢」，致戰爭時
全城百姓餓死者超過半數。作者認為是因為「平昔浮靡暴殄之過，造物者有
以警之」的結果，是多數人浪費所累積的惡果，由全城民眾共同承擔。這種
眾人所種的善惡因果，將由社會大眾或家族共享禍福的業報輪廻等觀念，已
呈現佛道相混的情況。

　　此外，儒釋道三教都相當重視孝道。清人劉聲木云：「《論語》次章，即

〔註84〕　《佛說無量壽經》載：「天地之間，五道分明。恢廓窈冥，浩浩茫茫，善惡報
　　　　應，禍福相承。身自當之，無誰代者。」釋道光：《佛說無量壽經》（桃園：
　　　　桃園縣香雲福利慈善基金會，2010 年 8 月），卷下，頁 459～460。這種說法
　　　　強調業通三世，善惡因果自受，表現的精神正是：「命繫於業，業起於人；人
　　　　稟命以窮通，命隨業而厚薄，厚薄之命，莫非由己。」（唐）釋道宣：《廣弘
　　　　明集‧內德論‧通命二》（日本：中文出版社，1978 年 10 月），卷 14，頁 196。
　　　　換言之，佛家是以個人的「業」論因果，利用個人依業造化的觀念，勸人積
　　　　善累德，可以在來世中獲得報償。
〔註85〕　林富士：《疾病終結者：中國早期的道教醫學》（臺北：三民書局，2003 年 6
　　　　月），頁 45。

言孝弟爲仁之本。《孟子》云：堯舜之道，孝弟而已矣。佛經云：萬惡淫爲首，百行孝爲先。道書言：成仙須三千善，善莫大于孝。是堯舜孔孟及佛道兩教，皆以孝爲人類當盡之事，故以爲百行之原，盡人皆知之矣。」〔註86〕所以孝順或不孝的故事更能看出三教相互濡染的痕跡。其實三教的關係，就如同宋人李昌齡所言：

> 仙佛一貫，同歸於教人行善立功。固與吾儒名異而實同者也。洵乎
> 參同歸一，端由切脈探源，峙立成三。蓋爲分門執象。今勸世人，
> 深參此理，莫生分別，但去立功行善，則求儒求佛求仙，皆在此中，
> 而萬無一失也。〔註87〕

儒釋道三教雖各有精深義理，但其目的均在勸人行善。所以佛道兩教即使曾長時間的相互排斥、爭鬥，卻又相互吸收融合，相互援引思想。尤其是北宋之後全真道盛行，全真教注重心性反省、閉煉內修，與禪宗思想更爲接進；加上宋代理學援引佛道觀念入儒家思想〔註88〕，使三教互補、相容並蓄的情況反映在遼金元文言小説的創作上。不過，不管三教如何地相互影響與合流，仍是以儒家思想爲中心。正如《輟耕錄·三教》（卷5）主角李尤魯狖所說的，「釋如黃金，道如白璧，儒如五穀。黃金白璧，無亦何妨。五穀於世豈可一日闕哉！」換言之，儒家思想早已深入中國人的生活，成爲社會規範的一環，更是文化中不可或缺的部份。

（二）表現於人物與情境的塑造

三教合流思想不僅表現在義理相互援引，還表現在人物的塑造上。「宋以來孔孟之徒信佛崇道，百姓誦詩書、供佛祖、拜道堂頗爲普遍。士庶生活中儒釋道的並存，已是很平常的事。」〔註89〕所以遼金元文言小説中有不少

〔註86〕　（清）劉聲木：《萇楚齋四筆》（北京：中華書局，1998年3月），卷1，頁691
　　　　～692。
〔註87〕　同註83，卷2，頁60。
〔註88〕　王平指出：「理學的開創周敦頤援佛道入儒，融會《易傳》、《中庸》及佛道思
　　　　想，論述了儒家一系列重要範疇。理家的集大成者朱熹以儒家倫理學説爲核
　　　　心，糅合佛道及諸子之説，建構了繁雜的體系。理學的基本內涵和主要內容
　　　　也都體現出儒釋道的相互融合，如它以『道體』和『性命』爲核心，以『主
　　　　靜』、『居敬』爲存養功夫等等。」見氏著：《古典小説與古代文化講演錄》（桂
　　　　林：廣西師範大學出版社，2008年1月），頁45。
〔註89〕　葉坦、蔣松岩：《宋遼夏金元文化史》（上海：東方出版中心，2007年5月），
　　　　頁41。

人物是由儒者投身禮佛修道的行列。如《輟耕錄・五馬入門》（卷 8）記臨海陳剛中元初爲避世亂，曾削髮爲僧，後又出仕爲禮部郎中。《歸潛志》（卷 9）寫金代名人李屛山也是儒者而好佛，還自言前世是個僧侶。又如《湖海新聞夷堅續志・度人經悟道》（後集卷 1）寫儒士章思廉，嗜誦《度人經》，倏然醒悟。搖身一變成爲「蓬頭垢面，出則行步如雲，能言禍福」的邋遢道人，還與來去無踪的呂洞賓交遊，最後成仙。再如同書之〈身外有身〉（後集卷 2）：

> 慈雲長老姓王，始名道，待試南宮，病起，強遊西池。一僧延入茅屋，似無煙爨，惟一巨甕，破笠覆之。私念必積穀其中，試舉其笠，甕中明朗，樓臺高下，人物往來。有人呼道名姓，隨聲已在其中。有宰相李輔國召道爲門賓，以女妻之。是年秋，賦魁選，繼爲禦史。……俄而拜相，盡弼諧之理。……帝震怒，斬道東市。刃及頸，乃覺身坐甕旁。再拜僧，曰：「富貴通塞，命也，此天之所有；性命心氣，內也，此身之所有。吾將順乎天而養乎內。」僧曰：「是矣。」送道出門，僧與寺俱不見。道乃削髮披緇，居大慈寺，禪功精進。……

道者從甕中世界看到自己的一生：娶妻、登科、拜相，最後被以極刑棄世。這個故事與唐代〈南柯太守傳〉、〈枕中記〉如出一轍，都表現世間榮華富貴轉眼即逝，浮生正如一夢。値得注意的是，主角的名字「道」、身份是待試的讀書人，最後卻出家爲僧，他的形象具有三教融合的影子。

另有一類故事寫佛道人士投胎轉世，也可見三教思想的相融互補。如《湖海新聞夷堅續志・羅漢降生》（後集卷 2）寫宋代理學家謝諤是某寺的羅漢轉世，因爲他是「佛會中人，故富貴壽考，尋常不同」。《萬柳溪邊舊話》寫尤著「生而右手六指」，四歲還不會講話。偶遇老僧，他抱起尤著說：「六指禪師其生於此乎？又落富貴劫矣。」尤著答以「別來安善。」兩人「相對而泣」。尤著從此「能言、敏慧非人所能及」，之後登第。《湖海新聞夷堅續志・禪僧托生》（前集卷 1）寫僧祖投胎於故舊的家裡，最後登科、作官。値得注意的是，出家修佛不是爲了追求棄絕塵世，超脫輪迴嗎？但文中高僧轉世後投身於富家或登第，後身都富貴顯耀，這種矛盾屢見於轉世故事，作者也多將他們轉世的原因歸諸於「宿緣未斷」。然試觀《山居新語》（卷 1）寫陳雲嶠向人述說其前身之事：他原是一個名爲「老佛」的住持高僧，「齋戒精嚴」。某日

卻似狂顛般地四處求吃「血臟羹」，最後如願吃到血羹，隨即「趺坐而逝」、
投身貴家。老佛本是佛門高僧，卻執意犯忌食葷，然後投胎為人，富貴顯達
一生，透露出「富貴」是塵世最難看破的一環，即使修為再高的僧侶，也難
敵其誘惑。耐人尋味的是，高僧轉世後都一生顯達，這與佛教講求破除欲望、
希望解脫及斷絕煩惱的教義相互違背。揣其原因，當與儒家對社會強烈的使
命感有關。所謂：「如欲平治天下，當今之世，捨我其誰也？」〔註90〕這種積
極入世、救世的精神普遍根植於讀書人心中，甚至是社會百姓的普遍認知，
小說作者在塑造僧佛人物時，不免受儒家思想的影響，所以高僧們也對功名
富貴心生嚮往，為其捨命、棄修行也再所不惜。其實，由於儒家思想根深柢
固的存於人心，其影響人物造形的情況處處可見，才會經常出現儒佛或儒道
互滲的人物典型。

　　除了人物形象外，小說中佛道二教的相互滲透，也表現在科儀、法術等
相混〔註91〕。如《湖海新聞夷堅續志・荐拔亡卒》（後集卷 2）寫宋代將領芮
興薦拔超渡亡故的下屬，「建水陸大齋及九幽章醮」。又如《席上腐談》有不
少篇章寫僧侶擅長或學習點石成金術。再如《湖海新聞夷堅續志・幻僧煮海》
（前集卷 2）寫天師與胡僧鬥法，故事中胡僧能以「幻法」使海水如雲，進而
枯竭，而道者則使「敕符飛往救」，這種描寫充滿了神秘性。胡僧會使法術，
已然化用了道家的仙術思惟。其實佛道二教在神秘的形式上，原本就有很大
的相似之處〔註92〕，都具有不可言說的玄奇精妙義理。無怪乎小說中的僧道
人士經常精通彼此的經典，甚至相互運用幻術與奇門遁甲來濟世助人或斬妖
除魔。可見作者對於小說人物的塑造，已融合佛道思想。

　　諸如上述佛道人士使用法術的情況，常見於鬼怪故事，其中的道人或僧

〔註90〕　《孟子・公孫丑下》，同註9，頁85。
〔註91〕　李獻璋從道教早期的「醮」、「齋」之等發展，說明道教之齋醮，乃在原有方
　　　　士醮祭之基礎上，逐漸引入佛教科儀，而形成齋醮並行的形式。詳見氏著：〈道
　　　　教醮儀的開展與現代的醮〉，收入李獻璋編輯：《中國學誌》第五本（東京：
　　　　泰山文物社，1969 年 4 月），頁 1～62。可知佛道二教科儀相混的情形，早在
　　　　道教發展科儀之初融入佛教的思想與齋儀即已出現。時至金元時代，小說中
　　　　彼此不分的情形更是經常可見。
〔註92〕　馮友蘭指出，「道教雖然一貫反對佛教，但是道家卻以佛學為盟友。……在神
　　　　秘的形式上，二者很有相似之處。道家的『道』，道家說是不可名；佛學的『真
　　　　如』，佛學也說是不可言說的。……這樣的名詞術語，正是中國話所說的『想
　　　　入非非』。」同註11，頁 208。

侶經常以咒語、經文及法術與鬼怪鬥智鬥法，爲世人收妖除魔。但由於科儀與仙術等相混的結果，使故事中和尚與道士的形象部份疊合，他們不再是宗教的象徵，而是爲人們服務、消災解厄的代表。換言之，受三教思想合流的影響，僧道的部份形象交疊，有時他們之間的區別只是服飾裝扮等外觀的差異，在宗教本質上已幾乎沒有差別。

　　遼金元文言小說所反映的三教思想，大致與前後代小說相近，約是體現儒家忠孝節義倫理道德、佛教的因果輪迴、依業受報等觀念及道教的積善修德、濟世爲民的境界。不過，這些思想在此時期的小說卻同時表現出互滲、交融，成爲遼金元文言小說的特色之一。此外，小說中的善行果報故事，小至個人之德行修養，如仁孝、誠信、放生等；大至影響百姓國家者，如爲國捐軀、殺身成仁等，都是希望在律法不彰、官吏循私包庇、惡霸豪奪橫行的黑暗社會中注入善良的力量，具有一定正面積極的社會意義，使讀者自覺地避惡趨善，彌補了世俗教化不足的情況。夏志清說：「元明兩朝，儒釋道三教已久得政府的支持和一般人的敬仰，所以沒有一種通俗文學不憑藉三教而能娛樂或教誨大眾的。」〔註 93〕小說自不例外，尤其在「文人之筆，勸善懲惡」〔註 94〕的文筆觀之下，這些行善得報、作惡遭懲的篇章，確實在訓化民心，以昭鑑戒。當然，其價值也用於娛悅世人，撫慰飽受戰亂之苦的人民。

第二節　民間神靈信仰

　　人類最初的宗教信仰是對天地之間自然物的崇拜〔註 95〕。由於遠古時代先民對於世間的所有現象不夠瞭解，認爲日月星辰、天地山川、走獸飛禽、花草林木等都存在著超自然的力量，因而心生敬畏與崇信。這種神靈崇拜在民間流傳既久，隨著儒家發展、道教興起及佛教傳入中國，多方匯流的結果，不但使信仰的對象變得更加多元，其內涵更因爲長時間的累積經驗與傳統而

〔註93〕　夏志清：〈中國古典小說導論〉，收入劉世德編：《中國古代小說研究——臺灣香港論文選輯》（上海：上海古籍出版社，1983 年 5 月），頁 17。

〔註94〕　（漢）王充：《論衡·佚文》（臺北：世界書局，1957 年），頁 201。

〔註95〕　研究宗教的學者有許多人提出相關論述。如朱天順：《原始宗教》（上海：上海人民出版社，1978 年）。（德）費爾巴哈著、王太慶譯：《宗教的本質》（北京：商務印書館，2003 年）。

形成的民族的共同觀念〔註96〕。以下由自然神、鬼靈信仰及佛道聖人崇拜等，探討金元文言小說所反映的民間信仰。

一、天地自然諸神崇拜

《禮記》云：「山林川谷丘陵，能出雲、爲風雨、見怪物，皆曰神。」〔註97〕古代帝王經常舉行隆重的五嶽四瀆之神的祭祀，所謂：「天子祭天地，祭四方，祭山川」〔註98〕。女眞與蒙古族也都相信萬物有靈，也都崇敬天地、山、風、雨、雷等〔註99〕。因此，金元文言小說中不乏關乎天地自然諸神的傳說，也反映出相關的信仰。

（一）自然神祇

1. 雷神

雷神信仰是經過長期醞釀。雷的起源與盤古神話有關，盤古死後，身體各部位化爲大地的一部份，〔註100〕其中「聲音」變成雷。雷神的形象自古即多變，有「龍身而人頭」〔註101〕、「色如丹，目如鑑，毛角長三尺，狀如六畜，似獼猴桃」〔註102〕等等。經過長時間的發展逐漸人格化，所以在遼金元文言小說出現「丈身」矮人（《湖海新聞夷堅續志・雷擊不孝》後集卷1）的外貌。

雷神被視爲是主持公平正義之化身，能代替天帝執行刑罰，擊殺有罪之

〔註96〕 王孝廉：「民族信仰是一個民族集團所共有的思想、人生觀，世界觀的整體反映，也是較之個人的宗教信仰更強而有力的共同體規制。民族信仰的產生，並不是從理性的自覺而形成的，是一個民族累積長時間的經驗與傳統而形成的共同觀念，把這種共同的觀念落實在現實生活。」見氏著：《中國的神話世界——各民族的創世神話及信仰》（臺北：時報文化出版社，1987年6月），頁479～480。

〔註97〕 《禮記・祭法》，同註18，卷46，頁797。

〔註98〕 《禮記・曲禮下》，同註18，卷5，頁97。又《周禮・大宗伯》：「以血祭祭五嶽，以貍沈祭山林、川澤。」收入（清）阮元校勘《十三經注疏》（臺北：藝文印書館，2007年8月），卷18，頁272。足見古人對於山川自然的崇敬。

〔註99〕 同註89，頁486～487。

〔註100〕 據《三五歷記》載：「盤古，垂死化身。氣成風雲；聲爲雷霆。左眼爲日；右眼爲月。四肢、五體，爲四極五嶽。」（三國吳）徐整：《三五歷記》（清光緒九年（1883）長沙娜嬛館補校刊本）。

〔註101〕 （晉）郭璞傳：《山海經・海內東經》（臺北：臺灣商務印書館，1979年《四部叢刊正編》），卷13，頁60。

〔註102〕 （晉）干寶：《新校搜神記》（臺北：世界書局，2003年），卷12，頁92。

人，且善於辨別善惡，懲罰壞人。〔註103〕如《湖海新聞夷堅續志‧雷神分田》（後集卷 2）寫雷神爲爭訟已久的田產畫分等份，使兄弟之間「爭訟貽息」。同書之〈雷擊不孝〉（前集卷 1）寫雷神誅擊不孝之事：

> 溫之吳公口有二惡少，謀欲生事，尚各有母，欲假手於同謀者互殺
> 其母，而後舉事。其主謀者陳五四者，正在練店內烹飪，尚未得食，
> 立於灶後。有牧童王正，忽見有丈身之人攜錦皮簿書入門，恍惚間，
> 先攜小童出門外，霹靂一聲，五四頭中穿破，頭頂上一竅穿透，靠
> 壁而死。

雷神懲惡之前，先將無辜者帶離現場，足見雷神善惡分明，不濫殺無辜。其他如〈妖物投胎〉（後集卷 2）、〈雷殛自呪〉（前集卷 2）等都是雷神懲處爲惡、傷德的故事。雷神在世俗化的過程中，爲人們決解爭端、剷奸除惡，其保護善良無辜的形象不斷被擴大，成爲伸張正義之神。尤其在神懲不孝的類型故事中，對不孝者的懲罰多與雷神離不開關係，可以說雷殛不孝幾乎是此類故事的主要情節。

每當雷神懲治惡人時，總會伴隨隆隆作響與異象。這與自古以來雷神的形象爲「若力士之容」、「左手引連鼓，右手推椎，若擊之狀」〔註104〕等等有關。所以小說經常據此形塑雷神出現的情境，如「黑雲四起，霹靂一聲」（〈雷擊不孝〉）、「大風忽起，濃雲自東南而升，大雨如注，雷電交作……。少頃，雷電大震，俄有數丈大火……」（〈雷擊不忠〉）、「俄風雷盛作，黑氣一陣……」（〈妖物投胎〉）、「雷震一聲，霹靂……」（《江湖紀聞‧醫巫不軌報》卷 6）等等。塑造雷神劈人的異象之恐怖嚇人，警世意味濃厚。雷神信仰之所以如此神奇靈驗，除了人們深信鬼神可以主宰禍福，因果報應外，也許是世間青天罕見，人們希冀有超越人間的正義之神來仲裁諸多不公不義的事。所以忤逆不孝者必須遭懲，作惡多端者必然被誅，這種必然的因果定律，隱藏著冥冥之中必有報應的思想，及人們對於公平正義的企盼。

2. 火神

遠古時代就有火神圖騰崇拜。《說文解字》：「火，毀也。」《釋名》：「火，化也，物入中皆毀壞也。」古人認爲火具毀滅性，從而祭祀。火神傳說流傳

〔註103〕　《論衡‧雷虛篇》：「世俗以爲擊折樹木、壞敗室屋者，天取龍。其犯殺人也，謂之陰過，飲食人以不潔淨，天怒，擊而殺之。隆隆之聲，天怒之音，若人之呴吁矣。」同註93，頁63。
〔註104〕　《論衡‧雷虛篇》，同註94，頁65。

既久,陸續加入不同人物故事,如祝融﹝註105﹞、回祿﹝註106﹞及宋無忌﹝註107﹞
等等。

遼金元文言小說中的火神故事也頗多姿。首先,火神施火之前,會先作
記號、仔細丈量範圍、再三確認是否有無辜之人。如《續夷堅志・都城大火》
(卷2)寫金代大安末年發生火災,「凡被焚之家,或牆壁間,先有朱書字記
之,尋即火起。」《異聞總錄》寫葉元浣在惠州當叛官時,其家乳媼看見「一
朱衣人,持杖量地,適至其側,引手畫之曰:『到此佳!』遂去。」葉某呼吏
卒尋訪,均無所見。隔日城中大火,延燒屋廬甚多,至僉判廳前而止。火災
結果與火神事前的丈量分毫不差。類似故事也在《至正直記・館賓議論》(卷
1),寫富人魚肉鄉里,火神在施火前再三斟酌與確認,「恐延及他人」,當發
現「其家亦有未當死者」時,決定將惡人交由陽世縣官處治,未及施火而離
去。故事中火神的作為,仁心維護良善,形象正義而公平。

《湖海新聞夷堅續志・岳麓寺二聖》(後集卷2)是火神施火未成的趣事。
內容寫岳麓寺金碧輝煌,又聽從胡僧之言興建一座橋,使寺廟成為「類西天」
的聖地。怎知橋樑剛建好,隨即出現波折:

> 山門下二聖忽現夢於寺主云:「本寺類西天,上界今差火德星君來焚
> 取,可急集大眾南去十里溪橋邊迎之。」夢覺,寺主驚,遂集僧眾
> 前去往候,自朝至晚,無往來者。天將昏,忽有一道人鬖髮鬅鬙,
> 身衣藍縷,徐徐然來,僧眾見之,下拜,迎至寺,大作齋會,待之
> 甚至,哀懇之曰:「此寺緣化修造,以十數年之辛勤,方能圓就,若
> 一旦為煨燼之場,寧不可惜?欲望星君特發慈悲,姑與原宥。」道
> 人驚曰:「貧道安有此?」僧眾再三哀告不已。

道人雖不肯承認自己是火神,但經不起僧人們連番哀求,於是——

﹝註105﹞ 祝融是神話傳說中的古帝,以火施化,號赤帝,後人尊為火神。相關記載,如
《左傳》昭公二十九年:「火正曰祝融。」同註56,卷53,頁923。《漢書・
五行志第七》:「帝嚳則有祝融,堯時有閼伯,民賴其德,死則以為火祖,配
祭火星。」(漢)班固:《漢書》(臺北:鼎文書局,1986年),卷27,頁1325。
意言當時黃帝的曾孫帝嚳時代有火官(掌祭火星、行火政之官)名祝融,帝堯
時有火官名閼伯,因百姓感念他們的德行,奉祀他們為火的祖神,配祀火星。

﹝註106﹞ 《左傳・昭十八年》:「禳火于玄冥、回祿。」杜預注:「回祿,火神。」同註
56,卷48,頁842。

﹝註107﹞ (晉)張華:《博物志》:「火之怪為宋無忌。」(臺北:金楓出版有限公司,
1987年1月),卷9,頁170。

（道人）問曰：「誰與汝説我是火德星君？言若明白，當與料理。」
寺主不得已，直云：「山門下二聖現夢。」道人云：「可打粘大紙數
十幅，一一綵繪本寺殿宇房廊樣式，多將紙錢前來燒化，庶可消
禳。」僧眾如其教，焚訖。五更初，眾送道人出山門下，乃指罵二
聖云：「誰使汝饒舌，教汝骨不見肉，肉不見骨。」……眾回山門，
則二聖泥土皆落，只有木胎。寺主再裝塑之，越旬日又落，至今本
寺山門下無金剛二聖也。

眾人聽從道人指示，以紙製的寺廟替代，岳麓寺果真逃過一劫。只是那門神
金鋼二聖何辜，盡責守護廟宇而洩天機，卻遭懲罰，從此僅剩素身素形，再
無泥塑貼金、彩繪等金碧輝煌的外觀。故事中人求告火神，與火神斥罵金鋼
二聖的情節，著實有趣！另外，文中稱火神爲「火德星君」，這是道教將火神
納入神譜之後，被民間流傳、接納的結果。

關於火神形象，早期是「獸身人面，乘兩龍」〔註108〕，《搜神記》爲「婦
人」〔註109〕，後代小說則有著「赭衣」之形。火神之所以出現紅衣女子的形
象，除了學者提出的「人們對火與紅色的聯想」〔註110〕外，推測應與更早期
灶神「赤衣」、「狀如美女」〔註111〕的傳說，或是隊人氏「皮膚、頭髮、鬍鬚
都是紅色的，即使用來蔽體的樹葉也是紅色的」〔註112〕有關。不過，在遼金
元文言小說中火神除了「紅衣人」（《山居新語》卷2）、「朱衣人」（《異聞總錄》）
外，像之前提及的「岳麓寺」故事中的火德星君則是「鬚髮鬍鬘，身衣藍縷」
的道人。值得一提的是，元代也相信火神與紅色的關係，《輟耕錄・火災》（卷

〔註108〕 《山海經・海內南經》：「南方祝融，獸身人面，乘兩龍。」郭璞注釋：「火神
也。」同註101，卷6，頁51。

〔註109〕 《搜神記・麋竺像》，內容爲麋竺於路途中義助婦人（火神），經其指點使家
當免於祝融肆虐。同註102，卷4，頁33。

〔註110〕 王立認爲：「火與紅色的聯繫，構成了人們的某種潛意識，有時甚至杯弓蛇
影，把火災與人們穿紅衣的象徵意旨緊緊聯繫起來。」王立：《佛經文學與古
代小説母題比較研究》（北京：昆侖出版社，2006年3月），頁469。

〔註111〕 據《禮記・禮器》，孔穎達疏：「顓頊氏有子曰黎，爲祝融，祀爲灶神。」同
註18，卷23，頁459。《莊子・達生》記載：「灶有髻。」司馬彪注釋：「髻，
灶神。著赤衣，狀如美女。」（周）莊周撰、（清）王先謙集解：《莊子集解》
（臺北：世界書局，2006年8月），卷5，頁167。

〔註112〕 據《韓非子・五蠹》載：「有聖人作，鑽燧取火，以化腥臊。」同註10，卷
19，葉1。之後燧人氏被納入道教神祇，俗稱「赤精子」，因發明鑽木取火而
成名。相傳他出生在石唐山之陽、皮膚、頭髮、鬍鬚都是紅色的，連用來蔽
體的樹葉也是紅色的，傳說他是掌管用火之神。

9）記至正年間，江浙行省平章穿紅衣到任。不久即有童謠云：「火殃來矣。」之後杭州接二連三發生嚴重火災，使杭城數百年繁華逐漸凋敝。歌謠中也是將紅衣直接視爲火神的徵兆。

大火無情！人們在視大火爲畏途的同時，小説作者卻將火神塑造成公平而富仁心的神祇。反映出火神在世俗化的過程，人們希望火神施放「惡火」燒死壞人，保護無辜，仍是寄寓善惡報應思想。另外，上述火神傳説故事多樣，蘊藏豐富的意趣。誠如王立所説：「古代對於火神的形象塑造和審美表現，基本上是道德化的，相信通過人類自身的行善、積善和孝行義舉感化火神，透露出懲惡揚善倫理文化的道德訓誡意旨。」〔註113〕其實不只是火神，中國神祇只要經過長時間的發展與醞釀，都會成爲懲惡揚善的化身，構築出極富民族性的神人形象。

3. 雨神

上古社會面對氣候無常，旱澇不均，故重視雨神祭拜。遼金元文言小説反映雨神之事主要在於祈雨情節。如《輟耕錄·天竺觀音》（卷25）寫杭州之上天竺寺供奉觀音，凡「旱禱」必有應。後來浙西自春徂夏不雨，杭州太守親率僚屬，「具幡蓋鼓吹，迎禱於梵天寺。」頓時霖雨霏霏。又如《湖海新聞夷堅續志·梨岳祈雨》（後集卷2）一篇雖寫祈雨，內容卻頗不相同。

> 史宇之以大觀文殿學士判建寧府，值天時亢旱，郡有神靈於梨岳，一日禱於祠，曰：「神爲血食此土之神，某奉君命守土之臣，斯郡久旱，苗稼將枯，神不降雨，我心何安？今釃酒二，神飲其一，某飲其一，若神降甘澍，保奏朝廷，厚其封贈。其或不雨，毀像焚廟。」史公舉杯一飲，而神前杯酒已竭矣。甫出門，陰雲四合，雨即霶霈，與萍俱下，水已帶土氣。雨止，西河之水已竭。乃知神運河之水以爲雨也。

故事反映出三件事：一是太守面對神祇的態度，不再是卑躬屈膝，一昧獻殷勤、祭祀，而是利誘威脅，要神人「盡本份」，表現出爲民無所畏懼的氣節。二者，描寫神、人共酒一節，以「史公舉杯一飲，而神前杯酒已竭」短短二句話，成功描摹出史某的豪邁氣魄，及神祇的一諾千金。三者，將河水轉化爲雨水，雖是自然現象，但瞬間令河水乾竭，這神異之筆法，又襯托神人的豪放不羈與神通廣大。故事寫出人與神的關係，應是互助而互蒙其利；否則，

〔註113〕同註110，頁469。

人們可以不必向神人獻祭。

　　元代中後期，水旱交替，小說中除了敘寫向天帝、神明祈禱，及請道人設壇祈禳外，也記蒙古族的禱雨方法。《山居新語》（卷3）：「蒙古人有能祈雨者，輒以石子數枚浸於水盆中玩弄，口念咒語，多獲應驗。石子名曰鮓答，乃走獸腹中之石，大者如雞子，小者不一，但得牛馬者爲貴。恐亦是牛黃、狗寶之類。」蒙古人的祈雨方式很特別，不比僧道方士設壇、擺大陣仗，只使用數顆從牛馬肚子裡取出來的石子和咒語。至於是否能成功令雨神降雨，不得而知。

　　另有小說寫拆穿方術祈雨的謊言與詐術。《輟耕錄・譏方士》（卷27）寫元代松江亢旱，府官特別遣吏，備「香幣」，不遠千里懇請方士沈雷伯前來祈雨。沈雷伯初到，「以爲雨可立致，結壇仙鶴觀，行月孛法，下鐵簡於湖泖潭井，日取蛇燕焚之。」場面弄得很壯觀，卻「了無應驗」，最後半夜遁逃。於是有人作詩嘲諷道：「誰呼蓬島青頭鴨，來殺松江赤練蛇。」此篇人物描寫頗爲成功，寫沈雷伯「道術高妙、驕傲之甚」，對照最後「羞赧、宵遁」，更凸顯方士祈雨的荒謬。另外，最後以調笑戲謔的詩詞收束，增加故事的「笑果」，其實還是在諷刺當時社會每遇天災，動輒耗費錢財，請方外高僧、方外道士祈禳，效果卻不彰的情形。此外，在佛道影響之下，龍王也成爲興雲致雨的雨神，將於下文討論。

4. 江神

　　中國祭祀江神起源甚早〔註114〕。據學者研究，殷人祭禮中以「河」神最多。〔註115〕此應與黃河雖然滋養先民，卻經常氾濫成災，出於祈福、避禍的心態，〔註116〕崇祭河神。因此發展出如河伯娶婦〔註117〕、湘君及湘夫人的浪

〔註114〕　《公羊傳・僖公卅一年》：「山川有能潤於百里者，天子秩而祭之。」收入（清）阮元校勘《十三經注疏》（臺北：藝文印書館，2007年8月），卷12，頁157。

〔註115〕　詹鄞鑫研究關於河神的卜辭不下五百條之多。見氏著：《神靈與祭祀——中國傳統宗教綜論》（南京：江蘇古籍出版社，1992年），頁67。

〔註116〕　〈無支祈傳說考〉：「奔流不息的河流，波濤洶湧的大川，它們平時雖能給人以福利。然而一旦泛濫起來，它所給與人們的災害，卻常常超過福利的。處于原始心理狀態的人們，對於這種自然災害之來，得不到正確的解說，因此他們就本著週遭環境和自己的心靈加以直覺的解釋，這解釋往往是把自然的災害，賦以人格的說明，以爲自然界也和他們一樣，因而就形成水神的神話和傳說。」葉德均著，收入王秋桂編：《中國民間傳說論集》（臺北：聯經出

漫神話〔註118〕等豐富的江神傳說。

金元文言小說寫河濤之神相關故事，如《湖海新聞夷堅續志・江神通書》（後集卷2）寫邵敬伯受託送書給江神，江神送他一把刀當作謝禮，使他終身「無水厄」。同卷之〈井神現身〉記「泉神」為報答人類「護泉源」之恩，特地下凡為人操賤役。同書之〈追攝江神〉（補遺）情節頗不相同，寫宋代蔡端明赴任泉州太守時，渡船翻覆致隨從等多人溺斃。蔡守於是下令「追攝江神」。然懾於神祇的地位，接連二位官差寧死不肯覆命，第三個抱著必死的決心，「具酒肴禱於江滸而後投江」，江水竟然神奇地裂開，「直到神所」，果真得到江神首肯，同意親自面官說明：

> ……至中夜，端明盡屏左右，明燭席坐以俟。至期烈風一陣，見江神來前，判官抱簿隨後，蔡詰之曰：「汝為江神，不能守職，使一舟之人盡葬魚腹，汝之罪也。」神令判官檢簿，該載其年月某日某人等，計若干名，當同時死水。遂一點對名目，與已溺死之人名目無少差。神又曰：「凡溺於水死者，皆水府注定，非神不職而致死於非命。」言訖而退。……

故事的旨趣雖是表現「壽命天定」，但江神的形象卻豐富有人味。最初江神為避免再傷及無辜，紆降身份接受陽世官吏審問；再以生死薄一一說明死者喪身魚腹乃命定。塑造江神職司有據、溫和仁心的形象。此外，蔡守必為溺死者討公道的決心，及其面對江神，神色自若地問案，加上故事最後寫他為避免再有船難，建築渠道以利舟行，塑造出有為有守，憂國為民的朝臣形象。

前述故事中的江神具仁慈、正義的形象，卻也有寫人們「賄賂」江神的趣事。如《捫掌錄》寫王榮老罷官渡江，七日風作不得濟。人勸以「江神極靈」，當獻篋中奇物。榮老先後獻上玉塵尾、端石硯、宣尼虎帳等寶物，仍江濤大作，無法渡河。最後以獻上「有黃魯直草書扇」，立即風平浪靜，順利過渡。文中江神的好尚，既非玉石，也不是珍珠，乃嗜愛翰墨，令人發笑。或許如作者所說，「江神，必元祐遷客鬼為之」。不然，怎會嗜好此道！其實，

版公司，1980 年 8 月），頁 259。

〔註117〕據《史記・滑稽列傳》載，當時有「河伯娶婦」之俗，「水來漂沒，溺其人民」。（漢）司馬遷：《史記》（臺北：七略出版社，1985 年），卷 126，頁 1314～1315。

〔註118〕楚國民間有湘江江神崇拜，至屈原《九歌》以浪漫的筆法，發展為湘君、湘夫人的神話傳說。

拜小說與戲曲流傳之賜，神祇在民間發展越久，形象就越具人性。同時，小說也寫出古人祭河的迷信，每每遇到風雨大作、波濤翻騰的惡劣天候，除了束手無策地等待外，只能企盼藉由祭祀江神，獲得一帆風順的護祐。從一開始出自於敬畏就投注大量錢財以換取平安的迷信，已然發展爲民俗禁忌而深入民心，成爲民間社會的集體意識。因此，不只是江神崇拜，多數祠神信仰都是如此，只要指稱是敬獻給神祇，百姓無不爭相出錢出力，難怪民間祠神廟宇永遠興盛不絕。

　　上述雷神、火神及江神等自然界諸神，多具懲惡助善的形象，似乎只要在中國民間社會發展時間較長的神人，通常會受儒道佛三教的倫理道德觀影響，成爲執行公理正義的化身。

（二）動植物神靈

1. 動物崇拜

　　龍位居四靈〔註 119〕之首，其崇拜起源甚早。雖然龍可能是古人幻想出來的動物〔註 120〕，自古與龍有關的神話傳說卻如恆河沙數。金元文言小說中關於龍神的故事，如《湖海新聞夷堅續志・見龍富貴》（前集卷 1）寫宋代鄭損帥蜀向富人借錢糧時，見井水內有「二小龍戲躍」。待龍乘雲而去時，在座只有鄭損與富人看得見龍，餘皆無所見。故事強調「富貴之人與尋常異」，反映出龍乃是靈物，一般凡胎肉眼是無法看到，一旦能親睹龍形，自然際遇非凡。

　　又有關乎興雲佈雨之事〔註 121〕。《湖海新聞夷堅續志》之〈白鱔化蛟〉（後集卷 2）、〈開封水怪〉都是寫龍族爲怪，水湮城市的故事。同卷〈井有白龍〉敘白龍乘水之事。故事既描繪神龍興雲起雨之能，同時表現神龍見首不見尾

〔註 119〕　《三輔黃圖》：「蒼龍、白虎、朱雀、玄武，天之四靈，以正四方。」（六朝）不著撰人：《三輔黃圖》（臺北：臺灣商務印書館，1981 年《四部叢刊廣編》），卷 3，頁 14。

〔註 120〕　朱天順從古代字書的訓釋意義著手，認爲龍是幻想中的動物。他進一步指出，「幻想龍這一動物神的契機或起點，可能不是因爲古人看到了與龍相類似的動物，而是看到天空中閃電的現象引起的。」見氏著：《中國古代宗教初探》（臺北：谷風出版社，1986 年 10 月），頁 99～100。

〔註 121〕　張貞海指出，龍取代黃帝時之「雨師」而擔任「行雨」的職務。部龍族報恩故事，經常出現「行雨」、「穿井」的情節。詳見氏著：《宋前神話小說中龍的研究》（臺北：中國文化大學中國文學研究所博士論文，1992 年 6 月），頁 76。

的形象。《吳中舊事》則記天久不雨，吳地發生苦旱，吳邵「醮祭不效」，請道人路真官使用「起龍致雨符」，投入「太湖龍窟」，祈天降甘霖。由於龍具興雨之能，所以也會因此釀災，於是又有除龍害的故事，如《湖海新聞夷堅續志‧盧六祖》（後集卷 2）寫元代有孽龍佔據深潭，盧六祖將龍變小，收服在缽盂之中。

有龍報恩、懲惡之事。如《湖海新聞夷堅續志‧放龍獲報》（前集卷 2）寫李元救助龍子，龍王助他考取功名。《山居新語》（卷 2）寫龍自天而降，懲惡護善。另有神龍逞能之事，如《異聞總錄》（卷 2）記某廟有二龍「威靈甚著」，經常化形為青蛇，民眾不敢犯，每有新任府帥必會修葺是廟。某李姓太守初到任，不肯致謁，二龍怒而盜官印。最後太守驚恐地「詣廟焚香」，才拿回官印。文中突出神龍顯威，官府不得不低頭折服，頗有迷信味意。這則故事也見元好問《續夷堅志‧抱陽二龍》（卷 3）一篇，推測相關傳說在民間流傳可以頗為普遍。

關於龍的外形，「狀若綠蜿」（《瑯嬛記》）、「龍鱗甲中幽黃色，其形如駝峰，頭與一大樹齊。腥臭不可近」（《續夷堅志‧三姑廟龍見》卷 3）、「脊尾如生銀蛇」（《湖海新聞夷堅續志‧井有白龍》後集卷 2）、「身僅六七尺，若世所繪，龍鱗蒼黑，驢首而兩頰如魚，頭色正綠，頂有角，坐極長，其際始分兩肢，有聲如牛。」（《湖海新聞夷堅續志‧開封水怪》前集卷 2）當然還有許多龍以蛇的外形出現。最神奇者，是《湖海新聞夷堅續志‧雙龍現形》（後集卷 2）寫劉洞微善畫龍，神龍現世告訴他關於龍的外形：「龍有雌雄，其壯不同，雄者角浪凹，目深鼻豁，鬐尖鱗密，上壯下殺，尾火燁燁。雌者角靡浪平，目淺鼻直，鬐圓鱗薄，尾壯於腹。」足見龍的形象變化多端，作者各憑想像，難以歸整出統一樣貌。

上述故事，從各種面向表現龍族故事，同時表現相關崇拜。又因為龍是幻想的神物，所以更具神秘色彩；至於對龍形的描寫，彰顯人們希望一窺龍王真面目的渴望。另外，無論龍族在故事中是懲兇，還是報恩，多離不開「雨（水）」。

又有龜的崇信。由於「龜千歲」、「能導引致氣」〔註122〕等長壽、靈氣的特質，是人類追求、卻又不可得的企盼，所以發展出龜信仰。小說也往往就牠的特性加以發揮，有表現長壽的故事，如《續夷堅志‧石中龜》（卷 2）記

<hr>

〔註122〕《史記‧龜策列傳》，同註117，卷 128，頁 1323。

某道人敲開石壁，於其中獲得一隻龜，將牠養在案頭上玩狎。又有彰顯靈性者，如《湖海新聞夷堅續志・龜知吉凶》（後集卷 2）敘述楊炎正與其弟共養一隻大龜，幫牠建「龜室」，以「飯或餅餌」餵食。每遇兄弟二升官或有喜事，大龜「跳躍而出」；遇凶事，則「出而淚下」。同書之〈江神通書〉寫神龜於大水中救人。又同卷之〈達僧葬地〉寫主角獲得龜神幫助而習得移轉水的仙術。同卷之〈石龜能行〉一篇更為奇異，寫古碑下的石龜異事：

> （石龜）每夜出遊。官吏奇之，祭以邀福，無不驗者。由是禱祈無
> 寧日，名之曰靈龜大王。續有太守來，以為怪，非惟不祭，且投之
> 水。居不遑安，吏民再扶起而祭之，因此獲福。後遇異人，知其為
> 怪，碎之，而怪方息。

龜能活數百年已是奇事，更何況是「石龜」能自由活動。這個故事主角雖是靈龜，卻是中國民間信仰發展的基本模式：通常人們因為「奇、異」而祭祀，接著是出現「神跡」或祈而靈驗，過程中若遇阻力（如上文中的太守），又多會因為人們的惶惑不安，阻力自然會消失（如上文中重新祭祀）。若崇拜歷久不衰、壯大，通常會發展為更普及的信仰。

除了龍與龜信仰外，還有虎、猴神、蛇靈、狐仙的迷信。關於老虎之事，則凸顯其萬獸之王、勇猛威武及替天行道的正面形象。如《異聞總錄》（卷 1）寫巫化為虎，鬥疫鬼。《至正直記・溧陽父老》（卷 3）、《輟耕錄・虎禍》（卷 22）中的老虎都成為替天行道的工具，懲治惡徒。寫猴神信仰者，如《湖海新聞夷堅續志》（後集卷 2）之〈猴言禍福〉、〈猿為廟神〉等，前一則寫精猴自稱「四郎君」，先偷盜民眾衣物，再於「夜靜空中」告訴失物者，於是人將猿視為神，久之則「言禍福甚驗」。最後被不迷信的官吏拆穿，落荒而逃。原來是「長尾猢猻」為怪。後一則故事更為有趣，寫宋代三十五代天師行經六和塔，見「新廟翼然」，人道是「福神」之廟。天師告訴當地居民，該廟供奉的「神」是龍虎山的「白猿」，然後「仗劍」向廟內喝叱，要白猿莫要為禍，否則必將其誅除。寫蛇靈的故事，如神化青蛇賞善（《湖海新聞夷堅續志・上真顯靈》後集卷 1）、巨蛇懲惡（《輟耕錄・不孝陷地死》卷 2）。敘狐仙者，如《續夷堅志・胡公去狐》（卷 2）、《湖海新聞夷堅續志・狐稱鬼公》（後集卷 2）等等故事。綜合上述動物傳說故事，多是神化、誇飾其能力與靈性，使人深信不疑，除了表現報恩懲惡的因果觀之外，也反映古代社會的迷信思想。

2. 植物崇拜

植物與人類生活息息相關，而且具有長壽、生命力強等人們渴慕的特性，所以被先民崇拜。〔註123〕《史記》載：「帝太戊，有桑穀生於廷，一暮大拱，懼。」〔註124〕表現出植物崇拜的最初心理狀態，是基於對神奇靈樹一夕長大的畏懼。遼金元文言小說所反映的植物信仰，有寫草木有靈的故事，如《續夷堅志‧天慶殿柱》（卷4）寫「大木」將被拿去修建藥棚，故而連哭三夜。同卷之〈高白松〉寫某縣爲了修葺東嶽廟而徵收境內大樹，樹神化身爲綠袍老人向縣官徐偉託夢求救。徐偉追查之下，「高白村有古松，幹柯茂盛，陰蔽二畝，鄉社相傳爲數百年物。亦在採斫之數。鄉人父老哀禱於偉。」最後古松免於被伐。故事中的古松預知自己的災難而避禍，儼然具特殊神力；而鄉人知道古松將被砍伐後，哀痛地祈求父母官，表現民眾對靈樹的崇敬。

更有表現出樹木的生命力者，《湖海新聞夷堅續志‧榆木爲怪》（後集卷2）：

> 呂公家有榆木精，名爲「俞老姑」，常出廚間與群婢爲偶，家人久亦不爲怪。一日忽懷妊，群婢戲之。自言非久當產，遂月餘不見。忽出云：「已產矣！」請視之，後園榆木西南生大贅乃是。

將大自然常見的樹瘤，說成是樹精懷孕、生子，想像力可謂豐富。更有趣的是，人類與樹妖相當親近，不認爲其可怕，反映出現實環境中人與植物至爲親近的特性。不過，也有作祟的樹精。如《異聞總錄》（卷1）寫柳妖迷魅男子；同書另載某婦隨家人至林間賞玩，回家後即「癡臥」，家人認爲該婦是因爲戲柳得疾，爲其「毆攘禱禬，百術備至，終無所益」，最後只能向柳妖告解，迎神妖立祠。文中表現人類與妖精鬥法一旦失敗，通常就是「迎神祭祀」一途，這也是祠神信仰建立的途徑之一。

植物既然有靈性，當然具有預示變異的能力。《輟耕錄‧樹鳴》（卷9）記元代至正年間，兵亂密集。戴某家宅門首之柳樹，「若牛鳴者三」。主僕因爲害怕，「斬其樹」。不久，家產被掠一空，之後「屋毀於兵」。同篇另記趙某舉家去掃墓時，聽見柏樹如「老鶴作聲」，音響不絕，舉家惶惑。之後，家宅被亂軍焚毀、貨財與婦女亦被強奪。這種樹精先知禍事，或預示災變的故事，

〔註123〕《莊子‧逍遙游》：「楚之南有冥靈者，以五百歲爲春，五百歲爲秋；上古有大椿者，以八千歲爲春，八千歲爲秋。」同註111，卷1，頁2～3。

〔註124〕《史記‧封禪書》，同註117，卷28，頁537。

表現草木的靈性。此涉及中國古代原始社會的先兆迷信，將於下一節進一步
討論。

　　植物神靈崇拜，又表現於草木具有厭勝能力。如桃木能避邪鎮惡，這種
觀念起源甚早，據《禮記》記載：「君臨臣喪，以巫祝桃茢執戈，惡之也。」
鄭玄注：「爲有凶邪之氣在側。桃，鬼所惡。茢，萑苕，可掃不祥。」〔註125〕
就是利用桃樹行厭勝〔註126〕避邪之術。反映於故事，如《輟耕錄・鬼爺爺》
（卷 23）寫宋某仕途不順欲尋短，後經鬼魅指引而謀官、獲財、娶妻生子，
成爲富翁。宋某遂尊稱鬼魅爲「爺爺」，並祭獻以報。後來鬼魅需所無度，致
宋某心生恐懼，尋求道者幫助：

> 令人詣龍虎山求天師符命，懸於所寓室內。晨興，但見一樣四十道，
> 皆倒懸之，莫可辨其眞僞。及禮請功行法師驅治，而壇內牌位顛倒
> 錯亂，弗能措手而止。又一日，鹽倉印信不知所在，告之哀切。……
> 後有一過路道人詣門，偶以始末訴之。道人曰：「我當爲汝遣之。」
> 乃於桃樹上斫取朝向東南大枝，作一搥一橛，便以橛釘東南隅地上。
> 囑云：「每月逢五，則擊五下，當自絕也。」後果寂無影響。

篇中以天師命符制魅，先是莫可奈何，後以「桃樹」行厭勝之法，果然將其
消滅。除表現桃木有靈能除妖魅外，也有嘲弄符籙、天師於制鬼無用之意。

　　又有桃子助人登仙之事。《續夷堅志・桃杯》（卷 2）記韓道人偶然食用「大
如杯盌、紅而香」的桃子；再鑽桃核破，取仁吞之，甘如酥蜜。再以桃核作
兩個酒杯，道人從此「辟穀」，六十餘歲看起來僅如四十許人。故事表現桃子
的作用，可以助人不食五穀而登仙，切合古人「喝桃湯」避邪之俗〔註127〕，
同時表現桃木的靈性，具植物崇拜的精神。此外，故事有受桃生神話影響的
痕跡。

　　儘管前述故事對於桃木厭勝的功效言之鑿鑿，卻有故事反駁鬼類怕桃枝
之說。《異聞總錄》（卷 1）寫鬼婦「折桃花一枝，簪於冠」，然後魅惑男子。

〔註125〕　《禮記注疏・檀弓下第四》，同註18，卷9，頁171。

〔註126〕　關於厭勝：學者指出：「『厭』是『壓』的古字，『厭勝』即通過某些事物來鎮
　　　　　壓或抑制災殃邪惡。……其原理是利用陰陽五行之間互相克勝的原理來抑制
　　　　　邪惡。」同註115，頁 409～410。

〔註127〕　《荊楚歲時記》：「正月一日，長幼悉正衣冠，以次拜賀，進椒柏酒，飲桃湯。」
　　　　　（南朝梁）宗懍著：《荊楚歲時記》（臺北：臺灣中華書局，1974 年 7 月《四
　　　　　部備要》），葉 1。

作者於文末直接說出主旨：「世謂鬼畏桃花，其說戾矣」。側面反映桃木能避邪鎮鬼之說深入民心，作者立意破除桃木能厭勝之俗信。在萬物有靈論的思惟之下，大自然常見的花草樹木自然也被認為具有靈性。雖然植物神靈崇拜不如動物信仰明顯，有些甚至察覺不到原始意義，然若仔細探究仍可找到蛛絲馬跡，如家中植物突然莫名地枯萎或畸形，人們會不自覺地視之為有事情將發生的前兆。這些都是植物崇拜的遺跡。

二、鬼靈崇拜

（一）祖先崇拜

中國人重視祖先神靈崇拜，其內涵是融合鬼魂觀念與儒家孝道精神〔註128〕。遼金元文言小說所反映的祖先崇拜思想，如深信祖先「生活」在家廟中。《異聞總錄》（卷4）寫黃家有一名善彈琵琶的妾室突然失蹤，「門戶之禁如上臺」。數日之後，「冉冉從家廟中出」，原來是被已逝的翁婆招去彈琵琶。又如《湖海新聞夷堅續志·鼠運緯車》（後集卷2）記吳龜年經常在家裡看到一個陌生人，「淮巾袍帶，或坐月下，或坐花前，或坐池畔，或坐樓上，變見不一」。吳某靈機一動，向著祂說：「此家神也，請歸祠堂。」那人從此消失。兩則故事都與家廟有關，而後一則「不認識」祖先，這應該與中國傳統祭祖向來注重「宗譜意識」〔註129〕的觀念有關，於是將所有祖先都奉祀於家廟中，供後輩子孫追憶與景仰。

中國人對崇拜祖先的觀念根深蒂固，尤其深信祖先神靈在冥冥之中支配家運、家事。於是有祖先送財的故事，如《湖海新聞夷堅續志·家神送物》（後集卷2）寫子孫事祖謹禮的福報：

> 張稅院者，家事家神甚謹。□家神者，祖先也。□薄有貲產，後因破蕩，家人朝夕禱之，以冀陰相。一日將暮，忽見一嫗攜一小竹合子直入，置家堂中几案上，急出迎之，亦不見矣。但瞻家堂中所畫先世祖婆者如之，家人疑異，留不啓視。經宿啓視，皆黃白之物。

〔註128〕 阮昌銳：「儒教對民間信仰的主要影響有二點：一是祖先崇拜：祖先崇拜淵源於古代泛靈信仰中的人鬼崇拜，但融合了儒教的孝道倫理，所以，一方面保存著原始對亡靈恐懼的觀念，另一方面卻表現出慎終追遠的孝道精神。」見氏著：《中國民間宗教研究》（臺北：臺灣省立博物館出版，1990年6月），頁44。

〔註129〕 孟慧英：《中國原始信仰研究》（北京：中國社會科學出版社，2010年3月），頁142。

　　　　張甥之治產，因此貲產甲於族。蓋嫗者，祖婆也。
作者安排祖婆這類形象溫宛、疼愛後輩的女性角色送財，讓小說顯得溫馨可感。故事主旨清楚明白，就是勸人要敬祖，試觀作者在文末道：「夫祖宗英靈毋有不陰相子孫，惜人未之知，但朝夕奉祀淫鬼，指為神明。為他人祀祖宗，謂可徼福，反以本生祖宗置之度外，歲時不祭，墳墓不登，雖有子孫，絕嗣何異？儻能移祀淫鬼之心敬事祖宗，非惟如張氏之獲報，而天地神明亦加垂佑焉。」抨擊當時社會好事淫祀，而輕薄祖先的風俗，頗有撥亂反正之意。

　　　又有祖先託夢指示事情，如《湖海新聞夷堅續志‧修路延年》（前集卷2）寫祖先在夢中喻令後人要廣行善事以修陰德。又有先祖顯靈主持公道、正義之事，如《輟耕錄‧賊臣攝祭》（卷2）記敘元英宗告祭太廟時，由弒君原兇鐵失也先貼木兒、赤斤貼木兒等人擔任攝祭官。突然，「陰風北來，殿上燈燭皆滅」。作者忍不住跳出來指責道：「祖宗威靈在上，不使奸臣賊子得以有事於太廟，而明示嚴譴之。」最後那些弒君的惡臣果然遭到身誅族赤的報應。又如《輟耕錄‧恭敏坊》（卷15）記李唐卿不能守護家業，還收取賄賂將拆除舊里民坊。某夜突然夢見其祖先，「責以不能世守其業，又毀其坊，既罵且撻」。致李某「負痛叫號」、暴死。故事利用夢境與異象描寫先祖顯靈懲治後代情節，表現祖先神靈莫測；同時，也反映中國人深信祖先之靈一直存在冥冥間，監督後人言行。

　　　祖先崇拜也反映在祭拜上。例如《至正直記‧江古心》（卷4）江古心的養子於「祭祀有闕」，後來被先祖箠撻，背脊發疽而死。又如《錢塘遺事‧萬回哥哥》（卷1）記臨安之俗，「每歲臘月二十四日，各家臨期書寫祖先及亡者名號，作羹飯供養罷，即以名號就楮錢上焚化。」儘管各地方的祭祀習俗不甚相同，卻藉此祈求先祖的保護和助佑﹝註130﹞的心理是一樣的，都反映出中國人慎終追遠的精神。

（二）鬼魂崇拜

　　　本文第三章已討論過遼金元文言小說的鬼類故事，有善鬼與厲鬼、報恩鬼與復仇鬼，無助鬼與作祟鬼等，其形象頗為多姿。其中，描寫如常生活在陽世的鬼故事，反映人們希望知道死後靈魂如何生活；作惡為祟的鬼，則反映人們對其特殊能力的恐懼或羨慕。朱天順指出：「古人迷信鬼魂有超人的能

──────────────────
﹝註130﹞詹鄞鑫指出，「祭祀祖先主要是為了祈求保護和助佑。」同註115，頁183。

力，並能監視人的行爲和賞罰，所以才去崇拜它。」〔註131〕確實，在敬畏的心裡之下，鬼魂逐漸成爲人們的信仰之一。以下由鬼魂形象與死後世界二端說明小說所反映的鬼魂崇拜。

1. 鬼魂形象

在眾多鬼故事中，替死鬼與疫鬼的形象較爲鮮明。其中溺死鬼抓交替是中國眾所周知的俗信，試觀以下二則相關故事：

> ……居民連數夕聞呼朱僕射，而不見其人。已而新虔州守馮季周，調修撰赴官，泊舟亭下，從行僕朱秀才者溺死。(《異聞總錄》卷1)

> 澤州有針工。一日，人定後，方閱針次，聞人沿濠上來，喜笑曰：「明日得替矣！」人問替者爲誰？曰：「一走卒，自眞定肩緻插書夾，來濠中浴，我得替矣。」針工出門望，無所見，知其爲鬼。明日，立門首待之。早食後，一疾卒留緻與書夾針工家，云：「欲往濠中浴。」針工問之，則從眞定來。因爲卒言，城中有浴室，請以揩背錢相助。卒問其故，工具以昨所聞告，辭謝再三而去。其夕二更後，有擲瓦礫於門，大罵曰：「我辛苦得替，卻爲此賊壞卻，我誓拽汝水中！」明旦，見瓦礫堆。數夕不罷。此人遷居避之。(《續夷堅志·溺死鬼》卷2)

兩則故事都發生在水濱，而前一篇以鬼魂呼叫替者的名字多日，直至他死亡，表現生死命定的觀念。後一篇則是工人破壞鬼魅的計畫，拯救了即將被替代的人類，傳達出以人爲本的精神。相類的故事尚如《異聞總錄》（卷1）寫主角誦讀神咒以退水鬼、同書（卷4）寫主人三番兩次救了被水鬼抓住的僕人。不過，同書（卷4）另有一篇寫種菜人聽到水鬼抓替的計畫，及時拯救某人，自己反而溺斃，成爲水鬼替身。從這些故事可以發現，即便被水鬼鎖定也不一定會死，但此處人鬼關係是處於你死我活、誓不兩立的極端。至於結局無論是表現生死有命，抑是人定勝天的思想，都反映出鬼魂對人類生命的威脅。同時，因爲畏懼水鬼抓交替，逐漸發展出農曆七月不到河邊等禁忌，成爲社會習俗的一部份。這些都是鬼魂信仰的反映。

至於疫鬼的崇拜，由於古人對疾病莫知所由，而將其歸於天神降災，或精魅疫鬼爲祟。早在先秦時代，即有疫鬼作祟之事，據《左傳》記載，晉景

〔註131〕同註120，頁179。

公生病時，夢見疫鬼在他身體作怪。〔註132〕舊時傳說：「顓頊氏有三子，生而亡去爲疫鬼。」〔註133〕可見古人相信生病是疫鬼、瘟神散佈疫疾所引起，因此畏懼而祭祀。遼金元文言小說疫鬼故事著重描寫疫鬼施疫的情節。試觀以下二則：

> ……全家好善，用錢買所釣之魚放焉。眾皆笑其癡，沈獨爲喜。復值疫疾，人有夢見溫鬼報旗一束，自語相曰：「除沈家放生積善外，餘排門並可插旗。其居民二百餘家，皆染疫疾，死者將半，獨沈家全門獲免。豈非好生而免斯疾乎？（《湖海新聞夷堅續志·捨橋獲子》前集卷2）

> ……牧童在牛圈聞有扣門者，急起視之，見壯夫數百輩，皆披五花甲，著紅兜鍪，突而入，既而隱不見。及明，圈中牛五十頭盡死，蓋疫鬼云。（《異聞總錄》卷1）

前者寫瘟神插旗施疫的過程；後一則寫疫鬼施疫於牛隻。兩則故事最大的不同在於疫鬼的形象，前者更貼近人神，而後者身著顏色奇異的冑甲，更接近於「鬼魅」。

疫鬼只能「依附牆壁而行，不能破空」〔註134〕，是一般民眾對疫鬼的認知。《異聞總錄》（卷4）即將此寫入情節之中。內容是小兒看到「奇形異服，頗類世間瘟神」，對家人施疫。小兒因爲命定有官職在身，提起燈籠一照，「諸鬼慌窘，悉趨壁而沒」。之後，全家僅小兒沒有生病。故事值得注意是，疫鬼臨門散佈疫情，竟然也有貴賤之分，令人不禁有貧賤百世哀的感慨。不過，這仍是受制於官祿命定思想的結果。

有被疫鬼驅役故事。《湖海新聞夷堅續志·瘟鬼拿夫》（後集卷2）寫李老死而復生，向人述說他被瘟神驅役的親身經歷。《異聞總錄》（卷1）也寫主角被「形貌怪惡」的疫鬼，叱令負擔，最後靠巫師「掩鬼不備、從後門施法。持刀吹角，誦水火輪咒而入」方才救活。《湖海新聞夷堅續志·神療疫病》（補

〔註132〕　《左傳·莊公八年》記載，晉景公因病延請秦國名醫治療。曾夢到「二豎子」談論他的病情：「其一曰：『彼良醫也，懼傷我，焉逃之？』其一曰：『居肓之上，膏之下，若我何？』」同註56，卷26，頁450。

〔註133〕　《搜神記》：「昔顓頊氏有三子，死而爲疫鬼：一居江水，爲瘧鬼；一居若水，爲魍魎鬼；一居人宮室，善驚人小兒，爲小鬼。」同註102，卷16，頁116。

〔註134〕　《重論文齋筆錄》：「凡鬼皆依附牆壁而行，不能破空，疫鬼亦然。」（清）王端履：《重論文齋筆錄》（臺北：新文豐出版公司，1989年《叢書集成續編》），卷2，頁26。

遺）記疫鬼施瘟後，有長髮赤眼的神人前來呪水救治眾人。這些故事反映出即使被疫鬼施疫，已不再是不治之疾，可藉由巫術、符籙等救治而痊癒。這與前述晉景公因疫鬼而病入膏肓，無藥可救的情況大不相同。可見遼金元文言小說中的疫鬼故事，因為道家符呪治鬼思惟深入社會人心，使情節也隨之發生變化。周西波指出，「在許多民族的傳統文化中，敬畏『神鬼』、『精怪』等的觀念有著長久而深遠的影響，經常被人們視為生活中災難病痛之緣由，基於對生活周遭各類事物的接觸與附會，衍生出種種的神、怪之名稱、形體、特質及彼此之關係等等，逐漸構成了這一範疇的『知識體系』。進而影響個人、社會乃至整個國家的日常生活行事，既是宗教信仰發展的基礎條件之一，也是禮俗形成的背景因素之一，更是文學作品寫作的題材來源，故為探究許多文化現象發展歷史過程中，不容忽視的層面。」〔註135〕意即，包括鬼靈崇信等民間信仰已深入人心，既成為社會文化生活的一部份，更是小說取材的重要活水。

2.死後世界

由於相信靈魂存在，「死後世界」〔註136〕因應而生。漢朝即有人死後魂歸泰山的觀念〔註137〕，佛教傳入中國後，地獄之說普遍流傳，於是泰山信仰與地獄報應觀結合〔註138〕，建構出中國人的死後世界。這個世界裡有泰山府君、閻王等主宰，更有協助管理的城隍、土地神及獄卒等冥吏。這些冥間人物經常出現在小說中，是魂遊地府情節不可或缺的一部份。如《續夷堅志・張童入冥》（卷1）：

> 平輿南函頭村張老者，以捕鶉為業，故人目為鵪鶉。年已老，止一
> 兒，成童矣，一旦死。翁媼自念老無所倚，號哭悶絕，恨不俱死。……
> 慟哭不休。忽聞墓中呻吟聲，翁媼驚曰：「吾兒果還魂矣！」撒磚曳

〔註135〕周西波：〈從火精到雷部之神─略論宋無忌傳說與信仰〉，收入國立臺中技術學院應用中文系編：《道教與民俗學術研討會論文集》（臺中：國立臺中技術學院應用中文系，2007年8月），頁319。

〔註136〕「死後世界」又可稱為「陰間」、「地府」、「幽冥」、「九泉」、「地獄」等等。詳見陳美玲：《從古典小說的鬼觀察鬼信仰的心理與文化現象》（高雄：高雄師範大學國文學研究所博士論文，2001年），頁78～116。

〔註137〕《日知錄・泰山治鬼》一篇曾舉出漢朝對於人死後魂歸泰山的說法。詳見（清）顧炎武：《日知錄》（臺北：臺灣商務印書館，1965年《萬有文庫薈要》），卷30，頁28～29。

〔註138〕張崑將等編著：《中國文化史》（臺北：五南圖書，2007年2月），頁215。

> 棺出，异歸。兒果復活。俄索湯粥。良久，説初爲人攝往冥司，兒
> 哀訴主者：爹娘老可念，乞盡餘年，葬送畢，死無所歸恨！冥官頗
> 憐之，即云：「今放汝歸。語汝父，能棄打捕之業，汝命可延矣！」
> 其父聞此語，盡焚網罟之屬。

張童因爲孝順而感動冥司放他還陽，又因父親放棄捕生而延壽，所以張童到
地獄走一遭實際上是爲了勸戒世人孝順與戒殺。故事最後還寫張童在地獄曾
看到某認識的和尚正被獄卒折磨，他還陽後將所見告訴和尚，和尚心生畏懼
而改過遷善。故事表現出濃厚的教化氣息，而由和尚仍然活著，靈魂卻在陰
間受苦，凸顯出人們對於鬼魂的崇信。

　　其他尚有寫地獄的恐怖景象，如《江湖紀聞·醫不淫婦》（卷 6）寫淫婦
被押至冥司，「先以刀剖其腹，繼以沸鑊沃其腸，名曰『湔滌』。」《續夷堅志·
賈道士前身》（卷 1）：「歷觀諸獄，不忍恐怖」；《湖海新聞夷堅續志·修路延
年》（前集卷 2）：「盡枷鎖縲紲之人，哀號涕泣」等等。又有表現生魂被拘提
到地府審問之事，如《湖海新聞夷堅續志·李主觀靈異》（後集卷 2）平日「欺
害貪虐」的某帥被押至冥府，升堂判刑，不久該帥即因疽暴亡。又《異聞總
錄》（卷 1）記李主簿夢見被捕至冥司，究其前世「推妻墮水」之罪，甚至傳
喚「山川之神供證」，最後證明李妻是失足落水而死，終於還李某清白。表達作
惡之人死後將下地獄受苦，但若蒙受冤屈仍有機會伸白，明顯蘊含勸懲意義。
地獄是果報故事重要的一環，經過歷代文學作品踵事增華之下，助長地獄審案
判決的情節，也普遍影響社會民眾，甚至深信不疑。因此一般老百姓將官府不
能解決的冤屈，都寄望在冥司陰吏的身上，祈求福德一致，賞罰公平。

　　由此可知，幽冥世界就是陽世的反映，所以兩者多具備相同的道德觀。
如《湖海新聞夷堅續志·枉死報冤》（前集卷 2），寫姚孜爲了錢財誣陷王虎致
死，王虎冤魂不散一直糾纏姚孜。但見姚孜「被妖孽纏縛，如發狂與人爭鬥
狀，鼻口內皆出血，日夜不睡。」後來經過道士宋之才調解救治，王虎領受
道士之「聖力」，才使受冤得解。此處人與鬼的關係，既有冤對，也有救贖；
王虎因爲惡人而死，卻也因爲道人得以超生，反映出鬼魂崇拜的兩個面向：
前者傳達人鬼之間的敵意，後者表現人鬼關係藉由宗教儀式而調和。值得注
意的是，王虎受冤後的身份，小說寫「陽間雖謂王虎身亡，東岳卻謂王虎枉
死」，似乎冤魂的身份較爲特殊，使幽明兩府都同情他，這才聽任冤魂得以到
陽世尋仇。

　　古代社會的神鬼信仰極其普遍，所以在小說中經常看到崇儒敬天，或信佛奉道，都必須心存虔誠，方能得到上天賜福。卻有人昧心誑神、不敬神佛、穢語罵天，甚至是脫漏經文，於是招致報應。這種故事相當多，已在上一節「因果報應」故事中討論過，於此不再贅述。而像魂遊地獄、陰間審判等死後世界的情節，表現出人們對於鬼魂的信仰；同時被利用來宣揚佛教教義或是寄寓懲戒的意涵；當然也增加了故事的曲折離奇。

三、神佛聖人崇拜

（一）佛道神靈

　　蕭登福先生指出：「與民俗有關的神，在漢世大都以小神居多」。〔註139〕以下討論受民間崇敬膜拜，並與人們生活息息相關的護祐之神。

1. 觀世音菩薩

　　觀世音菩薩在中國民間的形象一向是慈悲眾生、救苦救難。祂是大乘佛教所信奉的菩薩之一，南北朝時期有包括《宣驗記》、《冥祥記》及《光世音應驗記》等書記載其神靈應驗的事跡。故事在民間廣爲流傳，情節越顯傳奇，信仰也更爲普及。金元文言小說關於觀世音應驗的故事，如《瑯嬛記》敘某童「性至孝，讀書處供觀世音兩尊，平明焚香，禮大士爲父母。」一年後，兩大士俱現形，撫摸該童頭頂，之後童子「文思大進」。同書另記婦人平日供奉觀世音像甚謹，之後患隱疾，觀音化身爲尼姑持一份藥方，令她煎煮後清洗患處，使她因此而痊癒。《湖海新聞夷堅續志·觀音現身》（後集卷2）寫僧人坐化，在火化過程中，李鐵匠一家突然「徑跳火中立身」。眾人在大火中看見「一白衣觀音身燒著」，便立塔於焚燒處，之後竟也祈禱有應。前述無論是童子企盼聰慧，或婦人但求病癒，都只要誠心供奉觀世音，即所求遂願。尤其是最後一篇，觀世音現身在火海中與人們一起受焚，於熊熊火光中更顯其悲天憫人的情懷，形塑出觀世音與世人同悲共苦的形象。

　　關於觀世音的外形，歷來傳說頗多，包括披髮、長帶、白衣等等，前述金元故事中則出現「尼姑」、「白衣」及「白衣道人」等形象。祂的性別神秘莫測，據《悲華經》所述，觀世音出身於聖王之家，是第一太子，〔註140〕可

〔註139〕 蕭登福：《先秦兩漢冥界及神仙思想探原》（臺北：文津出版社，1990 年 8 月），頁 196。

〔註140〕 《悲華經》：「有轉輪聖王，名無諍念。王有千子，第一太子名『不眴』，即觀世音菩薩。」（北京：北京圖書館出版社，2008 年 1 月）。

見當爲男性菩薩。唐以前的觀音也多以男性爲主，自宋代以後，民間逐漸出現女性觀世音塑像。反映於故事中，《瑯嬛記》寫有人問應元，觀音之性別，他先回答爲「女子」，復答爲「男子」，更進一步解釋道：「觀世音無形，故《普門品》述現眾身爲人說法。既能現眾身，則飛走之物以至蟭螟醯雞皆可耳，豈直男女乎？」換言之，觀世音的形體變化無窮盡，不一定是男或女，重要的是祂能聞聲救苦，令人脫難。其實，觀世音的變化多端，不也正是佛教宣揚其信仰的有力宣傳！

　　歷來在小說或傳說中，觀世音具法力無邊的形象。金元小說如《異聞總錄》（卷 1）寫陶象之子被柳妖迷魅，法師設「觀音像」助其除妖魅，也是表現其神力。不過，《湖海新聞夷堅續志・觀音化手》（後集卷 2）卻寫觀音向人募手之事：

> 李其姓者好善，夜夢一白衣道人來告曰：「覓一隻手。」李曰：「他物可與，手無與乎？」道人曰：「有城中王長者，家有白檀五尺，可作吾手。」李急訪問，到王家，以實告。王曰：「果有之，今事屬神明，請一半錢，奉施一半。」李得此香，遍尋神像，乃在城東北君山下小石江邊，有一神，左手提鐘，無右手，立於水津，一見如夢中人也。遂命匠整頓，是名立地觀音。

觀音託夢請求李某爲其修復頹壞的手，李某「急訪問」，而王長者則認爲是神明所託，故而只收一半錢。足見一般人們對眾神之事，不敢怠慢，也樂於奉施，甚至盡一切可能去完成神人的託附。這可側面反映出民間信仰深入一般民眾心裡。

2. 彌勒

　　由於佛教宣稱彌勒將繼承釋迦牟尼的地位，彌勒便被認爲是「改朝換代之佛」，於是彌勒下世成爲人間改朝換代的象徵。〔註141〕影響所及，歷代不少農民起義以「彌勒下世」爲號召。如隋代宋子賢與向海明〔註142〕、宋代農民王則〔註143〕等起義事件，彌勒儼然成爲民眾脫離苦海的救星。

〔註141〕馬書田：《華夏諸神——佛教卷》（新北市：風格司藝術創作坊，2011 年 11 月），頁 30。

〔註142〕《隋書・五行志下》記河北宋子賢、陝西向海明二人，分別自稱「彌勒佛出世，潛謀逆亂」。（唐）魏徵等撰：《隋書》（臺北：鼎文書局，1986 年 3 月），卷 23，頁 662～663。

〔註143〕《宋史紀事本末》載：宋仁宗慶曆七年（1047 年），貝州（今河北清河）人

元代末年，以彌勒降世的起義更加頻繁，如泰定帝有河南趙丑廝、郭菩薩等人以「彌勒當有天下」揭竿起義；順帝至元四年，彭瑩玉與其弟子周子旺以「彌勒下世」爲號，率民眾抗元。反映於小說，如《輟耕錄・紀隆平》（卷29）寫至正年間民不聊生，韓山童以「彌勒佛出世」爲名，聚眾而起。同書之〈刑賞失宜〉（卷28）寫徐壽輝以「彌勒佛出世」起義之事。其中〈紀隆平〉以極長篇幅敘述韓山童等人以弘揚彌勒淨土爲由，卻因爲「誘集無賴惡少，燒香結會，漸致滋蔓」，故而四處爲禍。作者陶宗儀甚至怒斥：「託佛出世以惑眾，以宗教爲口號作亂。」其實，對於神佛信仰，人們企求保護庇祐，希望福祿壽喜，圓滿平安；甚或是期望能藉由神佛的力量執行「善惡有報」的天理公義。彌勒佛本是爲人度脫苦難，往生淨土之神，卻被有心人士利用，成爲揭竿起義的象徵，真是神明何辜！

3. 崇福夫人與天妃

中國海神從《山海經》中的「禺虢」〔註144〕，到後世的龍王、東海姑等等，崇拜對象因時因地各自有別。遼金元文言小說反映的海神主要是「崇福夫人」與「天妃」。《湖海新聞夷堅續志・崇福夫人神兵》（後集卷2）載：崇福無極夫人廟，「南船往來，無不乞靈於此。……凡販海之人，能就廟祈筊，許以錢本借貸者，縱遇風濤而不害，……船有遇風險者，遙呼告神，若有火輪到船旋繞，縱險亦不必憂。」最神異的是，宋末強盜擾攘，政府束手無策，將領經過崇福夫人廟，急欲追捕強盜，「事急不暇禱告」，投書後即離去。將領當夜即夢神人手持白旗，上題曰：「總領陰兵三十萬，一心報國效公忠。」之後官兵與強盜短兵相接，忽然雲霧四起，隱隱寫著「無極夫人報國」的旗幟。賊人驚懼奔潰，官方大獲全勝。由於神人屢降奇蹟，所以不分宋元官府，都不斷對其分封追贈。終致「凡過廟禱祈者，無不各生敬心」。故事突出海神的靈驗、爲民除害，及爲國盡忠的形象。

至於天妃的記載。《龍會蘭池錄》寫蔣世隆色度太過致病篤，女主角瑞蘭因爲「鎮山廟海神甚靈」，將遣家僕前往祝禱。兩人爲此有一段對話：

世隆曰：「世豈有禱於神而不死者乎？」……

王則以「釋迦佛衰謝，彌勒佛當持世」爲口號，召集民眾起義。（明）馮琦撰、陳邦瞻增訂、張溥論正：《宋史紀事本末》（臺北：新文豐出版公司，1996年《叢書集成三編》），卷32，頁338。

〔註144〕《山海經・大荒東經》：「黃帝生禺虢，禺虢生禺京，禺京處北海，禺虢處東海，是爲海神。」同註101，卷14，頁64。

瑞蘭曰：「禱禳古有之……」

世隆曰：「……夫海神廣利廣德，又有曰天妃敕封護國庇民，而強盜海中，專借其力於舟楫風波之中，顧乃受其享獻，樂其金帛，縱盜害民，其可勝記！信神明之最靈者莫如海神，既不能靈於海盜，顧能靈於我耶？卿勿復言」

瑞蘭曰：「痊病有貳道，巫與醫而已，君其欲醫乎？」

世隆之言明顯不甚相信天妃信仰，認爲祂既然主司海域，卻任憑海盜橫行，如何能護祐周全其他人。瑞蘭的話則表現一般社會大眾的想法，生病時不是尋醫，就是求巫。之後世隆贊同瑞蘭的話，巫醫並行，最後「得折肱家」而痊癒。作者道出世人對於信仰的疑惑——天妃既爲神人，爲何不護祐眾生，聽任惡人爲禍？不過，從主角沒有堅持拒絕到海神廟拜祭一節，仍透露出時人對於海神天妃的崇敬。

前一則故事中被後供奉爲海神的神人，既爲國家服務，力剿海寇，也爲個人服務，企求去病渡厄；後一篇則反映神明的「醫療行爲」。可見海神信仰流傳越久，「神通」越形廣大，信奉祭拜者不再限於行船經商或漁人舟子，舉凡國家大事，人生缺憾、欲求等等，都成爲海神掌管的範圍。諸如這種神祇本來職司單一領域，後來護祐範圍逐漸擴大，甚至包羅萬象的情況，也是中國民間信仰的特色之一。

4. 土地神

土地神又稱爲福德正神、后土、伯公、社公等。《白虎通》云：「人非土不立，非穀不食。……故封土立社。」〔註145〕人對土地的依賴極深，土地神乃掌管地方，職司祈福報功，保境安寧，所以信仰流傳既遠又廣〔註146〕。《異聞總錄》（卷1）寫鬼婦被主人蕭某打死，正尋他復仇時，土地公「策杖而出」，叱退鬼婦，保護有功名在身的蕭某。

土地信仰較特別的是，土地神逐漸被人格化，非指特定、單一的神祇，往往生前有功於家國或社會，死後也會被奉爲土地神。《稗史》寫陳文隆爲太學生，屢次參加科考不第，於是祈禱於「太學守土之神岳侯」，神明指示他必

〔註145〕　《白虎通・社稷》：「王者所以有社稷何？爲天下求福報功。人非土不立，非穀不食。土地廣博，不可遍敬也；五穀眾多，不可一一祭也。故封土立社，示有土尊。」同註32，卷1上，頁37～38。

〔註146〕　夏商時代以來，即有社（土地之神）的祭祀。如《史記・封禪書》：「自禹興而修社祀，后稷稼穡，故有稷祠郊社所從來，尚矣。」同註117，卷28，頁538。

老死於太學。之後文隆仕途平順，卻在抗元戰役中被俘擄，死於杭州的太學之側，應驗神人的夢示。文中的太學之神岳侯就是岳飛。明人姚岅瞻云：「今世俗之祀土地，又隨所在以人實之」〔註147〕。換言之，被尊奉爲土地神是要有地緣有關，岳飛因爲故鄉在杭州太學，就被當地奉爲土地神〔註148〕。

其他關於土地神的故事，尚見《席上腐談》寫杜甫、伍子胥爲土地神之事：

> 溫州有土地杜拾姨無夫，五撮鬚相公無婦，州人迎杜拾姨以配五撮鬚，合爲一廟。杜十姨爲誰？乃杜拾遺也。五撮鬚爲誰？乃伍子胥也。少陵有靈，必對子胥笑曰：「爾尚有相公之稱，我乃爲十姨，豈不雌我耶？」

文中伍胥的外形五撮鬚〔註149〕與杜拾遺（杜甫）不但成爲土地神〔註150〕，還被配對供奉在同一間廟宇。這雖然是個笑話，卻反映出宋元時土地神信仰的普遍性；更顯示中國人「天人合一」的多神觀念，極具包容性與親和力。此外，有學者歸納民間神祠文化的共性，包括「多元複合性、信仰大眾性、世俗性、嗜血性、簡陋性、荒謬性及地域性」〔註151〕。所論確切，從上述伍胥等人被尊爲土地神祭祀的故事，可看出中國民間祠神信仰過程的紛呈樣貌，甚至是荒謬無稽的一面。

〔註147〕《鑄鼎餘聞》：「今世俗之祀土地，又隨所在以人實之，如縣治則祀蕭何、曹參，翰林院及吏部祀唐韓愈，夥縣縣治大門內祀唐薛稷、宋鮮于侁，常熟縣學宮側祀唐張旭，俱不知所自始：若臨安太學祀岳飛，則因其故第也：湖州烏鎮普靜寺祀沈約，則因寺僧本祀約也，若此者不一而足。」（明）姚岅瞻：《鑄鼎餘聞》（臺北：臺灣學生書局，1989 年），卷3，頁270。

〔註148〕《宋史‧徐應鑣傳》也記載臨安太學，奉岳飛爲太學土地神。同註 24，卷451，頁 13277。

〔註149〕《唐語林》載：「每歲有司行祀典者，不可勝紀。一鄉一里，必有祀廟。……又號爲伍員廟者，必五分其鬚，謂『五髭鬚』。」（宋）王讜：《唐語林》（臺北：臺灣商務印書館，1968 年），卷8，頁229。唐代李肇《唐國史補》的記載略同。可知唐宋時，子胥廟之盛：不過，也由於祭祀日久，民眾已不知祭拜子胥的本意，且在口耳相傳之下，子胥的塑像必飾以五分鬚。

〔註150〕呂宗力、欒保群指出：「唐宋間伍子胥廟遍布鄉村，祭祀日久，百姓或忘其本源，而以爲伍子胥爲土地神之類。」見氏著：《中國民間諸神》（臺北：臺灣學生書局，1991 年），頁401～402。其實像伍子胥與杜甫從歷史人物轉身一變爲土地神，這證明民間信仰經過長時間的流傳，加上吸附其他民間傳說，使歷史人物成爲神祇的故事仍具變易性。

〔註151〕漆俠主編：《遼宋西夏金代通史——宗教風俗卷》（北京：人民出版社，2010年），頁 162～166。

5. 其他佛道神靈

有關聖帝君崇信，如《萬柳溪邊舊話》寫尤紀先祖尤叔保崇信、禮敬關聖帝君，並獲回報之事。又如《江湖紀聞》之〈蕭尹斷邪巫〉（卷 6）寫蕭尹「祀關王甚謹」，後藉關公的神威懲治假託被神附身的邪巫。同書之〈疫鬼不入善門〉（卷 9）寫主角不孝、負錢，關聖帝君離去。由於宋代朝廷重視帝君信仰，並持續追封加爵〔註 152〕，所以民間普遍崇信關公。又有寫行者、羅漢的故事，如《湖海新聞夷堅續志‧泥行者買栗》（後集卷 2）寫行者半夜持缽買栗，人們覺得可疑而追躡其後，到寺院後卻杳無人跡，但見「木乂行者鉢盂中有栗數枚」。遊走人間的行者因爲行跡外泄，不再出現。同書之〈金剛負擔〉（後集卷 2）則敘述羅漢化身「瘋和尙」，故意尋道貌岸然的某寺長老作對，最後和尙負擔金剛而去，凸顯和尙之異能。〈取燈定穴〉（前集卷 2）記羅漢化身爲人，助善者看風水、取穴位，令其後代子孫興旺。又《錢塘遺事‧淨慈寺羅漢》（卷 1）寫臨安婦人祈嗣之俗，只要到淨慈寺羅漢像前，「炷香默禱，以手摩其腹」，就會有所感應。從上述中可見神跡變幻莫測，各具神通。

另有反映崔府君信仰。《湖海新聞夷堅續志‧錢王現夢》（前集卷 1）寫崔府君與南宋高宗趙構之事，內容載錄南宋高宗在金國當人質，後來藉機逃往南方，足力疲困，假寐於「崔府君廟」階前。有神人託夢表示，金兵將至、已備妥馬匹云云。康王驚醒之後，果然如神言，立即上馬狂奔，一日行七百里。至渡河處馬兒不肯前進，才知原是泥馬，是「神物之助」。這就是民間相當知名的「泥馬渡康王」故事。小說表現出生死命定、貴人自有神助的思想。黃東陽指出，「中國傳統的定命觀，是由上天決定個人一生的境遇與榮祿之後，再交由鬼神執行。而這些執行的鬼神，當知悉個人的命運。由此衍生出具有神力的鬼神，便可憑恃一己的力量與權威，去關說或理解人的命運內容。」〔註 153〕誠然，不論是救助趙構的崔府君，或是前述神佛故事的神祇，無一不是利用其無所不能的神力，展現其「權威」。當然，對於飽受苦痛與饑餓的亂世百姓，將精神寄託於神佛，希望藉由其無遠弗屆的神力，幫助人們脫離苦難，更助長神佛的信仰。

〔註 152〕宋哲宗紹聖三年，賜玉泉祠額曰「顯烈王」，徽宗崇寧元年追封「忠惠公」，大觀二年加封「武安王」。宣合五年加勑封「義勇武安王」，南宋高宗建炎三年加封「壯繆義勇王」。

〔註 153〕黃東陽：〈由命定故事檢視唐代命定觀的建構原理〉（《新世紀宗教研究》第 4 卷第 3 期，2006 年 3 月），頁 148〜166。

此外，值得關注的是，遼金元文言小說中有許多神人沒有名稱、尊號及地位，經常以某神或神人等代稱，卻在小說中居於樞紐地位。這或可說明小說作者的重點已不在於宣揚某個特定神明或是宗教，而是借重神人幻化無常、神通廣大、進出幽明等等形象，藉以在情節中埋下伏線，設入懸念，甚至是連作者也無法解說的冥冥中的事。

（二）聖人賢哲

1. 儒家聖人

孔子是儒家聖人，受後世崇敬。人們爲了紀念孔子，興建孔廟祭祀。元初學者熊禾云：「尊道有祠，爲道統設也。」〔註154〕孔廟在讀書人甚至一般民眾的心中具有崇高的地位。遼金元文言小說與孔廟相關的故事，如《輟耕錄·死護文廟》（卷23）寫元末胡善爲松江儒學經師，當時發生苗寇楊完者之亂，「欲毀孔子廟」。胡善鎮坐經席怒罵賊寇，最後被寇所殺，文廟卻因此得以保存。之後朝廷爲胡某繪像，祀於先賢堂。故事主角因爲保護文廟而死，也獲得後人的祭祀。

儒學長期的發展，儒家聖人的地位是至高無上的。所以任何形式的詆毀或污蔑，都會得到報應。如《湖海新聞夷堅續志·裝儒爲戲》（前集卷2）寫宋代伍三在元宵節裝扮成秀才教學生，自稱「某是山野鄙俚」。不久即夢見自稱是孔夫子的神人，叱之曰：「故何等人？敢以儒人爲戲，吾定禍汝！」伍某果然全家遭疫而滅門絕嗣。同書之〈興文杖士〉（後集卷2）寫某縣在遷移「先聖殿」時，發生無法搬動夫子像的異事。有士人在一旁說風涼話侮蔑孔子。當夜即夢到被攝至「興文殿」，斥責他「戲言侮慢先聖」，打了他二十大板。士人驚醒後，「如癡、不識一字」。文末云：「今世之人好引聖語之言爲戲，亦當以爲戒。」頗有警戒世人之意。二則故事之主角，因爲侮蔑、戲謔夫子，竟致家破人亡、終身癡呆之禍，足見孔聖在人們心目中的地位之高！另外，若文中以孔子神靈懲治戲謔者，其刑罰又如此之重，似乎與孔子講究仁心的形象不太相符。所以〈裝儒爲戲〉文末又說：「思此事大聖未必責此等小人，想儒中之英鬼陰見不平，託名以罰之也。」爲了維護孔聖的形象，竟「嫁禍」給其他儒者之英靈，著實用心良苦！無論如何，故事反映出對孔門聖人的尊崇。

〔註154〕 （宋）熊禾：《勿軒集·三山郡泮五賢祠記》（臺北：臺灣商務印書館，1983～1986年《景印文淵閣四庫全書》），卷2，頁1188～781。

　　對孔子的尊重也表現在祭祀孔廟上。《至正直記・先師德輝》（卷 4）記載：

> 溧陽儒學祭□□□，諸儒執事者皆來，忽一儒驚見黑旗白字大書云：「本州城隍監祭」，須臾被擊而死。蓋此儒患痢疾，未滌衣服，媟穢廟殿，故遭譴也。

主角患病本非自身能控制，卻因此被城隍擊斃，何其無辜。不過，作者評論：「常人欺心，舉事不思報本，且壞亂學官者，其可免耶？」似乎他認爲主角罪有應得，故事仍是反映出古人對於孔子尊崇。

　　此外，也有關於子路的記載。故事均見《至正直記》（卷 4），一是儒人竊學糧；另一是學霸橫行，強佔公款、誣陷聖人之後，最後兩人分別被子路擊打、鞭背而亡。

　　中國古代文學本就深受儒家影響，上述故事表現金元人士對儒家聖人孔子等人的尊崇。不過，從詆毀、戲謔孔子而獲報的故事來看，以激烈的報復情節教化世人勿對孔聖有一言語之侮，表現出小說懲勸教化的功能。值得省思的是，小說作者若是想藉此崇孔尊儒，卻設歹心令人殘酷而亡，是否反而失去孔聖亟欲闡揚的仁道精神？

　　2.忠臣烈士

　　中國人崇尚愛國情操與道德精神，所以仰慕歷史人物和民族英雄，故而歷史人物被奉爲神祇的情況極爲普遍。尤其生前具有不懼強權、遇敵不降、殉節捐軀、爲官清廉、勤政愛民、爲民申冤等事蹟的忠臣烈士更經常被神格化。學者指出，在中國的民間神祠中，許多偉大的愛國者、民族英雄被擁上了神聖的祭壇，成爲萬世留芳的民族楷模和崇拜偶像。〔註 155〕例如伍子胥，本是春秋時代楚人〔註 156〕，死後被尊爲江濤之神〔註 157〕，《錢塘遺事・伍子胥廟》（卷 1）即載錄相關故事。內容不脫史傳情節，約略是伍子胥之父兄爲勸諫楚平王而被殺，子胥爲報滅門之仇乃出奔吳國；後領吳軍伐楚破越，順

〔註 155〕 馮佐哲、李富華：《中國民間宗教史》（臺北：文津出版社，1994 年 4 月），頁 9。

〔註 156〕 伍子胥之父兄爲勸諫楚平王而被殺，子胥爲報滅門之仇乃出奔吳國；後領吳軍伐楚破越，順利復仇，並助吳國成就霸業；最後因諫吳王遭賜死，屍首被投於江水。詳見《左傳》中伍子胥事蹟相關記載，「昭公二十年」、「定公四年」、「哀公元年」、「哀公十一年」。同註 56。

〔註 157〕 《文獻通考・郊社考》謂：「杭州吳山廟，即濤神也。」同註 60，卷 90，頁 2769。

利復仇，並助吳國成就霸業；最後因諫吳王遭賜死，屍首被投於江水。最後以詩讚：「伍大夫忠孝兩全矣。大夫以抑鬱不平之氣，隨流揚波，依潮來往，猶能激爲疾風甚雨，奔雷激電，震盪於越兵入城之頃。其與荊軻慕義，白虹貫日，孔明英氣能爲風雲者，何以異哉？」筆墨之間無不對伍員表現出景仰之情。也就是社會大眾對子胥事蹟的崇慕，更令官方不得不多加讚揚，以全教化之功。伍子胥死後不僅成爲潮神，又前文曾提及唐宋年間還將他視爲土地神祭祀。

古代社會不斷將先賢烈士尊奉爲神明，立廟祭拜，這與中國特殊的宗教觀有關。《禮記》云：「夫聖王之制祭祀也。法施於民，則祀之；以死勤事，則祀之；以勞定國，則祀之；能禦大菑，則祀之；能捍大患，則祀之。」〔註158〕除了國家正典的祭祀外，只要功於國家、社會及百姓等等，都心存崇敬而祭祀，這種思想使民間信仰呈現多元的現象。例如《湖海新聞夷堅續志・蛟母寄卵》（後集卷 2）寫顏承局受老嫗之託，攜「五鵝子」至於潭州投入某井。顏某惟恐路途中鵝卵受損，先將鵝卵煮熟，後來鵝卵被投井之前先被道人摔破，顏某則當下即死。原來老嫗爲蛟母所化，「卵內皆如蜥蜴狀」，若非顏某將他們煮熟，將爲害鄉里至鉅。百姓爲了感念顏承局的犧牲，爲其塑像立於城隍廟。作者認爲這樣做是「廟食宜也」，這也是社會普世的觀點，通常只要是「犧牲小我，完成大我」者，應該讓他在死後的世界衣食無缺。表現出人們深信死後有靈，及感恩回報的情懷。

又如《硯北雜志》（卷上），寫趙孟頫爲「嵇侍中廟」寫匾額之異事：

> 彰德朱長孺，道邦人之意，求書「晉嵇侍中之廟」六字。趙（子昂）
> 每敬其忠節，不辭而書之。運筆如飛，若有神助。是夜，京口石民
> 瞻，館於書室中，夢一丈夫，晉人衣冠，蓬首元衣，血流被面。謂
> 民瞻曰：「我嵇侍中，今日趙子昂，爲余書廟額，故來謝之。」言
> 訖而去，有聲甚遠。民瞻既覺，猶汗流，亦異夢也。

故事中的嵇侍中，就是晉朝嵇紹，是當朝忠烈之士。他顯靈向趙孟頫道謝的形貌頗爲駭人，這與他爲了保護帝王而被亂箭射死有關〔註159〕。尤其當時嵇

〔註158〕《禮記・祭法》，同註18，卷46，頁802。

〔註159〕據《晉書》載：「（嵇）紹以天子蒙塵，承詔馳詣行在所。值王師敗績於蕩陰，百官及侍衛莫不散潰，唯紹儼然端冕，以身捍衛，兵交禦輦，飛箭雨集，紹遂被害於帝側，血濺禦服，天子深哀歎之。及事定，左右欲浣衣，帝曰：『此嵇侍中血，勿去。』」（唐）房玄齡、褚遂良等奉勅撰：《晉書》（臺北：鼎文

紹即便面對昏君，仍身著朝服，以肉體抵擋如雨的飛箭，保護惠帝。他所流的血是誓死忠於國家的烙印，與日月交輝。文天祥因此讚譽「嵇侍中血」是沛乎塞蒼冥的浩然正氣〔註160〕。就是嵇紹這種全忠盡義的行為受百姓景仰，才會直到元朝仍受百姓祭拜。

　　不是所有被尊奉為神的歷史人物都像嵇紹一樣，從晉至元朝仍受人景仰與祭祀。有些人物的信仰不被後代認同，藉小說加以反駁。如《平江紀事》有一則故事寫神人託夢給主角，表示吳地百姓不應立祠祭祀范蠡，因為他是越國人，而且與勾踐一起滅絕吳國，是吳國的仇人。另有因為時日既久導致被供奉者的事蹟被遺忘，廟宇傾頹的情況，如《輟耕錄・厲狄》（卷27）寫元代至正年間大旱，方士祈雨於將軍廟，數日後有神降筆自云：乃秦人厲狄，曾從項羽起事，有德於民，遂「血食」於該廟。然「幾千五百年，世代雲變，遂湮我姓名，至蔑焉無聞」。作者以亡靈憶往的方式讓厲狄自訴過往，喟嘆其事蹟被人遺忘而無人祭祀。這與前述伍胥、杜甫被後人成婚配對之事一樣，一旦事蹟因為年代久遠致湮沒不聞時，不是乏人祭祀，就是失去原始的祭祀意義。反映出這類死後為神的民間信仰，流傳越久越具有變易性。

　　另有記文天祥死後成為閻王之事。文天祥本是宋末抗元烈士，被俘後面對威脅利誘全然不為所動，最後慷慨就刑。《湖海新聞夷堅續志・文山為神》（後集卷2）寫郭元益曾經追隨文文山作戰，某日死後還魂。他跟家人說：

> 有黃巾人追至一所，若公府，見一金紫如王者狀，坐於殿上。某私
> 問吏卒云：「殿上官何人？」答曰：「即文丞相也。」某私喜曰：「與
> 丞相有舊，必蒙周庇。」因上殿，方一揖間，文公曰：「朋友間吾豈
> 不能回護汝，但數至此奈何！汝可回去區畫家事即來。」……

文天祥死後成為閻王，通融舊屬的魂魄暫回陽世交待後事，表現出文天祥與下屬的情誼。另外，作者藉由返回陽世的郭某之口，說出文文山死後為神之事，加深其可信度，及忠臣義士死後之英靈當不寂寞。其他關於文天祥的神奇事蹟，如同卷之〈異貓護疾〉寫文天祥入獄後，既患癰疽瀕死、又逢鼠害，他交待遺言希望獄友將其遺體懸在樑間，避免被鼠齧噬。之後突然跑來一隻貓守護他，直到病情好轉。再如《輟耕錄・隆友道》（卷5）記文天祥就刑之

書局，1985年6月），卷89，頁2300。
〔註160〕　（宋）文天祥：〈正氣歌並序〉。見氏著：《文文山全集・指南後錄》（臺北：臺灣商務印書館，1983年《萬有文庫簡編》），卷14，頁522～523。

後，友人張毅父將他的頭顱藏在盒子、屍身火化，再帶到南方歸葬。某日文天祥託夢給其子云：「有繩子束其髮」，結果眞有其事。這些描寫文天祥的神奇故事，都在彰顯他的英靈不滅，以及忠肝義膽，皓皓如乾坤日月，更表現出人們對他的崇敬。

其他死後化爲神的忠臣烈士，尚有包希文以「正直主東岳速報司」（《續夷堅志・包女得嫁》卷 1）；郭浩堂知丞，「在世公平正直，不欺於心」，死後擢爲掌祿判官（《湖海新聞夷堅續志・祭煉有功》後集卷 1）；揚州節度推官沈君，爲官「強直」，死後成爲職掌人類飲食的神人（《異聞總錄》卷 2）；秦人徐市（即徐福）死後，爲「五蕃菩薩」（《續夷堅志・日本國冠服》卷 4）。這些主角生前行事往往具有忠孝節義等道德意涵，或是有功於社會，死後被形塑成神祇或冥官，更容易成爲道德教化的典範。至於敘事內容，爲了彰顯主角忠義行爲感天動地，多會出現神異的描寫，形成軼人小說中交錯著奇異情節的詭譎情況。

此外，這類死後爲神的故事多表現出主角被祭祀的地位，或涉及其管轄的事務等，罕見論及死者成爲神人或冥官的意願，似乎忠良烈士死後爲神乃理所當然。不過《湖海新聞夷堅續志・齋醮靈驗》（後集卷 1）卻提出不同看法，內容寫宋代林月溪魂遊冥府，閻王是曾經同朝爲相的江古心。二者之間有一段對話：

> 林賀曰：「生爲宰相，汲爲閻王，可謂盛事。」
>
> 古心蹙額謂曰：「沒爲鬼官，是豈於心所欲哉？」

一般人多認爲死後爲神是一種榮耀，也就是林月溪所稱的「盛事」，沒想到江古心竟然對此感到不快。因此故事後續情節寫林某還陽後，依江古心之託找來道人設齋作醮，終於使江某「行得替罷」，順利脫離幽冥。

上述故事的主角，從歷史人物成爲神祇，他們的事蹟也在發展過程中逐漸神格化，實有助於信仰深植人心。〔註161〕諸如此類將歷史人物異常、神聖化而形成宗教信仰的情形，在古代社會頗爲常見，這或是政府或有心人士藉以鞏固權力，宣揚民族傳統及維護社會道德等的手法。〔註162〕在官方建廟立

〔註161〕傅錫壬：《中國神話與類神話》（臺北：文津出版社，2005 年 11 月），頁 62。
〔註162〕諸如這類歷史人物被神化而形成宗教信仰者，在歷史上比比皆是。起初的原因，或是這些人物曾利澤於民，抑是精神、作爲等受人感佩，後來故事在變易的過程中逐漸加入許多人爲的因素。歐陽飛對此曾表示：「帝王爲使統治更有效、持久，不但將自己與民間崇拜的神聯結。又按照社會的需要，創造更

祠、塑像造神，使崇拜對象具體化的推波助瀾下，忠烈形象及神格化信仰愈益彌堅。誠如明代趙錦所言：「祠之始，始於民心也，而後世哲王遂加隆焉。」〔註163〕在官方尊崇與禮敬之下，神佛賢烈崇祀信仰歷久不衰，再加上信仰植根於民間，貼近百姓的現實生活與信仰心理〔註164〕，因此，民間神祠信仰是具有深刻的社會和歷史根源，並且涵蘊著包羅萬象的文化現象。

第三節　數術迷信

　　數術迷信是先民信仰之一，是經過長時間的經驗積累而形成的根深柢固的民族信仰。數術，又稱術數；「數」指氣數，「術」指方術。興起於秦，而盛於漢，《漢書》之「數術略」羅列天文、歷譜、五行、蓍龜、雜占、形法等六類，〔註165〕前兩者屬於宇宙運行現象，後四者則是具巫術迷信本質的神秘術之範疇。「數術是以各種方術，觀察自然現象、人類社會現象，推測出個人或國家等的氣數及命運，是屬於預測術的學問。」〔註166〕由此觀之，數術所涉及的範圍相當廣泛，內容龐雜，包括一切自然和社會現象。本節擬從數術迷信切入，探討遼金元文言小說所反映的神秘思維信仰，及它如何影響小說的情節結構、人物塑造及敘事手法等。

一、自然徵兆

　　自然徵兆，就是自然界出現的各種異常現象，成為某些自然、社會、人事變化的徵兆。此類數術之徵兆都是自然出現，徵兆本身不含任何人為的成分，是人類最原始的預測術。自然徵兆類屬於「前兆迷信」，必須藉一種事物或現象來顯現，這種現象稱為「兆象」〔註167〕。內容包括象占、星占、夢占、體占等。

　　　　多的神。」見氏著：《諸神傳奇·前言》（臺北：新潮社文化事業有限公司，1993 年 3 月）。

〔註163〕（明）趙錦：〈重修伍公廟碑記〉，詳見（清）金志章纂、沈永清補：《吳山伍公廟志》（揚州：廣陵書社，2004 年 10 月），頁 128。

〔註164〕馮佐哲指出：民間神祠信仰植根於民間，貼近民間百姓的現實生活與信仰心理，可以反映人們的疾苦與歡欣。同註 155，頁 144。

〔註165〕（漢）班固：《漢書·藝文志》，同註 105，卷 30，頁 1756～1775。

〔註166〕柯雲路：《人類神秘現象破譯》（臺北：時報文化出版社，2003 年 12 月），頁 947～967。

〔註167〕同註 161，頁 77。

（一）星占象占示警兆

星占象占的徵兆是人類根據日月星辰等天文運行，或是風雨雲霧等氣象變化，以及動、植物的畸形或不尋常等自然現象，解析天地、人事的變化。

1.氣象天文象占

日蝕是一種天文現象，在古代是不祥的預兆。當時多認為日蝕是天狗食日，乃天帝給予全民懲罰的預兆，所以人們對此戒慎恐懼。小說利用這種眾所周知的迷信觀念，將許多災禍附會於日蝕現象。《湖海新聞夷堅續志・日蝕無光》（前集卷1）寫北宋宣和元年、二年，接連出現「日蝕」，於是北方亂作，女眞、西夏等少數民族相繼為禍。次年春天，「日有變，忽青黑無光，其中泃泃而動，若蝕金而湧沸狀，日旁青黑，正如水波周回旋轉，將暮而稍止。」當時方臘〔註168〕所率的農民起義，正如火如荼地在江浙等處攻城略地。故事將日蝕與兵禍連結，充滿先兆迷信思維。

《日蝕說》記載：「日者，太陽之精，人君之象。君道有虧，有陰所乘，故蝕。」〔註169〕將日蝕歸咎於君臣無道、后妃失德，會進一步引發天災、兵亂等禍事，歷來帝王對此深信不疑。所以每當出現日蝕，朝廷除了祭祀外，也多會由皇帝寫詔書以告天下。《錢塘遺事・日蝕》（卷8）記南宋恭帝德祐元年（1275年），「日有食之〔註170〕。既是時，天地晦冥，咫尺不辨，人雞驚歸，猶如暮夜。」蕭殺之氣令人悚懼。於是皇帝立即下詔，表示是「天降罰於我家」、「痛自先責」、「省躬悔過」等云云。詔書的目的很清楚，一方面藉由帝王的罪己，向宇宙主宰認錯；同時也安撫因為日蝕出現而惶惶不可終日的百姓。小說貼近事實的載錄當時百姓與皇室面對天象異常時的惶惑不安。

除了日蝕外，太陽的變異也包括日中出現異物。《續夷堅志・日中見異物》（卷4）記金衛紹王崇慶年間，多人看到日中有三物：「一四足獸在前，一蛇繼之，二物行甚速；次一鳥跳躍稍緩。」不久之後，中原喪亂。故事也是將太陽的異象作為戰事的先兆。

〔註168〕 北宋末年，信奉摩尼教的方臘，揭櫫以減免徭役與賦稅，於漆園誓師，率領農民起義。詳見《宋史・童貫傳附方臘傳》，同註24，卷227，頁13659～13660。
〔註169〕 《後漢書・五行志》，同註41，卷18，頁3357。
〔註170〕 中國古代「日蝕」，多稱「日有食之」。例如《詩・小雅・十月之交》：「十月之交，朔月辛卯，日有食之。」收入（清）阮元校勘《十三經注疏》（臺北：藝文印書館，2007年8月），頁405。又如《漢書・五行志第七》：隱公三年，「二月己巳，日有食之」。同註105，卷27，頁1479。

　　月、星的異常也多是不好的兆頭。《輟耕錄‧星入月》（卷 8）記元順帝至正年間，「一星大如杯碗，色白而微青，尾長四五丈，光焰燭天，夐然有聲，由東北方飛入月中而止。」之後即發生軍亂、苗僚為禍殺掠的松江之亂。《湖海新聞夷堅續志‧天狗星墜》（前集卷 1）寫宋末天狗星墜落於准安軍金堂縣境內，「聲如雷，六州之人皆聞之」，「皆為碎石，其色紅赤」。識者謂為干戈之兆。次年元兵入蜀，從此蜀地兵亂不輟。根據《史記‧天官》記載：「天狗狀如大奔星，有聲，……望之如火光，炎炎沖天。」小說已將天狗星的「有聲」具體摩繪成「雷聲」，而且聲音響徹遍及六州之遠；也將原來看起來像「火光」的顏色，具體化為「紅赤」。可知天文現象在小說家的筆下更形具體化，而且將星月之異作為兵禍亂作之象徵。

　　彗星俗稱為掃帚星，自古以來也被認為是凶星。《歸潛志》（卷 10）記金宣宗時，「慧星出西方，長丈餘」，年底宣宗崩殂，次年宋寧宗亡故。《錢塘遺事‧彗星之變》（卷 5）宋理宗景定年間，「彗星出柳，芒角燭天，長數十丈，自四更從東方見，日高方斂，如是者月餘。」當年十月，理宗即過世。《輟耕錄‧越民考》（卷 10）元代邁里古思被害死之前三日，「有星大如梧椀，紅光燭天，墜鎮粵門，化為石」。便有人預言這是邁里古思的「死兆」。從小說的載錄可知，古人將包括慧星等流星的出沒，與帝王將相的死亡有較多的聯想。

　　至於雨、霧等異常，也多是非吉徵。《輟耕錄‧志異》（卷 7）元代末年，以農民為主要成員的紅巾軍尚未侵犯湖州、杭州等地之前，兩地先後出現「核雨」。作者描寫道：「黑氣互天，雷電以兩，有物若果核，與雨雜下，五色間錯，光瑩堅固，破其實食之，似松子仁，人皆曰娑婆樹子。……雨核之地，悉被兵火。」而且核雨最嚴重的地區，焚戮也最為嚴重。又《瑯嬛記》記：

> 天寶十三年，宮中下紅雨，色若桃花，太真喜甚，命宮人各以碗杓承之，用染衣裾，天然鮮豔，惟襟上色不入處若一「馬」字，心甚惡之。明年七月，遂有馬嵬之變，血汙衣裾，與紅雨無二，上甚傷之。

以艷色的紅雨、太真的喜悅，對映死亡的血衣、太宗的傷痛，寫作手法不俗。同時，將紅雨當成楊貴妃死亡的預兆，讀來自有一番淒楚之美。二則故事清楚的將異常的天候當成兵禍、橫死之兆。

其他天文類的象兆，尚有虹蜺（《湖海新聞夷堅續志・永新兵禍》前集卷1）、冰珠（《輟耕錄・木冰》卷24）等異常，也多是引起兵禍、災難降臨的徵兆。從這些天文象占的預兆主體來看，多發生於測預國家、社會、帝王后妃等異變、隕落等；罕見用於預警升斗小民的人事變化。這或許是因爲宇宙天象異常乃大事，所發出的警訊對象也應該至要至重所致。這透露出小說中的兆象書寫，會視事件的大小決定兆象的內容。

2. 動、植物象占

根據鳥獸蟲魚等動物的畸形或不尋常，及草木的異形或異時榮枯等，判斷人事的吉凶禍福。《續夷堅志・關中丁亥歲災變》（卷3）寫蒙金交戰，蒙軍入侵長安之前，臨洮城先是老鼠「晝夜作聲」；某日「鼠群出」，其中一隻白色、巨大如「海鼠」者，帶領奔出南門。故事藉由群鼠急奔逃命的異象，作爲戰火臨門的徵兆；同時凸顯動物對於災變的預知能力，以及戰爭的可怕。《平江紀事》記宋代乾符年間，有古佛頭頂突然出現紅黃青紫各色光焰。追查之下，原來是二隻超大的白鼠從洞穴躍出，「綠光燄燄」，「遂得碎幡數片，以紅旛映頂珠即紅光出，青黃紫亦然。」時人以爲佛即是「金僊」，象徵金國氣勢強盛。之後果然金國興盛，舉兵踐踏中原。故事同樣以老鼠的異行作爲先兆象徵。

金元小說中的動物類異兆多與國事聯結，反映出當時戰亂之象。《歸潛志》（卷7）寫金朝南渡之後，南京「屢有妖怪」——白日「虎入鄭門」、吏部中有「狐躍出」、宮中有「狐及狼」；甚至深夜出現「鬼哭輦路」、傍晚則有「烏鵲蔽天」。由眾多動物在異時異地出現，塑造社會不平靜，城市空蕩蕩的景象；再加上鬼魅夜泣、禽鳥遮天的驚恐場面，更顯荒涼、人跡滅亡。作者雖然隻字未提戰爭對南京城的破壞，卻已讓人感受曾經繁華的南京已如鬼域般的殘破、荒涼。這種以動物的異象鋪陳人事吉凶的寫法，具有相當的視覺效果。

從天而降的異物，也多是災變之兆。《輟耕錄・天隕魚》（卷24）元代至正丙午（1366）年間，「流光中隕一魚」，形狀罕見。拾獲奇魚的民家用鹽把魚醃起來準備食用。當時有人認爲，「天隕魚，人民失所之象」。天降怪魚的五年後，元朝果眞滅亡。其間的天災、兵禍相連，餓死塡溝壑者不知凡幾，流離失所者更是比比皆是。

通常動物的外形有畸異，往往令人恐懼、厭惡，甚至被視爲妖孽。這也常被視爲惡事的前兆。《山居新語》（卷3）宋代賈似道曾大興土木擴建別

墅，名爲養樂園。鼎革交替，該屋幾度轉手，最後落入元代某官家，該家的雞生子「駢首」。之後紅巾軍大肆破壞，該屋亦毀，其家亦敗。作者以爲這是「妖孽之先兆」。《輟耕錄‧松江志異》（卷19）記元朝末年，金某家「已閹雄狗」生八隻小狗，其中一隻「嘴爪紅如鮮血然」。由於牡狗生子，陽衰陰盛之象，是「兵戈亂離之兆」，加上「犬屬火」、「紅亦火」，均是「兵火」之兆。《湖海新聞夷堅續志‧監庫爲雞》（補遺）寫至元年間，某家生數隻雛雞，其一「昂頭立身，稍異於眾雞」。是歲荒歉，百姓果有立地饑死。故事都以動物的畸形或異狀，視爲動亂、荒年的先兆。另外，小說的背景都發生在元朝末年，時值兵荒馬亂，作家們利用這些異象，塑造天命亡國，先以異兆顯於當世。

物異之兆也非全然凶惡，也有天降異獸，預示吉徵。《庶齋老學叢談》（卷1）寫成吉思汗西征時，有人看到異獸「角端」，該獸「二目如炬，鱗身五色，頂有一角，能人言」。由於角端是傳說中祥瑞之獸，逢明君聖主才會出現，〔註171〕因此，角端出現在成吉思汗朝，是「天將開天下於大一統之象」〔註172〕。故事除了有祥獸獻瑞之兆外，也傳達出元代一統中原乃天命所歸的思想。不過，賢臣能士有時會利用帝王的先兆迷信，作爲勸諫的工具。所以當時耶律楚材指稱，「（角端）能言四方語，好生惡殺」，使成吉思汗停止殺戮，班師回朝。

植物的不尋常也是預示人們夭壽、吉凶禍福之兆。如《輟耕錄‧雙竹杖》（卷5）記白廷玉栽種的竹子忽然分歧爲二，白某不久即亡歿。《續夷堅志‧瑞禾》（卷2）寫郝家的稻禾結穗，每莖最多達十三穗。隔年郝某「佩金虎符」。故事傳達個人的運勢或家運，物類先知，充滿先兆迷信。下一則故事更能傳達人們認爲動植物的異常是先兆思想：

> 陳豐與葛勃屢通音問，而歡會由。七月七日，豐以青蓮子十枚寄勃，勃啖未竟，墜一子於盆水中，有喜鵲過，惡汙其上，勃遂棄之。明早有並蒂花開於水面，如梅花大。勃喜曰：「吾事濟矣。」……（《瑯嬛記》）

〔註171〕　《宋書‧符瑞志下》：「角端者，日行萬八千里，又曉四夷之語，明君聖主在位，明達方外幽遠之事，則奉書而至。」（南北朝）沈約撰：《宋書》（臺北：鼎文書局，1985年6月），卷29，頁865。

〔註172〕　此語見《南村輟耕錄‧角端》（卷5）。此文與《庶齋老學叢談》中所載錄者爲同一事。

喜鵲飛過、花開並蒂向來被視爲吉祥的徵兆，所以主角即喜形於色地認爲「吾事濟矣」。小說透過人們習以爲常的認知作爲預兆象徵，或是設下伏筆，暗示主角的未來前程，這是古代小說經常使用的手法。

3. 其他象占

除了天文、星象及動植物等象占外，尚有其他非人爲的異象之徵。如《萬柳溪邊舊話》寫某泉原本「水泱泱清澈，汲以煮茗」，突然變臭、枯竭，不久該泉的主人即逝去。同書另寫作者之先祖尤保叔（待制公）因篤信關公而發生之異事：

> 待制公奉關侯如祖先，朔望必拜，……公晚年畏寒，慎於出戶，已
> 經一月不入祠。一日微雪中肩輿而來，以袖拂侯像之塵，侯兩顴若
> 有汗者，待制公以爲灑掃之役誤以水及像，乃手拭之。既乾，稍久
> 復有。心甚疑之，不覺淚下，速歸，便臥疾，一月而終。

以佛像流淚象徵主角的壽命將盡。類似故事在《續夷堅志·石佛動》（卷2），寫某石佛自行動搖長達數月，直到州將死亡後才停止。小說的背景爲金哀宗正大八年（1231年），正值蒙古軍隊兵分三路進攻金國，包圍汴京，可揣想州將應死於戰役。故事所載流露出連州將都戰死，更可見社會一片兵荒馬亂，石佛爲此感到悲傷之慨嘆！可知作者利用自然異象、神像的異常，寄寓個人壽命終亡之徵兆，令人頗有天地同悲之感。

又有藉物體發出不尋常的聲音當成發生事情的徵兆。《輟耕錄·爐鳴》（卷23）寫元代江浙行省官爲相哥（當指桑哥）、沙不丁等人豎立德政碑。完工當夜，省堂中「火爐鳴」，直至天色微明方休。此後爐鳴成爲常態，隔年相哥敗、諸官同遭禍事。由於桑哥等人在朝胡作非爲，地方官爲了附諛諂媚，竟耗費民脂民膏爲其豎立「德政碑」，作者藉由異常之象，埋下惡相將敗的伏筆，同時凸顯豎碑行爲乃逆天背德，所以連上天也不得不發出警兆。其他類似故事，如《萬柳溪邊舊話》寫尤輝死前，老家祠堂聞哭聲、大銅爐裂爲八塊；《輟耕錄·樹鳴》（卷9）家破人亡之前，老樹先發出異聲等等。這種以物類異常或莫名損壞作爲凶兆的觀念，在中國民間極爲普遍，也是小說經常使用的預示手法。

綜上，遼金元文言小說反映出人們對於數術的迷信，作者於是利用這些不尋常的天象、畸形的動物草木等異常之象，作爲預示的象徵，在故事中埋下伏筆，設下懸念，推展情節。

（二）占夢解夢藏玄機

古人深信夢具有啓示性，能預測未來。漢代鄭玄云：「夢者，人精神所寤，可占者。」〔註173〕夢兆迷信經過長時間的發展，在先秦時就有一套「夢兆理論」，並非單純解夢判斷吉凶，還要考量「天象、陰陽」等複雜因素。〔註174〕可以說先民對夢兆的運用已相當純熟。

1.主動祈夢

主動向神祇求夢的故事主要是人們向上蒼或廟神祝禱，希望能因此得到感應或徵兆，以解決困惑或指引未知的前程。如《湖海新聞夷堅續志·宣和怪事》（前集卷1）敘述宋代宰相吳敏「私禱於宗廟，得之夢寐」，並將夢境上告於徽宗：

> 臣常夢水之北，螺髻金身之佛，其長際天，水之南，鐵籠罩一玉像，人謂之孟子。孟子之南又一水，水南有山陂陁，而臣在其間，人曰：「太上山」。臣嘗私解之曰：「水北，河北也；南者，江南也；佛者，金人；太上，陛下也，但不曉所謂孟子。」有中書舍人席益諭臣曰：「孟子者，元子也。」

吳敏經由作夢、解夢，預示金人南侵、宋朝宗氏南遷；同時，解決當時懸而未決的太子爭議。這個夢境幾乎與現實「吻合」。陳洪說：「小說中寫夢，往往不是簡單地寫出一個實境、一次體驗，而是依據某種釋夢學說來編織夢境。」所以上述吳敏的夢是「人爲夢」，是利用人們對占夢的迷信解決事端。換言之，作夢是自然的過程，解夢卻是人爲的，可以變成有心人的工具。

希望得到神人指點前途而祈夢的故事，如《續夷堅志·康李夢應》（卷1）寫康伯祿、李欽叔兩人在逃難過程中求夢於某神。康夢落水，李則於夢中得到書有「宜入新年，長命富貴」的桃符，其後一一應驗。《湖海新聞夷堅續志·易頭顯貴》（補遺）敘述士人岳某、李某素昧平生，分別向梓潼帝君祠祈夢。不久，二人出現在同一個夢境：

> 岳夢至一宮殿，見一王者，冠冕坐於殿上，侍衛七八人，旁有執簿者。岳直前問曰：「某前程如何？」未幾，又按李進前，亦以前程叩之。執簿覽姓名畢，上殿言於王者之前，忽一人下殿傳旨曰：「汝二

〔註173〕　《周禮·大卜》：「掌三夢之法」。鄭玄注：「夢者，人精神所寤，可占者。」
　　　　　同註98，卷24，頁371。
〔註174〕　同註120，頁130。

> 人皆可貴，但身與頭不相稱，必須兩易其頭。」岳聞之驚恐，其人
> 曰：「汝畏換頭，無復貴矣。」言畢，忽有一使持斧鉞引岳於廊廡之
> 下，須臾，又引李至，使二人瞑目而立，竟易其頭。

梓潼神人指示岳、李二人，想要貴顯只有「易頭」一途，於是二人在夢境中
經歷頭顱置換。夢醒之後，岳、李的容貌果真改換，「岳之面，李前日之面」、
「聲不改」，也各自官途顯達。值得注意的是，二人對於換頭的態度雖有遲疑，
但神人完全不理會其意願，表現官祿命定的思想。

　　《萬柳溪邊舊話》作者描寫先祖尤叔保因避難而居無定所，遂以「卜居」
向壯繆侯〔註175〕祠求夢。夜夢「侯手賜錫器，器中書一成字」。友人解夢道：
「器者，器皿也。皿上著一成字，錫者，常之西南有錫山。神明賜公錫器意
者，俾公無錫而子孫盛乎？」於是尤叔保「領神意」，從此在許舍山落腳，甚
至南宋滅國之後，叔保的玄孫尤山仍在許舍山隱居。一個占夢竟影響數代子
孫，可知人們對占夢的迷信。

　　上述向神人求夢的故事，是基於人們對占夢結果深信不疑，所以小說作
者經常利用祈夢、做夢及占夢設下懸念或伏線，結果也多是夢境成真。可以
說夢境是根據故事情節而設計。

2. 被動作夢

　　被動作夢故事中的「夢」通常帶有預示的成份，所以後續情節是依實現
夢境所示為軸線。《山居新語》（卷1）寫元代文學家揭曼碩任職授經郎時，曾
夢見仁宗親臨接見，其後夢境成真。《續夷堅志‧呂狀元夢應》（卷3）記敘呂
造未第時，「夢金龍蜿蜒自天而下，攫而食之」，當年科考即擢為殿元。以下
兩則故事更是以夢境開展情節，接著解夢，夢兆應驗結束。

> 殷秘書顥，夜夢牛皮上有二土，又有赤（土）〔玉〕在其上。其子年
> 十六，解曰：「牛皮，革也。二土是圭字，是鞋字也。赤朱色朱，是
> 珠字也。大人當得珠履乎？」果然。（《誠齋雜記》）

> 沈雲卿夢啖羹甚寒，仰見天上有「無二」兩字。明日以告金迥秀，
> 迥秀曰：「羹寒無火也，非美乎？天無二字，非人乎？以鄙人觀之，
> 君當有美人桑中之喜也。」沈是日果遇美人苗蘊，顏色絕代，才調

〔註175〕壯繆侯是指關羽。據《三國志‧蜀書‧關羽傳》載：景耀三年（260年）九
　　　　月，蜀漢後主劉禪追謚關羽為壯繆侯」。（晉）陳壽：《三國志》（臺北：鼎文
　　　　書局，1990年2月），頁942。

　　無雙。(《瑯嬛記》)

內容都是利用拆字的原理解夢，主角各得珠寶、美人。上述數則小說的人物命運無不與夢境相互呼應，表現出萬事命定的思想。

　　夢兆的內容除了前述的官祿、財富、姻緣之外，也有表達孝順者。《湖海新聞夷堅續志‧割股行孝》(前集卷 1)寫葉二遠行，忽然夢見母親「告以折足」，他隨即「三步一拜」回家，其母果然登梯失足。作者利用中國人認為「母子連心」的觀念，使夢境成為預兆，傳達孝子掛懷雙親，以致日有所思，夜有所夢。

　　又有關乎國家大事的夢徵。如《湖海新聞夷堅續志‧錢王現夢》(前集卷 1)寫南宋高宗尚未登基前，曾做了一個夢：「夢皇帝脫所御袍賜吾，吾解舊衣而服所賜。」由於康王乃徽宗第九個兒子，按例是不可能接班為帝，但利用夢境中徽宗脫下御袍、康王穿上御袍之舉，象徵王位的交替。此處的夢兆，可說是當權者刻意「後天製造」，是為鋪陳康王的王位是先帝所傳，既是正統、也是神授。南宋理宗也做過類似權勢轉移的夢，不同的是他必須交還江山，同書〈胡僧取殿〉寫道：

> (理宗)夜夢二僧曰：「二十年後，當以此殿還小僧。」夢覺，問宰
> 相馬廷鸞，馬回奏云：「胡僧乃夷狄之類，二十年後必主夷狄於殿下
> 稱藩。」……至元年間歸附大元，有僧官楊總攝以宋殿基元係佛寺，
> 因高宗南渡都杭，遂以為殿，至是復以殿為寺，屈指理皇之夢恰二
> 十年，異哉！

宋高宗南渡後，取佛寺為帝殿，百餘年後胡人入主中原，皇宮復還佛門。故事透過夢境，擺脫人事的紛擾，將朝代更迭，寄寓於城池宮殿的移轉，流露出萬般皆是天意，非人謀可逆。

　　人們相信夢境蘊含吉凶禍福之兆，但究竟象徵何者，端視作夢者或解夢人的詮釋。《湖海新聞夷堅續志‧預夢得夫》(前集卷 1)描寫富家楊六之女在未嫁時曾做一個夢：「與一官人聯坐樓上，未幾又有一女子登樓對坐，官人窗外折桂花兩枝，簪二婦人首。楊氏怒，即下樓，但見廳堂之間，幕幃燦然，當中一大牌寫一『奇』字，驚喜而寤。晨興告之父母，喜為吉夢，他日必招佳婿。」之後故事發展一如夢境：得「趙時奇」為婿、婚後住小樓，以及楊女過世，趙某另娶葉氏攜手偕老。頗堪玩味的是，故事中的父女完全被夢境「牽著」走，因為新郎名字、新房位置等「暗與夢合、夢應」而自認得到好

姻緣，卻不探究「折桂花兩枝，簪二婦人首」的意義。透露出主角只對夢境的「喜兆」感興趣，往往忽略隱藏有凶兆的情境。這或可觀察出古人面對婚姻的忌諱，人們希望婚事順遂和諧，即便夢境已出現凶兆，通常不願面對或道破，以免夢境中的惡兆成真。

前述人物對於夢兆深信不疑，以下主角則抱持懷疑的態度。《平江紀事》寫元代進士幹文傳曾夢「入選掛名，為長、吳正官」，夢醒後直斥自己「胡夢、亂夢」。之後幾經轉折，文傳的官運果真如夢境所示。《湖海新聞夷堅續志‧館俸前定》（前集卷1）描寫劉巢林乃「篤行君子」，忽然作夢：「夢至二所，兩石榴樹下獲錢一窖，凡千緡」。劉某因此責怪自己：「自念平生無妄想，何以至此」。後來劉某突然獲聘教某子，「歲俸百緡。入齋見庭前兩石榴樹，宛然夢中……」值得注意的是，兩位主角是道德自律的讀書人，對於突如其來的升官夢、發財夢，表現自責、負面的態度，歌頌君子具有「苟非吾之所有，雖一毫而莫取」的美好德行。故事也因為主人翁質疑夢境的態度，使情節更具波折起伏。二則故事的主角雖然質疑夢兆，現實卻仍然與之相應，表現出不可逆的態勢，似乎人生總有一隻莫名的黑手掌控。就像第一篇故事的結語：「人之官祿，事皆前定。自己之神先已知之，形諸夢寐，故相報耳。」這種以夢兆類的預示手法，主要是在表現命定的觀念。

此外，夢兆故事不完全由主角作夢，有時也透過他人的夢境預示情節。《湖海新聞夷堅續志‧益公陰德》（前集卷2）南宋周必大未任宰相之前，因案丟官，回鄉途中順道拜訪丈人。周某抵達時雨雪交加，僅子正掃雪於庭院。丈人曾於前一夜夢見「掃雪迎宰相」，心裡雖有疑惑，卻惱於女婿失官而待之「不為禮」。之後周必大刻苦讀書、中舉、拜相。小說雖然以夢兆揭示官祿命定的思想，卻強調主角「益自刻苦」，凸顯人事的努力。

諸如上述故事，將夢境與個人利祿、壽命及婚姻等結合，也是命定思想的延伸。換言之，以夢見的預示來凸顯萬事莫如命定的人生觀。學者指出：「從象徵性意義看，小說中預言式的夢又大體可分為單義與多義兩種。單義的夢境，象徵的內容比較確定，夢的隱義與顯義是清晰對應的。在作品中，其隱義有的是隨夢隨釋，有的是應驗不遠，讀者可以確知預言的事件是什麼。多義的夢境則含義比較模糊，而作者對夢之隱義只做提示不做限定，讀者可能產生見仁見智的多種理解。」〔註176〕從這個角度來看，遼金元文言小說中的

〔註176〕陳洪：《淺俗之下的厚重：小說‧宗教‧文化》（天津：南開大學出版社，2001

夢兆類故事，多傾向單義的夢境，而且讀者多可隨著作者的視角知道預示的內容與結果。

二、非自然徵兆

因爲占卜而得到的徵兆，不完全自然發生或發現，有一定的人爲成份。以下由相人、相字與卜占、風水堪輿術及讖語、謠諺等說明非自然徵兆的迷信。

（一）相人算命論運勢

相命術又稱星命，利用各種占卜預測命運，是古老的命數學問。中國人相信命相，認爲人的外貌形體或生辰八字是與生俱來，可以據以推算富貴窮達。關於面相、體相的故事，如《輟耕錄・陰德延壽》（卷12）寫「鬼眼」以「挾姑布子之術」〔註177〕爲人算命，「言皆奇中，故門常如市」。某日他爲某商賈算出命促的劫數，後商賈因爲救人性命得以延壽。商人再遇鬼眼時，鬼眼「詳觀形色」，神準地算出他因救了「一老陰少陽之命」。故事中術士神奇的準確度，令人匪夷所思，卻也是作者善用此埋下伏筆，以凸顯做善事可以獲陰德、延壽的教化故事。

又如《遂昌雜錄》寫元初「神相」李國用，「能相人，能望氣，崖岸倨甚」，當時「貴官咸敬之」。謝太后的親族謝退樂設早饌邀宴李國用，之後——

> 李至即中坐，省幕官皆下坐，不得其一言以及人禍福。時趙文敏公謂之七司戶，固退樂姻戚也，屈公來同飯，時文敏風瘡滿面，李遙見，即起迎文敏，謂眾人曰：「我過江僅見此人耳。瘡愈，即面君，公輩記取。異時官至一品，名滿四海。」

故事中的趙文敏就是趙孟頫，他仕元之後的官位果然如李國用所言。小說突出相命術的眞實性，表現官祿命定；同時成功描摩出術士李某挾高明的相術，恃才傲物的形象。

其他如《錢塘遺事・趙方威名》（卷3）寫宋代抗金名將趙方之異相，「貌古怪，兩眼高低，一眼觀天，一眼觀地。」《湖海新聞夷堅續志・趙方異相》（前集卷2）則進一步寫相者認爲，趙方「一眼大，一眼小，大者觀天地，小者視四表。」這些異相是他後來成就不凡的表徵，是小說的預示手法。《湖海

　　年4月），頁7。

〔註177〕所謂「姑布子卿」，即是「相人之形狀顏色，而知其吉凶妖祥」者。（周）荀況、（唐）楊倞注、（清）王先謙集解：《荀子集解・非相篇》（臺北：世界書局，1962年4月），卷3，頁46。

新聞夷堅續志‧謝后異相》（前集卷 2）記謝太后天生異相，相士在她未被選為后時，即已預言謝家將因她而「蒙澤」。這些故事都是藉著相命術士之說，凸顯貴人異相，表現古人對於面相術的崇信。

上述無不以相命的預言，設下個人命運的伏筆，流露出人們深信命相的前兆迷信。或許是過於相信人的外形相貌，也出現相關笑話。《拊掌錄》寫英宗治平年間，國學試策的題目是「問體貌大臣」〔註178〕，科場進士程文，在策中對云：「若文相公、富相公，皆大臣之有體者；若馮當世、沈文通，皆大臣之有貌者。」意即，形容文彥博、富弼體形豐碩，而馮京、沈文通則面貌俊秀。之後馮、沈二人被戲稱為「有貌大臣」。這雖然是一個笑話，但中國社會不只由面相斷人吉凶禍福，確實也認為相貌與名位必須相符。如前文曾提及的《湖海新聞夷堅續志‧易頭顯貴》（補遺）故事，神人以岳、李二人之相貌與將來官位不相稱為由，將二人的容貌互換，此後各自顯貴。這種相貌與官位必須相稱的想法，在中國的相術學中極為普遍。如《湖海新聞夷堅續志‧益公陰德》（前集卷 2）寫宋代宰相周必大在科考之前，曾在夢中進入冥府：

> 見一判官拷掠一捻胎鬼，指子充（周必大）曰：「此人有陰德，當位宰相。貌陋如此，奈何？」鬼請為作帝王鬚，官首肯，鬼起摩子充頰，為之種鬚。及覺，猶隱隱痛，數日始定。

故事中的周必大雖然有當宰相的命，卻相貌奇醜，只得靠著鬼官種鬚改變外貌，才能切合將來的名位。《續夷堅志‧張甫夢應》（卷 4）也是這種因相貌不佳獲鬼官改變形貌的故事，只是主角是被易之以玉石。這些篇章都是依賴神鬼施力，改變外貌，以符合冥冥中已然註定的身份地位。反映出中國對人們相貌的潛在思惟，認為形貌與品位必須相符。

至於算命的故事，如《湖海新聞夷堅續志‧遇貴升遷》（前集卷 1）記蜀士許志仁到臨安等候差遣，困窘至極。偶遇孝宗微行出遊，又適巧生辰與孝宗相同，因此謀得官職。事後孝宗拿許某的命格去算命，星翁云：「此是主上命」。孝宗曰：「此蜀中一許文命」。星翁曰：「若果然，則目下亦遇大貴超昇」。孝宗因此又將許某升官。故事旨趣是富貴命定之思，而其表現手法則是藉由

〔註178〕 題目典出於《漢書‧賈誼傳》。賈誼上漢文帝疏：「此所以為主上豫遠不敬也，所以體貌大臣而屬其節也。」主考官據此以考問士人對君臣如何相待以禮的看法。同註105，卷18，頁2255。

瓦子裡的術士算命呈現。另一則《輟耕錄・算命得子》（卷 22）更是離奇，內容寫富家李總管，年逾五十膝下猶虛。術士告訴他：四十歲時已有子嗣，而且孩子終將回家團聚。情節幾經曲折，結局果如術士所言。小說除表達子嗣命定，半點不由人的思想外，也反映出古人對於算命之術的迷信。

以上故事都是因為相命術士之言行，引發後續發展。看似虛構的情節，卻是小說家根據數術原理，發揮想像力的敷衍，是蘊含豐富的中國古代文化思想精華。可以說相命已成為故事結構的模式之一，主要用以埋下伏線，引導劇情。同時側面反映命相迷信，已深入人心。

（二）占卜相字窺天機

古人取錢幣、竹子及龜甲、獸骨等作為卜筮的工具，再依據《周易》解釋卦象。這是人為取象中最基本的占卜，在古代預測術中佔有相當地位。歷來不論正、野史、傳奇小說都有許多卜卦相關的奇人奇事，如漢代《論衡》曾記載孔子和弟子們以「鼎卦」預測戰事的趣事。〔註 179〕內容記魯國討伐越國之前，卜得「鼎卦」。子貢認為卦象為「折足」，推測是凶象；孔子有不同見解，認為越人靠水而居，行走用船，不用腳，所以是吉徵。之來魯國果然打勝仗。《誠齋雜記》有一則類似故事，只是解卦象的智者換成顏淵：

> 孔子使子貢，久而不來，命弟子占，遇鼎，皆言無足不來。顏回掩口而笑，子曰：「回也哂，謂賜來乎？」對曰：「無足者，乘舟而至也。」果然。

同樣一個「火風鼎卦」，眾人的理解竟然完全相反，有的認為子貢無法回來。惟有顏回認為子貢將乘船歸來，其後果然。上述兩則故事說明占卜人人都會，但解讀各自不同。因此占卜結果究竟是真天機？或是假神算？抑或是巧合？甚至是騙局？無解。

雖然占筮靈驗與否眾說紛紜，但信者恆信。關於卜卦靈驗的神奇故事，如《遂昌雜錄》記元世祖忽必烈曾以杭州（即南宋故都）求占於富初庵，富某云：「其地五六十年後，會見城市生荊棘。」之後杭城果然遭受天災人禍襲擊，不復榮景。又《異聞總錄》（卷 4）有某家鬧鬼而求占筮，卜得「有伏屍在堂之側」，發掘後果有髑髏與碎骨。《湖海新聞夷堅續志・卜知病証》（補遺）一篇最令人嘖嘖稱奇：

〔註 179〕《論衡・卜筮》，同註 94，頁 237。

> 柳休祖善卜筮，其妻病鼠漏，積年不瘥。命休祖卜，得《頤》之《復》，
> 按卦，合得姓石人治之，當獲鼠而愈也。既而鄉里有奴姓石，能知
> 此病，遂灸頭上三處，覺少佳。俄有一鼠遙前而伏，呼犬咋之，視
> 鼠頭有三處灸瘡，妻遂瘥。

文中卜卦的結果令人匪夷所思，但最後卻神奇的一一應驗。醫病者果然姓石，
而卜卦所言能使病人得以痊癒的老鼠也在關鍵時刻出現；更奇的是，醫者曾
在病患頭上灸上三針，老鼠頭上竟然有三處外傷，可謂玄之又玄。上述故事
中的數術描寫多蘊含巫術思惟，也表現出時人對數術的迷信。

　　當然，也有作者對占卜術提出質疑。《捫掌錄》中便記載一則王溥之父王
祚向盲人卜者問壽的故事。王祚一生富貴，想知道自己能活到幾歲。家人遂
請眼盲的卜者進府，並事先買通他務必以長壽為占卦。結果：

> 既見祚，令布卦成文，推命。大驚曰：「此命惟有壽也。」祚喜，問
> 曰：「能至七十否？」瞽者笑曰：「更向上。」答以至八九十否？又
> 大笑曰：「更向上。」答曰：「能至百歲乎？」又歎息曰：「此命至少
> 亦須一百三四十歲也。」祚大喜曰：「其間莫有疾病否？」曰：「並
> 無之。」其人又細數之曰：「俱無，只是近一百二十歲之年春夏間，
> 微苦臟腑，尋便安愈矣。」祚大喜，回顧子孫在後侍立者曰：「孩兒
> 輩切記之，是年，且莫教我吃冷湯水。」

王祚對卦者曲意逢迎的說辭信以為真，完全不知道那是套好招來哄他的，卜
者所言不過是為能多討償金而已。

　　另有故事對卜者有較細節的描寫，甚至將其占術描繪成如鬼神般神算。
如《捫掌錄》記卜者費孝先除用《易經》的原理算命外，還輔以繪畫預卜吉
凶。他的畫被稱為「卦影」，非常奇特。例如鳥有四條腿，走獸有兩隻翅膀，
人物戴儒者的帽子，穿和尚的衣服等等，總之是奇形怪狀。當時，米芾恰好
也非常怪異，經常穿奇裝異服。例如，帶著平常人的帽子，卻穿著和尚的衣
服，腳上又蹬一雙朝廷官員的朝靴等等。所以，朋友們都稱他為「活卦影」。
故事短短數語，明快酣暢地將卜者異於一般卜者的卜算方法活靈活現的展現
出來；尤其襯以米芾的奇裝異服，更添對卜者的想像。

　　至於相字，又稱為拆字、破字、拆字，是以漢字的偏旁或部首拆解與組
合，透過添筆、減筆、添字、加字等，藉以判斷個人命運或預測未來吉凶禍
福，是中華文化特有的數術。拆字法並無固定方式，主要看拆字者隨機應

變，有時是一種福至心靈的神來之筆。《庶齋老學叢談》（卷1）即載錄南宋僧人透過拆字的數術，預言趙南仲兄弟、全子才等人將平定李全之亂。小說寫道：

> 趙南仲兄弟平李全日，參議官則全子才，有蔣山僧見全喜甚，曰：「逆全誅矣。」問其故，曰：「公之姓，賊名也；公之名，賊姓而少一丶，合姓名而觀，是倒懸李全而無左臂也。」其說果驗。

僧人巧妙地將「全子才」與「李全」的名字相互對照，前者的姓正是後者的名，而「子才」正是「李」字少一捺，象徵李全斷去一臂。據此預測李全之勢已如斷臂折翼般，不可能再雄霸一方。類似故事亦見《續夷堅志‧相字》（卷4），內容寫宋末有相字知休咎，皇帝先寫一個「朝」字，相者占云：「十月十日天子生，紹興南渡，將駐於杭。」再以一個「杭」字令其破字。相者又道：「兀朮將至，當避其鋒。」之後金國大軍果然是由「金兀朮」率領南下。小說以拆解漢字的組成架構，增減筆畫來預言人事的吉凶禍福，表現拆字術的玄奇。

又如《至正直記‧字讖》（卷4），記元代有方士利用丞相桑哥之名，預言他只能當四十八個月的宰相，桑哥遂改名爲相哥，結果仍然一樣。此預言是將「相」或「桑」字加以拆解，最後都會得到「四、十、八」，因而預言他的相位僅有二年。這種巧合可謂玄妙。不過作者在文末謂：「可見祿位前定，非人力所能改變」，傳達出祿位命數的觀念。上述無不揭示相字數術的神秘性，透露出古人對相字數術的迷信。

（三）風水勘輿話吉凶

風水術，又稱相地術、勘輿；是一種相空間的數術，預測不同的地理環境將帶來不同的吉凶福禍。所以自古以來人們深信葬身之地至關重要，爲了尋找風水寶地，煞費苦心，造成堪輿之術盛行。《樂郊私語‧劉伯溫論南龍》一文記載劉伯溫談論中國的龍脈，最後他說：「吾恐山川亦不忍自爲寂寂若此」。清楚說明名山勝地自會尋找主人的觀念，這種想法經常成爲風水故事的基礎。如《輟耕錄‧相地理》（卷11）寫有風水師認爲某地「宜帝王居」，最後該地果然蓋了一間「三皇廟」。《萬柳溪邊舊話》寫宋代宰相尤袤葬父時的神異之事：

> 文簡公（尤袤）廬於墓者三年。其始葬，方十日，月夜見萬燈滿湖，叱聲震地，文簡公懼，……空中問曰：「此地發福三百年，彼人子有

> 何德而畀之，速令發去。」又聞空中高聲應曰：「尤時亨累世積德；
> 袁，又純孝之子也。」空中又曰：「世德純孝，可當此地矣。其善護
> 之。」

由於先祖葬在風水寶地，所以尤家後世子孫都身居要津，富貴顯耀。這是作者寫先祖的故事，藉由神人間的問答，誇耀家祖之德，同時也表現風水寶地乃有福德者才有資格入葬。《湖海新聞夷堅續志·風水前定》（前集卷1）寫羅某覓得一地將葬其母，不久有人託夢表示：「此非君家地，乃義城黃儒人受用。」羅某不理會這個夢兆，強行將母親下葬，不久即惹禍上身，不得不遷葬。最後該地果然埋葬黃氏婦人，該家也果真有二個神童。同書之〈賣酒遇仙〉寫道人代尋「風水寶地」以報恩，使恩人富貴、子孫得官。故事中透露出好的風水地穴具有靈性，會為真正的主人守護位置；同時反映出大眾對埋葬好地則有益於子孫的認知。

由於好山好水自有其主的觀念根深柢固，所以有不少強葬致禍的故事。《湖海新聞夷堅續志·強葬招禍》（前集卷2）寫李某強佔他人之地入葬，不久即遭橫禍，即使遷葬仍然禍事橫生。同書之〈穴差喪身〉記宋代楊巨源母喪時，有術士為他尋得一個可以興旺後代的風水，還告訴他：「若嶺土聞金鼓之聲，則封拜尤速，第穴有小差，恐不久有喪身之禍。」楊某迫不及待地將母親骸骨埋葬至該地，當時正好有軍隊經過而「金鼓之聲不絕」，楊某因此喜孜孜地認為術者之言靈驗。沒想到不久之後他就死於兵災。可見風水勘輿之術，一刀兩刃，必須天時地位人和，一旦稍有差池，結果將天差地遠。

風水術不僅盛行於民間，帝王也會透過看風水、望地氣等，選擇國都、城池。《錢塘遺事·金陵山水》（卷1）寫南宋高宗曾考慮以「金陵」為都，術士認為「建康山雖有餘，水則不足。」趙構遂作罷。《山居新語》（卷4）記金代有善於「望氣」的術士，預言某山之峰巒秀異，「有王氣」，將出現對金國不利的異人。朝廷於是「掘其山」，再將土運到幽州城北，累積成山，栽植花木，當成遊幸之所。不久之後，金國仍然滅亡。作者在文末，評論道：「帝王之宅，都會之京，興衰之兆，天已默定，豈人力之所能為也。」大有風水之術謬悠之談，天命已定才是王道之意。

其他的風水地理故事，如《至正直記·漁人致富》（卷1）寫黃姓漁人家貧無力葬母，遂將她的骨灰放在他經常捕魚的山邊石穴。術者勘查當地風水後說：「此山山龍之稍止處小結穴，惜乎不深，只主小富耳。」漁人果然從此

家境好轉。後來該處風水遭人無意破壞，鄰近人家於是每三年必有一人死於「翻胃」。同書之〈謝莊地理〉記謝姓富家之子女「多患瘟疾」，術士勘後認為其家有河水「自五里外迂迴曲折而入，直至於門」，所以家中因水得財，不過「水口太塞」，導致子女得疾。於是「令鑿上墩，并去雜水，別築橋于水流之外」，此後謝家再無此患。《平江紀事》元初某州府，「治中官吏多物故者，家口皆不安。」有知風水的僧人，謂「州治內屍氣動，作屋鎮之乃安」。最後州府如其言，其患果息。這些風水故事表現環境之於人的影響，起初也許是基於生活經驗的累積，逐漸成為一種信仰。學者指出，「風水之學是中國傳統文化中根深柢固的潛在意識或思想，它是經驗科學及恐懼、迷信心態的結合。」〔註180〕確實，透過以上故事可以觀察出風水地理之術的內涵並非單純的時空概念，已然有迷信的成份。不管如何，這些對環境的遐想，都增添小說魅力。

三、讖語預言

讖語起源甚早〔註181〕。尤其東漢讖諱之說盛行後，歷代史傳小說不乏謠讖、詩讖、語讖及石讖等記載。這些讖語往往被視為具神祕預言功能的巫術語言，甚至是天神的預言，所以民間社會對其相當迷信。

（一）詩詞歌謠寓興衰

1. 詩讖

「詩讖」是指用詩歌的形式，預言人事的吉凶福禍，是一種預兆迷信。金元文言小說的詩讖故事有不少是關乎壽命，情節模式則是主角的詩作出現沒來由的感傷、凶兆；或是他人贈詩出現不吉的徵兆。例如《續夷堅志·田德秀詩》（卷4）寫田德秀「詩多憔悴之語」，金國兵亂時客死他鄉。其他的亡命詩讖，如「別來越樹長為客，看盡吳山不是家」（《輟耕錄·詩讖》卷28）、

〔註180〕傅師錫壬進一步指出：「就科學的角度看，它是人類與生態環境之間的互動，所以某些風水的應驗，是可以藉科學方法解釋的，這種現象就跟神話扯不上關係。然而，風水信仰之所以廣為傳播，並不是依賴於科學的解釋，尤其在先民智慧未開的社會，風水觀念的形成，就像早期的宗教或巫術信仰一樣，必須建構在恐懼與迷信的基礎之上。」同註161，頁98。

〔註181〕漢朝即有讖言相關記載。如《史記·賈生列傳》：「發書占之，讖言其度」。同註117，卷84，頁1009。又如《後漢書·五行志第十三》引獻帝時之京師童謠：「千里草，何青青。十日卜，不得生。」同註41，卷24，頁3285。

「山雲欲雨花先慘，客路無人鳥亦悲」（《續夷堅志‧詩讖》卷 1）、「坐久喧暄暫息，池臺惟月明。無因駐清景，日出事還生」（《庶齋老學叢談》卷 3）。元好問稱這些流露亡命之讖的詩詞是「鬼語」（《續夷堅志‧詩讖》卷 1），又引王安石「少壯不宜輕感慨，文章尤忌數悲哀」之語，說明「無憂而戚，古人所忌」（《續夷堅志‧田德秀詩》卷 4）。其實，故事中詩讖的作者多是通曉文墨的讀書人，本就喜歡舞文弄墨，而詩歌內涵也多緣興而發，隨意而至，並不刻意避諱取材。因此，信筆而為的傷春悲秋，卻因為迷信而被視為「必然」結果，進而出現「憔悴之語」就成了死亡的預兆，似乎過於牽強附會。

這類故事較奇者應屬《湖海新聞夷堅續志‧收花結子》（前集卷 1）一篇。內容寫賈似道齋請雲遊道人，有神仙化為婦人懷抱小孩刻意鬧場，還在齋供桌子「遺糞」。眾人不及揩拭，只得用缽盂蓋覆。後來缽盂拿不起來，經「焚香設拜」順利拿起。桌上有一紙片，云：「得好休時使好休，收花結子在綿州。」最後賈似道被貶，死於「木綿庵」。故事頗富神異色彩，描繪出神仙外貌百變與出沒不定，行為神秘的形象；而蓋住童糞的缽中竟預藏賈似道的死亡預言，想像力著實豐富。故事將神仙形象結合預示語言，構築出故事的神秘奇異性。

另有關乎國家社會災難的詩讖故事。《至正直記‧邵永年》（卷 4）寫元代邵惟賢偶然閱讀祖先在嘉定（1208～1224 年）年間抄寫的雜記，其中有詩云：「壬辰癸巳這一番，人人災死盡無棺。狗拖屍者心猶顫，鴉啄烏睛血未乾。半畝田埋千百塚，一家人哭兩三般。說與江南卿與相，任他石佛也心酸。」看過的人都不以為意，直到至正壬辰、癸巳（1352～1353 年）年間，紅軍起義，兵災四起，社會現狀與詩中所敘近似，好像「觸景而作」。由於詩歌明確指出「壬辰、癸巳」時間點，且早在兵火前的數十年即已流傳，所以時人皆以為是讖語。反映出兵事大亂之慘況其實不是偶然，是無可逃避的命數！另外，詩讖內容傳達出戰時人民哀鴻遍野，死無葬地的悲哀。

2. 歌謠讖應

史書云：「熒惑降為童兒，歌謠嬉戲，吉凶之應」〔註 182〕。意即，童謠歌曲是天上星宿下凡吟唱、預言人間禍福，所以具有神秘性。例如《輟耕錄‧

〔註182〕《晉書‧天文志》，同註 159，卷 12，頁 320。自古以來，人們之所以認為熒惑星化為小兒唱童謠以預言人間禍福，主要是歷代每有熒惑出現，人間即發生戰事兵亂、天災人禍，兩者意象逐漸結合，使熒惑成為災異的徵兆。

－286－

火災》（卷9）寫至正年間，江浙行省平章穿紅衣到任。有童謠云：「火殃來矣。」不久，杭州大火。《輟耕錄‧皇舅墓》（卷20）記至正年間，中原大水，有皇舅墓被大水沖毀。於是有謠云：「皇舅墓門閉，運糧向北去。水淹墓門開，運糧卻回來。」之後果然天下多事，而且海道不通，無法運送貨物。作者因而感嘆：「讖緯之說誠不可誣」。

　　有關乎壽命的謠讖。《平江紀事》寫牡丹花開異常，有童謠云：「牡丹紅，禾苗空；牡丹紫，禾苗死。」隔年元明宗突然崩殂，他的廟諱正是「和」字。又有反映社會現況，如《輟耕錄‧松江官號》（卷9）寫元朝末年，由農民組成的紅軍起義，導致原就動盪紛亂的社會雪上加霜，官府為了預防盜賊混入為亂，於是印造官號給散吏兵佩帶。官號設計為「畫為圓圈，繞圈皆火焰。圈之內一府字，以府印印府字上。圈之外四角，府官花押」。式樣一出，民間即有相應的歌謠曰：「滿城都是火，府官四散躲。城裡無一人，紅軍府上坐。」這不能怪民眾出現聯想，實在是內容與社會現況相仿，難怪被譏諷是紅軍充斥的象徵。又《玉堂嘉話》：「宋未下時，江南謠云：『江南若破，百雁來過。』當時莫喻其意，及宋亡，蓋知指丞相伯顏也。」其中「百雁」即是指蒙古入侵江南的統帥伯顏。預言宋國將亡。另有揭露政治黑暗的歌謠，如《輟耕錄‧闌駕上書》（卷19）載錄三則歌謠，諷刺當時朝廷官吏「上下交征，公私腋剝，贓吏貪婪而不問，良民塗炭而罔知」。其歌曰：

　　之一：九重丹語頒恩至，萬兩黃金奉使回。

　　之二：奉使來時，驚天動地；奉使去時，烏天黑地。官吏都歡天喜
　　　　　地，百姓卻啼天哭天。

　　之三：官吏黑漆皮燈籠，奉使來時添一重。

這些歌曲童謠無不表現百姓失望、寒心之情。幾乎是痛斥社會現況的怨謠，是替百姓抒發不平之氣的高音。學者指出，「讖語反映了民眾的情緒，表現了民眾的愛憎，代表了當時的一種社會願望和社會力量，因此它才每每應驗。從這個意義上說，讖語並非純粹屬於迷信。」〔註183〕確實，前述民間歌謠讖語的內容不僅只是單純的迷信，更反映出社會動盪，民不聊生的生活實況。

　　由於人們對謠諺深信不疑，經常被有心人用於特定目的。如《錢塘遺事‧吳潛入相》（卷4），寫宋理宗朝時，賈似道等人欺上瞞下，正當皇帝起用

〔註183〕衛紹生：《中國古代占卜術》（河南：中州古籍出版社，1991年5月），頁175。

為人率直的吳潛取代丁大全為相時,民間隨即傳出童謠云:「大蜈蚣,小蜈蚣,盡是人間業毒蟲。夤緣攀附有百尺,若使飛天能食龍。」有人以此讒於理宗,吳潛於是罷相。試觀歌謠內容,以「大、小蜈蚣」象徵吳潛兄弟,指他們為害社會,應當儘速消滅。作者在故事中特別說明:「潛為人豪俊,其弟兄亦無所附麗」,當是為吳氏兄弟平反。這個謠諺已經無法追究是誰散播的,但明顯是有特殊目的,是政治性的歌謠。童謠本是兒童天真之語而起於無心,最是天地間一點機靈,無意間透露出的預兆,有時卻被有心人利用,故造飛謠,利用讖謠影響廣泛,造成一種天意如此,民心所向的態勢,以達到個人的特定目的。又如《錢塘遺事‧銀關先讖》(卷5),寫宋代賈似道換鈔法時,「銀關之上,列為寶蓋幢幡之狀,目之曰『金幡勝』,以『今代麒麟閣,何人第一功』為號。後北朝天兵渡江下江南之時,如入無人之境。」連印製鈔樣都成為亡國預兆,可見古人對讖謠迷信的範圍極廣。

(二)諱言讖語應吉凶

1. 語讖

「讖語」是一種句式短小、可以預示未來的隱語。通常用於渲染故事的神祕性和宣揚命定的思惟。如《續夷堅志‧歷年之讖》(卷2)寫「古人上壽皆以千萬歲壽為言,國初種人純質,每舉觴惟祝百二十歲而已。」金朝從建國至滅亡,剛好「兩甲子」。作者元好問乃當代大儒,卻提出「歷年之讖」,無不是對故國的哀思;尤其文中對於女真人「純質」致有此讖之說,令人感慨數嘆。像這種約定俗成的習俗口語,成為亡國之讖者,尚不多見。

另有個人無意間的說辭,成為預示之兆。《輟耕錄‧童子屬對》(卷22)如元朝某平章因雨遇某童子,兩人共傘避雨,平章以「青矜來避雨」令童應對,童子答曰:「紫綬去朝天」。之後平章果然升官。又如《續夷堅志‧項王廟》(卷3)寫金海陵南征宋朝,「過烏江項羽廟,引妃嬪視之。因為說垓下事。顧謂眾妃曰:『汝輩中亦有似虞姬者否?』」項羽被圍困於垓下,不得不自刎於烏江,虞姬死殉項羽,眾所周知,金海陵卻在無意間以項羽自比,已成為兵敗之兆。難怪作者形容眾人聽到這個傳聞,都為之「縮頸」。這種由人物無意間說出的讖語,通常是作者刻意塑造出來的命定徵兆,用以發展後續情節。

此外,中國漢字具形、音及意三種結構,其妙處就是可以任由形、音、義之任一方面隨意發揮。在字形上,可以象形與會意任意拆合,也可以加上

扁旁部首，形成他字；字音則可以諧音、方言、別字等等揣摩；字義則具一詞多義的多面性。所以只要作者有心，不難於中國漢字的意象上發揮、附會，然後解釋出讖的吉凶。因此，這種解字的語讖故事頗多，如《湖海新聞夷堅續志・女眞犯闕》（前集卷 1）記宋徽宗崇道，曾降詔在各地廣建道觀，並以「迎眞」、「通眞」、「會眞」、「集眞」等為觀名。迎眞成為「迎接女眞」之讖，時人即認為徽宗迎道時已然埋下宋亡之兆。同書之〈納土語讖〉寫徽宗曾下詔修建奉祀二郎神的「神保觀」，之後「自春及夏，男女負土以獻」，名曰：「獻土」。這個「獻土」的行為當然也成為拱手獻上山河國土的讖語。另外，觀察故事中二郎神信仰，有帝王下詔修觀，再有人裝扮成鬼神模樣，挨家挨戶去催促民眾向二郎神「獻土」，以顯示信仰之興盛。可以說二郎神信仰是由帝王與民間共同經營的結果。又如記金朝的亡國之讖，《續夷堅志・女眞黃》（卷 4）寫李姓說唱藝人獻給文彥博一株「千葉淡黃牡丹」，文某將花取名為「女眞黃」，意有女眞凋謝、敗亡之意，成為金國敗亡之讖。《至正直記・平江讖語》（卷 3）也是類似故事，都是利用文字音義的讖語。這些語讖其實都側面反映出命定之思。

又有利用人名作為讖語之事。科舉是中國古代讀書人的大事，社會百姓對其大小事都很注意，加上預兆迷信深入人心，所以經常出現相關的讖語預言。如《錢塘遺事・諒陰三元》（卷 6）寫南宋末年，度宗駕崩，四歲的恭帝即位。當年科舉進士前三名的名字分別是「王龍澤、路萬里、胡幼黃」。京城很快便傳出民謠云：「龍在潭，飛不得；萬里路，行不得；幼而黃，醫不得。」又如《錢塘遺事・龍飛賦題》（卷 6）記咸淳戊辰，龍飛省試，主考官出的題目分別是「乾為天」、「帝德廣運」及「天眷」三題。結果前二者「皆大金年號」，而「天眷」正是徽、欽被擄至北的年份。前一篇故事將宋國進士名字與國家運勢結合，或者牽強，卻又與社會現況不可思議地相符；後一則以科舉試題與國家重大變異的時間完全一致，同樣令人嗟訝。小說安排科考相關的事物成為國家興亡的讖語，流露出國祚長短與國之興亡是命數，是不可違逆。

2. 碑、石讖

「碑、石讖」是指讖語被刻在石頭或金屬上，由於其質不易腐爛，便於長久保存；造讖者又有很大的隱蔽性，附會為天意神旨，具有神秘性。《輟耕錄・買宅有讖》（卷 7）金世昌嘗買廢宅，修葺前廳。樑柱上竟有「金世昌」

三字，人以爲是定數。《湖海新聞夷堅續志・修廟前定》（前集卷1）某城隍廟
頹敝，縣官希望大家出錢修廟。陳姓富豪表示願意獨力出錢整修，在更換
主樑時，「背有大竅，闕一板於中」，板上寫著修建的年月日，還有「遇陳則
修」的字樣。故事都是利用金石上的讖語作爲預示手段，表現命定之思。以
下一篇更是如此：

> 俗云高柴墓，爲馮馬兒所發。初得石刻，曰「馮馬兒破」，遂發之不
> 疑。毒煙飛箭，皆隨輪機而出，因斷其機，得金鑄禽鳥及玉甲片若
> 龍鱗狀，其他異物不可數記。（《閑居錄》）

將讖語故事結合盜墓情節，並安排墓穴暗藏致命機關，但「注定」破墓者仍
舊順利破解機關，使石碑上的讖語成眞。這種強加困境的情節，更凸顯出碑
石讖語的神秘性與必然性。不過，有時碑字讖語也不一定有解。如《至正
直記・平江築城》（卷4）記元朝興建平江城時，某處連續塌陷，於是深掘地
基取得一石。上有唐朝所刻之字，云：「三十六，十八子，寅卯年，至辰巳，
合修張披同音例。國不祥，不在常，不在洋，必須欵欵細思量。耳卜水，莫
愁米，浮屠倒地莫扶起。修古岸，重開河，軍民拍手笑呵阿。日出屋東頭，
鯉魚山上游。星從月裏過，會在午年頭。」唐朝距離元代數百年，民眾對碑
字的內容不甚瞭解，眾說紛紜。後來元末張士誠（又名四九）率領農民起義，
佔據平江城。於是開始有人解讀讖語，道：「四九，三十六」、「張士誠起義
的主謀有十八人」、「鯉魚山上游，指『高郵』」、「星從月裏過，乃『橫舟』。」……
都無法盡詳解說讖語內容，只是強作解釋。其實，這些字句並沒有太多深奧
晦澀之處，只是眞實寓意卻很難琢磨。由於讖語在一般人心中隱含上天的意
旨，於是有心人便造讖來假托天意，是有其目的性。尤其世道不濟，朝代興
替之間，經常出現人造讖語來製造耳語，離亂人心，或是突出天命亡故國之
意的假象。

　　「天地之道，人將亡，凶亦出。國將亡，妖亦現。」〔註184〕朝代更迭迅
速，世道衰微不振，是邪魔鬼怪群舞的時代。金元之際正值亂世，人們在無
助的情況下，更熱中於術數活動，藉以撫慰心靈。因此，小說作者自然而然
將日常生活相關的術數活動載入故事之中，而成爲情節發展的一部分。數術
的內涵經常蘊含中國傳統文化中的潛意識與思想，教導人們趨吉避凶之理；
但由於數術敘寫歷經長時間的蘊釀、發展，經常讓人忘記其原來隸屬數術的

〔註184〕《論衡・訂鬼》，同註94，頁221。

範疇。此外，數術信仰反映於小說中，主要是異象怪兆製造懸念，讖緯相術埋下伏線，數術判語首尾照應，術語一旦未驗則隱喻善惡，豐富了小說的內容，增添不少小說趣味。

　　本章闡述遼金元文言小說中之宗教信仰，由儒釋道三教崇拜、民間神靈崇拜和數術迷信崇拜三方面來看小說的宗教情懷。首先儒釋道三教不論是儒家的仁義貞節、倫理道德觀念，佛家的因果報應觀念、佛力無邊，抑或是道家清心寡欲、淑世濟民的思想，在小說中表現出的三家思想有時互補，有時各取所需，往往混融。這些以遊戲筆墨對待宗教內容的作品中，常表現出一種人文主義的勸世精神，有寄托、幽默、世俗化特徵。至於萬物皆有神靈則包括天地自然諸神、鬼靈崇拜及佛道聖人崇拜，其信仰的基礎來自對超自然萬事萬物的敬畏，由此演變為對世俗祖靈及聖人賢士的崇拜。至於數術思惟則影響小說創作的情節結構、人物塑造及敘事手法等，不論自然徵兆、非自然徵兆或讖語預言都能為小說帶來奇詭的氛圍，同時也反映出時人對神秘數術的迷信。

第六章　遼金元文言小說之承衍

　　文學領域是相通的。文言小說經常與詩詞、散文、白話小說及戲曲等文學相互影響。因此，本章將由卷帙浩繁的遼金元文言小說中，列舉出主題鮮明、具代表性的故事，說明其與前後代小說、戲曲之間的題材承衍關係。首節將探討文言小說與志怪、神話及民間故事的關係，以突出其在故事的接續傳承地位。接著，將由文言小說與話本的關係切入，討論題材與語言的承載與影響。最後，討論文言小說與戲曲在發展過程的交互影響。

第一節　與前代小說的關係

　　本節將由志怪小說、神話及民間故事等舉若干具代表性、意義性的故事，以說明遼金元文言小說在題材、創作手法等方面的承繼、創新，及後世的敷衍。

一、對志怪小說題材之傳承與創新

（一）「死而復生」題材

　　中國早在秦朝就有死而復生故事〔註1〕，內容描寫鬼魂阻斷空間、橫跨陰陽，通常帶著時空錯亂的想像。像這種讓鬼魂得以死而復生，重返陽世之事，

〔註1〕　中國於 1986 年在甘肅天水放馬灘發現一百餘座秦漢墓葬，而且保存狀況良好。其中一號墓出土 460 枚竹簡，之中有八枚竹簡被定名為《墓主記》，該記之中有名為「丹」的人死後三年又復活的故事。學者因此認為《墓主記》是中國目前所知最早的志怪小說。詳見甘肅省文物考古研究所編：《天水放馬灘秦簡》（北京：中華書局，2009 年 8 月），頁 130。

或據以彌補人終將一死的缺憾；抑或是藉以闡述一種寓意或哲理。遼金元文言小說也有數篇復生故事，其中「頭斷命續」類型可說詭異奇特，內容包括主角兩頭互易，或以玉換頭，甚至是頭、身分家，仍然可以存活下來。這些故事各有創作旨趣，前二者主要表達相貌與名位必須相吻合的相術觀，及貴顯命定的思想；而頭身分離卻存活的故事，如《湖海新聞夷堅續志・妖巫斷首》（前集卷 2）寫妖巫「以術斷人頭」〔註2〕，使家僕隨時可以將頭顱取下、復合。此間具有巫術的神秘思惟，情節也經常被後世小說寫入神魔故事的打鬥情節〔註3〕，由於事屬奇幻，較不會引起質疑。但《續夷堅志・邊元恕所紀二事》（卷 4）寫的是主角頭身分離，沒有絲毫法術就奇蹟復生的故事。內容寫金元交戰，金國士兵被趕盡殺絕，屍首相枕藉。突然間——

> 中有喉絲不斷者，亦枕藉積屍中。得雨復蘇，候暮夜欲逃。人定後，忽見吏卒群至，呼死者姓名，隨呼皆應。獨不呼此人。吏卒去，此人匍匐起，僅能至家。求醫封藥，瘡口漸合。又數月平復。年七十餘病終。

主角被砍得身首異處，僅「喉絲」相連，竟能復活重生，實屬奇特。這種情節可溯及唐代《廣異記・王穆》〔註4〕、《太平廣記》之〈五原將校〉、〈李太尉軍士〉、〈邵進〉〔註5〕三篇。故事場景無一不是發生在戰場，主角都陷入寡

〔註2〕 這種小說較接近「飛頭傳說」故事。金師榮華曾撰寫專文討論這種「人之頭於夜間飛去，比明始返」的傳說故事。詳見氏著〈從漢文資料看飛頭傳說之發展及其流行區域〉收入《民間故事論集》（臺北：三民書局，1997 年 6 月），頁 137～157。然「飛頭傳說」故事主要是人頭如被施以法術般自動來去，與「頭斷命續」類型不同。「頭斷命續」類型故事是人類被砍下頭顱，瀕死（或已死），在沒有任何巫術的情況之下，奇蹟康復。

〔註3〕 「以術斷頭」的故事早在《酉陽雜俎・怪術》就有記載：梵僧難陀，有異術，「嘗在飲會，令人斷其頭，釘耳于柱，無血。……會罷，自起提首安之，初無痕也。」（唐）段成式：《酉陽雜俎》（臺北：臺灣商務印書館，1979 年《四部叢刊正編》），前集卷 5，頁 35。後世小說，如《封神榜》第三十七回寫申公豹為了說服姜子牙「保紂滅周」，施展「將首級取下來，往空中一擲，……復入頸項上」的法術。（明）許仲琳：《封神演義》（臺北：桂冠圖書股份有限公司，1984 年 4 月），卷 4，頁 305～307。又如《西游記》第四十六回寫孫悟空砍頭與道人鬥法等等。（明）吳承恩著、徐少知校、朱彤、周中明注：《西游記校注》（臺北：里仁書局，2008 年 9 月），頁 842～844。

〔註4〕 （唐）戴孚：《廣異記》，收入王汝濤編校：《全唐小說》（濟南：山東文藝出版社，1993 年 3 月），頁 496。

〔註5〕 （宋）李昉等編：《太平廣記》（臺北：文史哲出版社，1981 年 11 月），卷 376，頁 2990～2992。

不敵眾的劣勢，遭敵人砍去頭顱。其中〈王穆〉被砍得只剩喉頭部分相連。
當他醒來時——

> 初，冥然不自覺死，至食頃乃悟。而頭在臍上，方始心愌，旋覺食
> 漏。遂以手力扶頭，還附頸，須臾復落，悶絕如初。久之方蘇，正
> 頸之後，以髮分繫兩畔，乃能起坐……

王穆經過一段時間才醒悟自己已死，卻又努力讓自己「復活」。他先用頭髮將
頭顱綁牢在頸項，再等到部屬相救。情節著重於主角王穆的自救與內心描
摹。而〈五原將校〉之主角被砍得身首異處，卻肇因於冥吏拘錯魂，所以情
節就以細節描寫冥吏積極幫助主角復活〔註6〕。〈李太尉軍士〉是寫冥官以
「髡桑木如臂大，其狀若浮漚釘。牽其人頭身斷處。如令勘合，則以桑木釘
自腦釘入喉，俄而便覺」。〈邵進〉則是靠「妻即以針紉頸、以藥傅之」復活。
主角們雖都成功復活，也都在頸項留下印記：王穆是「繞頸有肉如指，頭竟
小偏」；校將則是「項上有一肉環圍繞，瘢痕可懼」；小卒是「（頭頂）隆高處
一寸已上、皮裡桑木黃文存焉」。

唐代「頭斷命續」復生故事寫得曲折而詳盡，篇中多詳述身體如何與頭
顱再連結、癒合，以記異述奇為出發點。反觀《續夷堅志》一篇，以平實的
筆觸記敘主角因為不在冥官的點名簿上，所以即使頭身分離，仍因命不該絕
而復生。換言之，作者要表達的是壽命天定的思想。龔鵬程曾歸納中國古典
小說表現「天命」思想的三種基本型態：

> 一是力與命永無休止的爭衡，而人即在此絕對敗亡的淒涼慘暗中迸
> 現他強烈的生命力和偉大的情操。一種是在人與命、數與智、才與
> 時之間求得一調合的安頓地位，一切悲涼憤懣在天命的澄化下歸於
> 恬淡。另一種則是利用我們對天命的沈思而消極地化解人世物象的
> 追逐：名利榮辱的羈絆與牽制，在此都歸虛幻，所謂「萬事不由人
> 作主，百般原來俱是空」即是此意。對人世有些詭譎的嘲弄和冷凝
> 的觀照。〔註7〕

〔註6〕 故事對此採用細節描寫：「某頭安在項上，身在三尺濃葉上臥。頭邊有半碗稀
粥，一張折柄匙，插在碗中。某能探手取匙，抄致口中，漸能食。即又迷
悶睡著。眼開，又見半碗粥，匙亦在中。如此六七日，能行，策杖卻投本
處。」同上註。

〔註7〕 龔鵬程：〈傳統天命思想在中國小說裡的運用〉，收入龔鵬程、張火慶著《中
國小說史論叢》（臺北：臺灣學生書局，1984年6月），頁21。

確實，數篇故事類型近似，唐人小說反映出中國樂生惡死的思想，容或只有「一絲」活命的機會，也要奮戰不懈的積極人生觀；而金人小說傳達的卻是聽任天命的宿命觀。這或許是《續夷堅志》作者元好問身處人命如蜉蟻的亂世，深切體會朝不保夕的深沉無奈，才會表現出萬事莫如命定的想法。若果當真萬般皆命定，現世的福與禍已然不可抗逆，那麼，在命運面前人是多麼渺小、無奈及可悲！

另外，這類身首異處而復生的情節，也出現在近代法國作家尤瑟納爾的《東方的故事集》中〔註8〕。故事描寫神奇的畫師王佛與弟子「林」在漢王國街道上流浪，林因得罪皇帝而被砍頭。對此，作者以浪漫的筆觸寫道：「就好像一朵斷了枝的鮮花」，最後林在王佛的畫作中復生，脖頸上多了一條鮮紅色的圍巾。由於該篇講述的是中國故事，加上尤瑟納爾女士是選材自中國古代作品，或可揣測作者曾閱讀過唐代《廣異記》、《太平廣記》等書之「頭身分離」卻能復活的故事，因而獲得相關寫作靈感。

接著討論《湖海新聞夷堅續志・負約求娶》（前集卷 1）之復生故事。內容寫開封府富家張氏，覬覦孫助教之女的美貌，以玉環爲聘。後來張家另議他婚，孫女先氣死、又復活。幾經波折後，又去找張氏，最後被他打死。此則故事典出於宋代文言小說〈大桶張氏〉、〈玉條脫〉，〔註9〕元代〈負約求娶〉一文雖然較爲簡略，卻在關鍵情節作了變更。首先，下聘孫家的信物，由「一帕連玉環」取代「玉條脫」。玉環和巾帕在生活中較爲普遍，取代罕見的金玉臂飾，更爲順情入理。接著，以孫女「氣噎而死」，取代「蒙被死」。原故事塑造孫女爲溫良專情、忍氣吞聲的女性，改易後凸顯她是因爲張家背信棄約而氣死，這讓孫女的形象更具人性。最後，復生的孫女去尋張男的情節，元

〔註8〕 （法）馬格里特・尤瑟納爾著、林青譯：《東方的故事集・王佛》（北京：人民文學出版社，1987 年 10 月），頁 1～16。

〔註9〕 〈大桶張氏〉與〈玉條脫〉的內容大致雷同，僅少數文句略異，兩者最大的差異應是〈玉條脫〉最後加上議論：「因果冤對有如此哉！」後世研究者對於何者爲本莫衷一是，如薛洪勣認爲，「王明清《投轄錄》之〈玉條脫〉⋯⋯又見《清尊錄》，文字略有異同，原作者當是王明清。」見氏著：《傳奇小說史》（杭州：浙江古籍出版社，1998 年 12 月），頁 184～185。至於認爲〈玉條脫〉抄襲〈大桶張氏〉者，如程毅中：「王明清《投轄錄》中的〈玉條脫〉就照抄自本書（《清尊錄》）。」見氏著：《宋元小說研究》（南京：江蘇古籍出版社，1999 年 9 月），頁 171。另外，王鳳池則認爲，「（〈大桶張氏〉）又見《投轄錄》，文字大同小異，似由一人所寫而分見二書。」詳見袁閭琨，薛洪勣主編：《唐宋傳奇總集》（鄭州：河南人民出版社，2002 年 7 月），頁 555～559。

代〈負約求娶〉寫「婦人賃馬往張氏之家，張氏以爲鬼，遂角杖鞭撻至死。」宋人故事〈大桶張氏〉則以孫氏騎馬直奔張家，見張氏「曳其衣」、「且哭且罵」，張見孫氏，以爲鬼女，兩相推拉間，「女仆地而死」。前者快速推進情節，張氏誤認孫婦爲女鬼，直接將她捶打致死，更能表現人類初見鬼物的害怕驚恐，具更大的渲染效果。明代話本《醒世恒言・鬧樊樓多情周勝仙》（卷14）〔註10〕後半段情節即據此而成，寫周勝仙因爲父親不答應她與范二郎的婚事，周氏「氣昏」被誤以爲死亡而埋葬，送喪業者覬覦陪葬品而發棺。周勝仙復活去找范二郎，卻被他誤認爲鬼而打死。這些情節與〈負約求娶〉等故事如出一轍。可見這個題材從宋人小說發端，元代文言小說加以承繼，最後被明代話本小集大成。另外，從孫氏女與周勝仙這種死而復生、再死的愛情悲劇，與其說是歌頌愛情能跨躍生死，更像是對女性追求愛情挫敗的一種嘲弄。

其他復生故事，如《輟耕錄・鬼室》（卷11）寫少女食用人間食物而復生，最後與戀人得遂良緣之事。這種題材資取自唐、宋傳奇〔註11〕，最後都是由父母主婚的圓滿結局。像這種幾乎沒有遇到困境的復生類型人鬼戀故事，表現出人們對於愛情的憧憬，同時也反映人們希望感情有圓滿的理想結局。

（二）「因果勸世」題材

首先討論「不孝致報」的故事。中國人講究孝道，尤其在儒釋道思想的教化之下，小說通常表現孝順者恆得善報，忤逆不孝必有災殃的情節。《湖海新聞夷堅續志・事姑不孝》（前集卷1）有二篇惡媳虐姑之事，其一是婦人以麵裏糞製餅餡餵食眼盲的婆婆，最後在廟中化爲狗；另一個名喚阿李的婦人辱罵、虐待婆婆，最後被僧人以架裟罩在身上，逐漸變成一頭牛。《聊齋誌異》〔註12〕（以下簡稱《聊齋》）之〈杜小雷〉，敘述婦人忤逆失明的婆婆，讓她吃了混著蟑螂肉的餡餅，最後化爲豬身、人腳的怪物。《聊齋》的情節與元代

〔註10〕　（明）馮夢龍、徐文助校注、廖吉郎校訂、繆天華校閱：《醒世恒言》（臺北：三民書局，1989年）。本文均使用此版本，下文不再另註。

〔註11〕　這種食人間煙火復生，再與少年結親的故事，在唐傳奇有《廣異記・劉長史女》，寫劉氏女「以面乘霜露，飲以薄粥」復生。同註4，頁517～518。在宋傳奇方面，則有〈胡氏子〉一篇，寫鬼女食用男主角準備的食物後，因爲形不能隱而復生。李劍國輯校：《宋代傳奇集》（北京：中華書局，2001年11月），頁624～625。

〔註12〕　（清）蒲松齡《聊齋誌異・杜小雷》（臺北：佳禾圖書社，1981年3月），卷13，頁561～562。

小說頗多雷同之處，但蒲松齡將其中「在關王廟」化狗與「架裟披身」化牛等有關宗教的情節剔除。換言之，雖然都是懲治不孝之徒的教化故事，金元小說利用宗教觀念強化其因果與天刑的報應，而蒲氏直接讓惡媳在丈夫身旁變成畸豬，捨棄了垂誡與教訓。由此可見從元代至清朝這段時間，小說觀念的進步。

再來討論「拾金不昧獲報」的善報故事。《湖海新聞夷堅續志‧不取他物》（前集卷2）寫楊某寄寓旅舍拾獲金錢，留言於舍主，留字於舍房，最後全數歸還失主的故事。宋代小說《摭青雜說》之〈茶肆還金〉有一則類似故事，內容寫茶肆主人用心保管客人遺金、遺物數年，最後如數奉還。〔註13〕二篇同樣描寫平民百姓拾金不昧的義行，筆法各有所長，各自精彩；然於情節與主旨頗有差異。元代小說〈不取他物〉之結局，寫失金者「捐數百緡，就京師相國寺設齋，為公祈福」，之後主角及第、升官，子孫貴顯。旨趣是因果報應，表現小說教化之功。而宋文〈茶肆還金〉，則是細細描摩茶肆主人如何為客留金，又如何保管失物，凸顯的是肆主的重義輕利與高風亮節。

另有「龍族報恩」類型故事，如《湖海新聞夷堅續志‧放龍獲報》（前集卷2）寫李元不忍小朱蛇被牧童所困，贖而放生，最後龍王為報答他救子之恩，幫助他中第、升官。故事取材自《青瑣高議》之〈朱蛇記〉〔註14〕，由於故事曲折有致，頗具藝術性，後世《清平山堂話本‧李元吳江救朱蛇》〔註15〕、〈喻世明言‧李公子救蛇獲稱心〉（卷34）〔註16〕、《古今小說‧李公子救蛇獲稱心》〔註17〕等白話小說所承衍，而且利用白話小說文體之便，渲染情節、豐富人物血肉，成為流傳頗廣的佳作。又有「指像立誓」類型故事，如《湖海新聞夷堅續志》中的〈女神報夢〉、〈廟神娶婦〉（後集卷2）及《異聞總錄》之「韋子卿」（卷2）等，描寫人們對廟中神像指誓，其後誓言成真，有的是男、女神結為連理，抑是自己婚嫁予廟神。這種故事可追溯自

〔註13〕 （宋）佚名（一說王明清）：《摭青雜說》，收入《唐宋傳奇總集‧南北宋》，同註9，頁710～711。

〔註14〕 （宋）劉斧編撰：《青瑣高議》（河南：鄭州大象出版社，2006年1月），後集卷9，頁192。

〔註15〕 （明）洪楩輯、程毅中校注：《清平山堂話本校注》（北京：中華書局，2012年2月）。

〔註16〕 （明）馮夢龍著、徐文助校注、繆天華校閱：《喻世明言》（臺北：三民書局，1998年）。

〔註17〕 （明）綠天館主人：《古今小說》（上海：上海古籍出版社，2002年）。

《搜神記》之〈張璞二女〉〔註18〕，結局寫廟神認爲神人殊途，加上張璞爲人仁義有行，所以送還其女，以喜劇收場。但金元小說數則故事主角都沒有好下場，不是因爲誑言戲神而幾乎病死，就是立誓人暴亡，以顯見「神不可欺」！可見遼金元文言小說的旨趣著重於表現因果報應，賦予故事較多警世教化的作用。

（三）「宿緣、財物命定」題材

古人相信萬事莫如天注定，所以歷來描寫宿緣命定觀的故事相當多，遼金元文言小說在表現姻緣與財物命定兩類較爲突出。在姻緣命定方面，《續夷堅志・天賜夫人》（卷 2）寫金國參知政事的梁公肅年輕時與友人起鬨，於深夜獨自前往陰森的廟宇。當夜他在漆黑的廟中「摸索」到一人的形體，便以爲是「鬼」而負之出。最後發現是「氣息奄奄」、「爲大風所飄」的美婦，眾人以爲「神物乃從揚州送一妻至」，兩人遂結爲夫妻。六朝《幽明錄》有一篇故事寫某人因緣際會之下從鬼魅手中救出少女，因爲「天運使然」，少女的父母讓他們成婚。〔註19〕兩則故事都是偶然救出少女，也表現姻緣是月老手中的紅線兩端，是良緣天定。惟金人小說〈天賜夫人〉一開始透過一連串的景物描摹，營造出陰森詭異的氣氛；再利用眾人「談及鬼神事」製造懸念；最後運用少女在成婚之日，剛好「在輿中忽爲大風所飄」的巧合，串聯起整個故事。可以發現作者在安排情節時，精心描摩環境以烘托氣氛及推進情節，又善用伏應、懸念、巧合等藝術技巧，故弄玄虛，擴其波瀾，使故事曲折有致，引人入勝。因此說這是作者元好問「有意爲小說」的結果〔註20〕，更是金代小說極具代表性的篇章。

至於「財物命定」故事，《山居新語》（卷1）有一篇「錢財尋主」的基本

〔註18〕　（晉）干寶：《新校搜神記》（臺北：世界書局，2003 年），卷 4，頁 30～31。

〔註19〕　《幽明錄》：「曲阿有一人，忘姓名，從京還，逼暮不得至家。遇雨，宿廣屋中。雨止月朗，遙見一女子，來至屋簷下。便有悲歎之音，乃解腰中綩繩，懸屋角自絞。又覺屋簷上如有人牽繩絞。此人密以刀斲綩繩，又斲屋上，見一鬼西走。向曙，女氣方蘇，能語：『家在前。』持此人將歸，向女父母說其事。或是天運使然，因以女嫁與爲妻。」（南朝宋）劉義慶：《幽明錄》，收入魯迅校錄：《古小說鉤沉》（濟南：齊魯書社，1997 年 11 月），頁 184。

〔註20〕　《續夷堅志・天賜夫人》除了故事結構完整，敘事技巧成熟而多彩外，李正民認爲，「文章末尾，又沒有像其他篇章那樣，注明這故事的準確來源。這說明：作者是有意識地對傳聞軼事作了若干加工。」詳見李正民評注：《續夷堅志評注》（太原：山西古籍出版社，1999 年 12 月），頁 70。

原型：「松江府青村鹽場，有林清之者。後至元丁丑，空中有蘆一枝在前，繼有鈔隨而飛之。村中見者，皆焚香，有乞降之意。竟墜於林清之之家，排置於神閣被版之上，其家迄今溫飽。」情節由錢在空中飛、自然落於某家，簡單地表述出錢財、寶物自尋其主的觀念。其他故事稍具變化，如《輟耕錄·物必遇主》（卷 30）、《湖海新聞夷堅續志·得銀分定》（前集卷 1）等篇寫在他人眼中不過是荷葉、小蛇或是尋常的事物，惟有遇到真的主人，「財寶」才會顯露本色。不但寫出財物的「靈性」，也表現財物命之思。這類故事尤以《至正直記》（卷 4）之〈天賜歸暘〉最為曲折，內容敘元代翰林學士歸暘（字彥溫），個性廉介、有陰德，意外發現白金，卻置若罔聞，幾經曲折，最後白金仍回歸其家的經過：

> ……（歸暘）因治圃亭鋤地，見白金錠滿窖，錠皆鑄成字，云「天賜歸暘」。暘笑而掩之曰：「焉有是理？吾何德而可受此哉！」竟不復顧，當時廝役咸知之。後遇范並諸叛，舉家逃避他所，事定始歸，及見圃亭側若經發掘者，視之惟失十二錠，復笑而掩之。後因宦遊過荊陽湖，舟中聞梢人喧鬧，暘問故，梢人云：「一竹箱隨舟尾而行，欲撈之，重不能起。」暘曰：「不可。湖海中多盜劫人物，以首級填其空箱往往有之，切勿撈也。」梢人因以篙推之使走。越三日，至某處城下，其箱泝流亦至，浮於舟之前，梢人得之，乃白金錠也。與其廝役同見，亦分二錠，上皆有「天賜歸暘」四字。梢人或曰：「舟中官人姓歸，恐當受此物乎？」廝役遂走報暘曰：「箱中之物皆白金錠也，錠上皆有爺爺名字。某當分得其二，總計十有二錠。」暘聞之，皆叱其還於梢人，勿有其分。暘因感嘆久之。為驛吏所知，言於某處官司，遂捕梢人者歸之暘，暘力辭不受。後聞於朝，奉旨別以公帑之金隨其數而賜之云。

由於歸暘的廉潔耿介個性使然，凸顯他絕不苟取的形象，可以說是錢財（白金）「苦苦追尋」歸暘，即使歸暘再三拒絕或忽視，最後白金仍如數「歸屬原主」。情節波折有致，趣味性十足。值得注意的是，這類故事已由「錢隨風飄落某家」這種單純的財祿命定思想，演變為雖然財物分定，卻是「有德者居之」。

這類「錢財尋主」故事的原型，可見於六朝《幽明錄》：「海陵民黃尋先，居家單貧，嘗因大風雨，散錢飛至其家，來觸籬援，誤落在餘處。皆拾而得

之。尋後巨富，錢至數千萬，遂擅名於江北。」〔註21〕情節與上述「林清之得鈔」故事如出一轍。而清代長篇小說《常言道》〔註22〕可說是此類故事集大成者，書中第一回稱，時伯濟祖傳有「金銀錢，無德而尊，無勢而熱，無翼而飛，無足而走，無遠不往，無幽不至，上可以通神，下可以使鬼。」之後時伯濟帶著祖傳金銀子母錢出遊，金銀錢飛走不知去向。經仙人指引，時伯濟前往「小人國」尋找母子錢的下落。小人國上從統治者、下至僧侶，人人不擇手段奪取該錢。後來時伯濟再逃往大人國，結交到好友，幫他擺脫小人國的糾纏。最後改名爲「時運來」，並有「金甲神祇」將子母金銀錢還給他，結束了一場冒險之旅。

全篇故事充滿天馬行空的想像，大、小人國的異域景象，令人目不暇給。尤其是運用巫術思惟，將金錢塑造成有靈性、會相尋的子母錢，再據以爲線索，描寫眾人爭先恐後地搶奪可以致富的子母錢。諷刺現實社會中人們汲汲營營於金錢物欲的醜態；同時爲了警醒利慾薰心的世人，又描寫一旦子母錢落入無才缺德者手上，會自動變回「普通銅錢」，甚或消失不見。這又回應到元代小說〈天賜歸暘〉一篇的主旨，雖然財富命定，更重要的是有德者方能持有。元人小說在「天道福善禍淫」的觀念中，找到一個更積極的人生觀，即勸人修德行善，而這種正面的勸世思想，被清人小說進一步地發揚光大。

（四）「鬼靈精怪」題材

《湖海新聞夷堅續志》（後集卷 2）之〈蟒精爲妖〉、〈成都長蛇〉等是蛇妖故事，其中〈蟒精爲妖〉一篇情節精彩：

> 南中有遇仙道場，在一峭崖石壁之下，其絕頂石洞穴，相傳以爲神仙之窟宅，時有雲氣蒙藹。常有學道之人築室於下，見一仙人現前，曰：「每年中元日，宜推選有德行之人祭壇，當得上昇爲仙。」於是學道慕仙之人咸萃於彼。至期，遠近之人齎香赴壇下，遙望洞門祝禱，而後聚推道德高者一人，嚴潔衣冠，佇立壇上，以候上昇，餘皆慘然訣別而退。於時有五色祥雲油然，自洞而至壇場。其道高者，衣冠不動，躡雲而昇至洞門，則有大紅紗燈籠引導。觀者靡不涕泗

〔註21〕　同註 19，頁 182。
〔註22〕　《常言道》又名《子母錢》、《富翁醒世傳》、《富翁醒世錄》。（清）落魄道人編：《常言道》（上海：上海古籍出版社，1990 年）。

健羨，遙望作禮。如是者數年，夫皆以爲道緣德薄，未得應選爲恨。
至次年，眾又推舉一年高者，方上昇間，忽一道人云自武當山來掛
搭，問其所以，具以實對。道人亦嗟羨之，曰：「上昇爲仙，豈容易
得？但虛空之中有剛風浩氣，必能過截。吾有一符能禦之，請置於
懷，愼勿遺失。」道德高者懷之，喜甚。至時果有五色祥雲捧足，
冉冉而昇。踰日，道人遣其眾緣崖登視洞穴，見飛昇之人形容枯槁，
橫臥於上，若重病者，奄奄氣息，久方能言。問之，則曰：「初至洞
門，見一巨蟒，吐氣成雲，兩眼如火，方開口欲吞啗間，忽風雷大
震，霹死於洞畔。」視之，蟒大數圍，長數十丈，又有骸骨積於巖
穴之間，乃前後上昇者骨也。蓋五色雲者，乃蟒之毒氣也；紅紗燈
籠者，蟒之眼光也。

篇中極力鋪陳求道成仙風氣之盛況，使人們被蛇精騙得主動獻身之事顯得合
情入理。又透過「觀者靡不涕泗健羨」的描寫，生動地刻劃出雀屏中選者以
爲可以登仙的樂極形象。整個登仙儀式一片仙雲祥和景象，情節卻急轉直下，
藉由老者之口，描述巨蟒噬人及被道人以雷符震死的經過。

　　上述故事明顯脫化自六朝《搜神記・李寄》〔註23〕一文，卻又有創新之
處。〈李寄〉內容簡短，寫少女李寄願意賣身餵蛇，機智斬蛇妖之經過。二篇
故事的差異在於〈蟒精爲妖〉將斬妖主角從少女改爲道人，道具從「劍與狗」
變成「雷符」，使故事充滿仙道色彩。又增加敘事，如營造仙洞的仙氣縈迴、
用五色雲與紅紗燈籠等意象描繪蛇妖等等，不但爲文采增色，更合理化情節。
再者，小說多處埋下懸念，讓讀者莫知所以，最後又將視角轉換到老者身上，
增加故事說服力。不過，作者寫眾人被蛇精耍得團團轉，頗有諷刺時人過於
崇拜仙道的愚昧行爲之意，不同於〈李寄〉是「反映人民不怕鬼怪、鏟除妖
魅的無畏精神」〔註24〕的旨趣。不管如何，元代小說在六朝志怪既有情節上，

〔註23〕　《搜神記・李寄》：「將樂縣李誕家有六女。無男，其小女名寄，應募欲行。
　　　　　父母不聽。寄曰：「父母無相，惟生六女，無有一男。雖有如無。女無緹縈濟
　　　　　父母之功，既不能供養，徒費衣食，生無所益，不如早死；賣寄之身，可得
　　　　　少錢，以供父母，豈不善耶！」父母慈憐，終不聽去。寄自潛行，不可禁止。
　　　　　寄乃告請好劍及咋蛇犬，至八月朝，便詣廟中坐，懷劍將犬，先將數石米餈，
　　　　　用蜜麨灌之，以置穴口，蛇便出。頭大如囷，目如二尺鏡，聞餈香氣，先啗
　　　　　食之。寄便放犬，犬就嚙咋，寄從后斫得數創，瘡痛急，蛇因踴出，至庭而
　　　　　死。」同註18，卷4，頁146～147。
〔註24〕　馬積高、黃鈞主編：《中國古代文學史》（北京：人民文學出版社，2009 年 5

依旨趣增添情節，使故事更為生動可感。

綜觀上述，遼金元文言小說對於前代志怪的題材有承繼，也有創新之處。對於前人作品，並非全盤傳錄，而是將現實生活之素材融入小說，重新編排、潤飾而成。更明顯的特色是，遼金元文言小說往往加入宗教色彩，流露出命定思想、善惡報應之說，所以壽命、財富及官祿等等多是宿命因緣，善惡的報應更是灼然分明。這些反映出金元社會果報觀深入當時人心思惟，也使小說出現過多的道德說教，約束作者的創作能力，降低小說的藝術價值。

二、對神話、民間故事之傳承與孳乳

（一）神話傳說

中國古代不管小說或詩歌，其要素總離不開神話，卻少有包含神話的大著作。〔註 25〕不過，神話多采的神靈奇異世界持續影響小說的發展，成為古代小說「幻想形象異彩斑斕」〔註 26〕的原因。神話傳說對志怪的影響，本文歸納出神怪的幻設精神影響造型與創作手法，及題材承繼等面向，以下分述之。

1. 神怪造型之啟發與拓展

早期的神話傳說中之神怪造型多是「人獸同體」，在發展過程逐漸賦予其更多人性。〔註 27〕志怪小說受此影響，經常將神人或妖精怪物的形貌塑造成半人獸，表現其亦神亦人，似人又似怪的精神面貌。如《湖海新聞夷堅續志・剝皮狐狸》（後集卷 2）寫狐狸精脫皮之事：

> 成都府萬景樓，士大夫燕集，多以畫樓有祟，夜宿者死。一日有三
> 四少年賭戲於樓下，笑曰：「誰敢宿此樓上，翌日眾當掠錢饋之。」
> 中有一貧少年云：「我當宿此。」天將暮，眾散，貧少年留，獨登其
> 上，緣梁棲泊。二更時，陰風漸漸，入窗劃開，貧少年疑曰：「此必

〔註 25〕 月），頁 457。

〔註 25〕 魯迅進一步指出，中國少有包含神話的大著作，是因為先民「太勞苦」、「易
於忘卻」所致。見氏著：《中國小說史略》，收入《魯迅小說史論文集－中國
小說史略及其他》（臺北：里仁書局，2003 年 2 月），頁 508～509。

〔註 26〕 劉上生：《中國古代小說藝術史》（湖南：湖南師範大學出版社，2003 年 10
月），頁 184～185。

〔註 27〕 趙明政：《文言小說：文士的釋懷與寫心》（桂林：廣西師範大學出版社，1999
年 6 月），頁 130。

崇至矣！」未幾，見一大狐狸來坐於椅上，左拔一毛，一燈光、一
丫鬟出。右拔一毛，亦然。向尾拔一毛，竟成美婦人。自脫皮爲衣，
貼坐二丫鬟執燈相與下樓，往往入市迷惑男子。貧少年伺其去，下
梁攜皮再上，踞梁而坐，觀其所爲。四更中，只婦人回，尋皮不見，
跳梁久之，哭聲哀甚。樓闌不見梁上之人。鐘響，婦人哭曰：「天敗
我。」遂墜樓下。天明，眾人來，貧少年告之故，眾往樓下尋著。
乃一剝皮狐狸。事聞，郡太守以其能爲眾除害，賞千緡，並牒充巡
檢。

狐狸「脫皮爲衣」成爲美婦，是人狐同體，正如同《玄中記》之「姑獲鳥能
脫毛爲女」、「狐百歲爲美女」〔註 28〕等故事的脫化。所以元代小說〈剝皮狐
狸〉一篇的藝術造型與創作觀念係汲取自神話傳說，而狐狸以美女的外形到
巷陌間迷魅男子，這又是將精怪人格化的結果。這種借用神話傳說塑造人物
形貌與意象的藝術手法，在清代《聊齋誌異》中的花妖狐魅身上運用得更形
純熟，使短篇文言小說登上高峰。

諸如這種妖精轉化爲人的故事，在《湖海新聞夷堅續志》（後集卷 2）頗
多，如〈榆木爲怪〉寫榆木精化身爲「老醜婦」與群婢爲偶、遊戲；〈芭蕉精〉
記芭蕉精化爲婦人魅惑男子；另《江湖紀聞》寫蛇精化爲母子向人求饒；《輟
耕錄·葛大哥》（卷 9）寫樹妖化爲男子姦淫少女等等。這些精怪不僅在人與
動植物間自由地轉化，且性格更爲人格化，都是承繼神話傳說創造神怪形象
的技法與精神的表現。

2. 創作素材之孳乳

自古以來，神話題材不斷被志怪小說擷取，尤其《山海經》是中國神話
寶庫，號稱「古今語怪之祖」，記載了山川地理博物異怪傳說，成爲中國小說
中特殊的地理博物體志怪小說。遼金元文言小說有許多記載地理博物等奇特
殊異之事，已在第三章第二節中提及，以下列舉蠶神故事說明小說受神話之
影響。《山海經海》載：「歐絲之野在大踵東，一女子跪據樹歐絲。」〔註 29〕

〔註 28〕 《玄中記》：「姑獲鳥夜飛晝藏，蓋鬼神類。衣毛爲飛鳥，脫毛爲女人。」又：
「狐五十歲能變化爲婦人，百歲爲美女，爲神巫。」（晉）郭璞傳：《玄中記》，
收入《古小說鈎沉》，同註 19，頁 238、239。
〔註 29〕 《山海經·海外北經》：「歐絲之野在大踵東，一女子跪據樹歐絲。」（晉）郭
璞傳：《山海經》（臺北：臺灣商務印書館，1979 年《四部叢刊正編》），卷 8，
頁 54。中國自古以農立國，男耕女織成爲社會上重要的生產經濟，於是發展

這可能是蠶神最早的傳說。《搜神記》有一篇相關故事，寫少女思念遠征的父親，向馬兒戲稱：「迎父還家則嫁汝」。馬兒完成少女心願，少女不肯履諾，其父得知後，殺馬、曝皮。最後，馬皮捲少女而去，少女化為蠶。從此廟觀中塑造女披馬皮之像，謂之馬頭娘，也就是民間流傳的蠶神形象〔註 30〕。金元小說中的《續夷堅志·三姑廟龍見》（卷 3）有「大名蠶神三姑廟」的記載，《湖海新聞夷堅續志·馬頭娘子》（前集卷 2）情節更是多承繼《搜神記》，寫少女之父發生危難，母親以嫁女作為懸賞，以致引發後續馬救人、父母毀諾、殺馬的情節。兩則故事有數個差異，包括馬兒千里救人的起因分別是「思父、父危」；許婚者是「少女、母親」，導致毀諾者變成「少女、父母」。綜上可知，蠶神信仰〔註 31〕從《山海經》的神話傳說，到《搜神記》志怪故事，再到金元小說，其間的主要情節一脈相承；不過，金元小說的改寫，表現父母完全宰制兒女婚姻，是承繼蠶神傳說中的創新，更是時代思惟的反映。

其他題材的承繼，如《輟耕錄·淮渦神》（卷 29）寫水神的形象乃「形若獼猴，縮鼻高額，青軀白乎，金目雪牙，頸伸百尺，力逾九象。」常在淮水興風作浪，危害百姓，被大禹抓住，鎖其頸於龜山之足。淮渦神是指「無支祁」，也就是神話傳說中的水神，也是《西遊記》之孫悟空神變奮迅之狀所本〔註 32〕。元代小說的內容雖未脫神話傳說之外，仍可供研究參考之用。另外，受「感生神話」的影響，有不少婦人異常生產的情節。如《至正直記·徐州奇聞》（卷 1）：「相感遺氣成孕」；《續夷堅志·不食而孕》（卷 3）：異夢之後，不食而孕。更有因為接觸物類而生下異類之事，如《湖海新聞夷堅續志·女死變蛇》（後集卷 2）：因「巨蟒來觸幃帳」而孕，產女，女死化蛇。《誠齋雜記》：「觸沉木若有感」而有娠，產十子，沉木化龍飛去。另有從脅下生產的故事，《輟耕錄·犬脅生子》（卷 22）：「乳犬懷胎在脅下，忽腫成瘡。六七日後，於瘡生五子。」《續夷堅志·右腋生子》（卷 3）：孕婦右腋發一大瘡，「胎胞從瘡口出」。《萬柳溪邊舊話》：王氏產女，「從左脅下出」，長至五

出及相關神話傳說，學者多以為蠶神傳說起源於《山海經》之記載。

〔註 30〕 同註 18，卷 14，頁 104～105。

〔註 31〕 據周宗廉等學者研究：「中國民間供奉的蠶神各地區不同，名目繁多，如有馬頭娘、螺祖、蠶花五仙、三姑等等，其中有的可能因年代久遠，說不清來歷了。」詳見周宗廉、周宗新、李華玲：《中國民間的神》之〈絲綢古國·廣祀蠶神〉（長沙：湖南文藝出版社，1992 年 12 月），頁 311。

〔註 32〕 魯迅認為《西遊記》之孫悟空的造型，曾受無支祁的影響。同註 25，頁 73～74。

歲，女復投母腹，母女盡亡。這些異常的生產方式，是受古代神話傳說「脅下生子」情節的影響〔註33〕。

3. 幻設與意象

神話對文言小說最重要影響在於故事的幻設與象徵意義。如前文曾提及的「頭斷命續」類型故事，幻設與意象的基楚應是《山海經》中的「刑天斷首，操干戚以舞」、「有人無首，操戈盾立」〔註34〕等神話故事。又如「石尤風」是指打頭逆風，其背後有著凄美的傳說。據《江湖紀聞》記載：

> 相傳石氏女嫁尤郎，尤商遠不歸，妻憶之病。臨亡嘆曰：「吾恨不能阻其行，以至於此。今凡有商旅遠行，吾當作大風爲天下婦人阻之。」
>
> 自後船值打頭逆風，則曰：「石尤風也。」

婦人深切體會相思之苦，也爲此而死，又不忍其他少婦再承受這般悲傷與絕望，誓願化爲逆風阻卻重利輕別離的商人。全篇沒有曲折的情節，也未見細膩的雕琢，卻勾勒出女子深情、大愛擴及他人的形象。這是中國古典文學中的愛情傳說悲劇，正如同流傳甚廣的「望夫石」〔註35〕傳說，都傳達出妻子對丈夫的堅貞不渝的愛情，也是寫出數千年現實社會中無數怨婦的處境。類似望夫石傳說中怨婦死後化爲石頭的思想根源，王孝廉認爲這些故事是來自於「古代巨石崇拜的信仰」，他說：

> （太平洋諸民族）普遍存在著人死以後命回歸於石頭的原始信仰，
> 這種原始信仰的思想潛留存在於世人的思想裡面，所以有人化爲

〔註33〕 中國古代敘述脅下生子的故事相當多，《太平御覽‧人事部二》蒐羅頗多。如：「陸終娶鬼方國君之妹，謂之女嬇，產六子。孕而不育，三年，啓其母左脅三人出，右脅三人出。」又如：「汝南屈雍妻王氏生男兒，「從右腋下、小腹上而出」。（宋）李昉等奉敕撰：《太平御覽》（臺北：臺灣商務印書館，1992年1月），卷361，頁1792、1791。另外，《菩薩處胎經‧三世等品第五》：「彌勒當知，……我以右脅生，汝彌勒從頂生。」收入（姚秦）竺佛念譯：《菩薩處胎經》（臺北：新文豐出版公司，1977年），卷2，葉18。意指，釋迦牟尼佛從摩耶夫人右手脅下而出。

〔註34〕 分別見《山海經》之〈海外西經〉、〈大荒西經〉。同註29，卷7、16，頁51、70。

〔註35〕 《列異傳》：「武昌新縣北山上有望夫石，狀若人立者。傳云：『昔有貞婦，其夫從役，遠赴國難。婦攜幼子餞送此山，立望而形化爲石。』」（魏）曹丕撰：《列異傳》，收入《古小說鈎沉》，同註19，頁92。這個「望夫石」故事流傳甚廣，在民間擁有許多版本，除《列異傳》外，尚見《幽明錄》、澎湖七美望夫石等等。

石的許多神話傳說，古代人因爲石頭的不動性和永遠性而對石頭有

種原始的咒術信仰，……咒術的信仰也就逐漸消失而流入人文思

想之中做爲某些觀念的象徵意義了，堅硬的石頭也於是由它原來的

神秘的咒術信仰而演變爲後來人間愛情的象徵，存在中國人觀念

裡的以金玉爲良緣，以海爲誓，以石爲盟，或「精誠所至，金石爲

開」的觀念，如果往上回溯，都是古代原始咒術信仰的演變和延

續。〔註36〕

說明了遠古的神話傳說多源自於對周遭事的崇拜與信仰，而這些信仰又在潛移默化中成爲後人的思想根源或象徵意義。像望夫石與石尤風故事，內容與結構是一致的，最大的不同在於望夫石中的怨婦在永恆無限的時空中，轉化爲靜止的狀態，而石尤風傳說中的石婦則是形變爲隨時流動的風，呈現動態的存在。但是他們的幻設與意象根源都是來自於古人對於石頭的崇拜，是石頭神話傳說的附庸。正如同《紅樓夢》中的賈寶玉是青埂峰下的頑石，林黛玉是靈河岸三生石畔的絳珠仙草，這種人物塑造的根源都是起於石頭的神話思惟。

　　另外，傅師錫壬將「傳說」、「寓言」、「童話」及「夢話」等等具有「類似神話的概念或形式」的故事稱之爲「類神話」。〔註37〕以此觀之，遼金元文言小說中包括帝王的感生神話傳說、事涉神奇精魅的仙怪故事、以夢境建構之情節及歷史人物神化等等故事，都或多或少受神話思維的影響。如趙匡胤是霹靂大仙下凡（《隨隱漫錄》）、八仙幻化爲各種形貌遊走於人間（詳見第三章第一節）、士子在夢中易頭以求貴顯（《湖海新聞夷堅續志・易頭顯貴》補遺）、伍子胥死後爲潮（《錢塘遺事・伍子胥廟》卷 1）等故事，在情節幻設、人物造型及思想根源等都曾受神話的影響。又第五章曾討論數術等先兆、預言的迷信，故事中的情節結構，象徵意義等思維與神話的思維方式近似〔註38〕，所以故事多流露出神秘思惟。可以說文言小說多方面受到神話影響，文人作家卻又不能以此爲滿足，更盡情揮灑想像力，敷演神話的情節，使故事更爲豐富可感。

〔註36〕 王孝廉：《中國的神話世界——各民族的創世神話及信仰》（臺北：時報文化出版社，1987 年 6 月），頁 693〜694。

〔註37〕 傅錫壬：《中國神話與類神話》（臺北：文津出版社，2005 年 11 月），頁 26。

〔註38〕 關於神話與前兆及預言的關係，詳見《中國神話與類神話》，同上註，頁 71〜84。

（二）民間故事

文言小説與民間故事的題材相互交融的情形極爲普遍，遼金元文言小説中此情況更是不勝枚舉。試以《民間故事類型索引》一書的故事類型來看金元小説，《湖海新聞夷堅續志‧虎謝老娘》（後集卷 2）寫老婦幫虎妻接生，老虎叼肉謝恩，屬於民間故事中的「老虎求醫並報恩」〔註39〕類型故事；《湖海新聞夷堅續志‧井化酒泉》（後集卷 1）寫道人將清泉化酒回報崔婆，又怒她貪得無厭，復將酒泉化成水，是爲「井水變成酒，還嫌無酒糟」〔註40〕類型故事；上文曾提及的《輟耕錄‧物必遇主》（卷 30）、《湖海新聞夷堅續志‧得銀分定》（前集卷 1）等故事中有「無福之人金變蛇」〔註41〕類型故事；《隨隱漫錄》（卷 5）寫當時社會設計連環騙局，屬於「巧計連環騙財物」〔註42〕類型故事；《湖海新聞夷堅續志‧假道取財》（前集卷 1）是「冒認親人騙商家」〔註43〕類型故事等等。足見文言小説與民間故事的關係極爲密切。以下列舉「聶以道斷拾鈔案」、「梁山伯與祝英臺」及「鬼婦買餅養兒」三則故事加以討論。

1. 聶以道斷拾鈔案

民間故事有一種「拾金者的故事」〔註44〕類型，也就是《山居新語》（卷1）之聶以道斷拾鈔案之事〔註45〕。故事寫元代至元年間，聶以道任職縣尹

〔註39〕 金榮華：《民間故事類型索引》（臺北：中國口傳文學學會，2007 年 2 月），AT156，頁 53。

〔註40〕 同註 39，AT750D.1，頁 279。

〔註41〕 同註 39，AT834A，頁 301～302。

〔註42〕 同註 39，AT1526C，頁 542～543。

〔註43〕 同註 39，AT1526，頁 540。

〔註44〕 「拾金者的故事」類型內容爲：「有一人在路旁拾到了一袋金銀錢幣，便在原地等候失主，把錢幣交還給他。這時旁人認爲失主應給拾獲者一點酬謝，但失主不願，謊稱袋中錢幣已減少，是拾獲者已經留取了，拾金者聽了很生氣，吵進了縣府。縣官問明情形後，認爲拾金者若要私取，大可整袋取走。袋中金錢既不符失者之數，可見此袋金錢非失者所失之物，失主可再去尋找，此袋錢因無人認領，則作爲拾獲者的獎賞。」同註 39，AT926B.1，頁 372。

〔註45〕 聶以道判拾鈔案的故事，遼金元文言小説之《山居新語》（卷 1）與《輟耕錄》（卷 11）都有載錄。除縣官斷案的經過大致相符外，其他情節詳略有差異，可以互文相爲對照補充。主要差異如下：首先，拾獲金錢的寫法不同，《山居新語》寫「一束鈔」、「計一十五定」。《輟耕錄》直接寫「至元鈔十五定」。第二，子拾鈔後的處理方式，《山居新語》：「半途忽拾鈔一束。時天尚未明，遂藏身僻處，待曙檢視之，計一十五定，內有五貫者，乃取一張，買肉二貫、米

時，有賣菜人拾獲鈔十五定。回家後經母親「訓誨再三」，菜販回到原地等候失主。沒想到失主拿到錢後，在旁觀者「皆令分賞」之下，竟然表示自己遺失的是「三十定」、「如何可賞」。兩人於是鬧到官府。接著便是一連串辦案的情節：

> 聶尹覆問拾得者，其詞頗實。因暗喚其母，復審之亦同。乃令二人
> 各具結罪文狀：失者實失去三十定，賣菜者實拾得十五定。聶尹乃
> 曰：「如此則所拾之者，非是所失之鈔，此十五定乃天賜賢母養老。」
> 給付母子令去。諭失者曰：「爾所失三十定，當在別處，可自尋之。」
> 因叱出，聞者莫不稱善。

聶以道一方面敬重家貧的賢母不貪取非份之財，同時教子有方；另一方面，教訓不懂感恩的失主。故事寫連旁觀者都「稱善」，表達讚許聶以道的巧妙辦案，及人們對賢母孝子的同情、貪婪者的厭惡的道德觀。

這個故事除了生動的情節令人印象深刻外，對於金錢的記載具有相當的史料價值。文中賣菜人拾獲「一束鈔」、「計一十五定」、「內有五貫，乃取一張」，除有助於後人了解元代的錢幣使用情況外，金師榮華曾就此故事與西班牙、德國、印度等國外相同類型的故事相較，並利用文中使用紙鈔的特徵與當時國外普遍使用金幣之間的重量差異，推斷出拾金者這類故事係源出於中國〔註46〕。學者從《山居新語》的聶以道故事追溯出同類型故事的起源，這也是金元文言小說的貢獻與價值。

此外，此事被衍為〈陳御史巧勘金釵鈿〉（《喻世明言》卷2）的入話故事，馮夢龍將小販命名為「金孝」，這兩個字正好表現「欲望的引誘、道德的駕馭」〔註47〕兩股力量，最終由孝道勝出，表現出順應傳統社會的倫理道德觀。

三貫，寘（置）之擔中，不復買菜而歸。其母見無菜，乃叩之。對曰：「早於半途拾得此物，送買米、肉而回。」《輟耕錄》：「歸以奉母」。第三，母親的反應都是斥責其子，惟《山居新語》記其母曰：「吾家一世，未嘗有錢買許多米、肉，一時驟獲，必有禍事。」《輟耕錄》則寫：「我家未嘗有此，立當禍至。可急速送還，毋累我為也。」由這些互文來看，《山居新語》所記為詳，《輟耕錄》作者陶宗儀聽到的版本較為簡略，可知這個故事在民間應流傳頗廣。

〔註46〕 金榮華：〈〈拾金者的故事〉試探〉，收入金榮華：《禪宗公案與民間故事》（臺北：中國口傳文學學會，2007年），頁39～57。
〔註47〕 張洪年：〈天理與人欲：三言故事中的因果觀〉，收入周建渝、張洪年、張雙慶編：《重讀經典——中國傳統小說與戲曲的多重透視》（香港：牛津大學出版社，2009年），頁253。

2. 梁山伯與祝英臺

梁祝傳說從民間發展伊始，時至今日，故事仍膾炙人口。南朝民間樂府〈華山畿〉：「君既爲儂死，獨生爲誰施？歡若見憐時，棺木爲儂開。」以短帙的詩歌形式，使用誇飾等手法，創造出故事無限藝術魅力。有學者從歷代方志、史書、筆記、墓誌等文獻，研究梁祝故事，並認爲「梁祝故事網絡是集體創作的成果，非一時一地一人所成，不管是依循舊有故事，或翻新聲另創新說，或採不同媒介，相異的表現方式，不斷有新的說故事的人。」〔註48〕尤其這個故事在民間流傳極廣，以民間文學利用「口述傳唱繁衍」的特色，故事的變易性幾乎是無遠弗屆。早期梁祝的傳說約略是，東晉時祝英臺女扮男裝至杭州遊學，遇同往求學的梁山伯。兩人同窗三載，情感情益深。後來英臺因故先返鄉，梁山伯到祝府拜訪，方知英臺是女兒身。梁雖有意向祝家提親，英臺卻已許配給馬文才。梁祝婚事不偕，山伯因相思鬱結而死。之後英臺出嫁時，花轎先先至山伯墳前祭奠，時狂風雷雨大作，山伯的墳墓塌陷、裂開，祝英臺翩然躍入墳中，風雨頓霽，有一雙彩蝶從墳中翩翩飛出。就目前所知最早的文獻記載是唐代梁載言《十道四蕃志》之「義婦祝英臺與梁山伯同冢」〔註49〕。簡短數字，卻成爲後世溯源梁祝傳說時必須駐足的篇章。

據學者研究指出，梁祝故事在宋代之前的基本情節爲「生雖不能聚，死後不分離」、元代則「仍不出『殉情化蝶』類型」〔註50〕。意即，學者就當時資料研究，顯示元代的梁祝故事仍屬於悲劇結局。〔註51〕不過，《誠齋雜記》中有一篇「華山畿」，內容承繼上述故事的基調，但結局卻全然不同：

> 棺應聲開，女遂入棺。家人叩打。兩家相慶，配爲夫婦。

〔註48〕 許端容：《梁祝故事研究》（臺北：秀威資訊科技出版，2007年3月），頁401。

〔註49〕 （宋）張津等撰：《四明圖經》（臺北：大化書局，1980年），卷2，頁4977。

〔註50〕 同註48，頁179、183。另外，許端容利用丁乃通編輯之《中國民間故事類型索引》與金榮華編輯之《中國民間故事集成類型索引》二書之分類，將梁祝故事成型者，歸納爲四種類型：「749A——生雖不能聚，死後不分離」、「749A.1——雖不能聚，死後不分離，死而復生」、「749A.1.1 雖不能聚，死後不分離，死而復生，神仙相助」、「885B 戀人殉情。」同註48，頁11～15。

〔註51〕 許端容舉《山伯賽槐陰分別》（又題《還魂記》）一齣傳奇爲例，指出：「明萬曆末年已有《還魂記》傳奇……此傳奇今雖未見，但已可確定明傳奇中梁祝故事已有『還魂』的情節單元。至此，隱然已有749A.1『雖不能聚，死後不分離，死而復生』類型故事存在」。同註48，頁205～206。換言之，該文認爲梁祝「復生類型」故事是在明代出現。

梁、祝兩人並未化為舞蝶，而是復活後結為夫婦。意即，元人小說《誠齋雜記》所載已是復生類型，據此可將梁祝故事復生類型（「雖不能聚，死後不分離，死而復生」）發生的時間再往前推移，即元、明之交，民間已經流傳梁祝兩人復生、團圓的故事類型。由此可知，遼金元文言小說也許文采、幻設等手法遠不及前後代小說，卻蘊藏著豐富的文學價值，尤其是許多罕為人知的篇章中，有許多知名故事的情節單元，是研究故事流變的寶庫。

　　梁祝復活、團聚，使故事由悲劇轉為喜劇，這種轉變關乎中國人的民族性。王國維說：「吾國人之精神，世間的也，樂天的也，故代表其精神之戲曲小說，無往而不若此樂天之色彩。始於悲者終於歡，始於離者終於合，始於困者終於亨，非是而欲厭閱者之心，難矣。」〔註52〕這也就是薛洪勣所說的，「大團圓的結局比較適合社會大眾的審美情趣和娛樂的需要」。〔註53〕梁山伯與祝英臺原本是男女為愛就死，但在元代卻因為愛情力量而起死回生，這種轉變確實可見中國人愛好圓滿的審美情趣。至於流傳千年的故事卻在元代發生驟變，這或許是受當時才子佳人團圓的小說、戲曲受到歡迎的影響。

3.鬼婦買物養兒

　　《閑居錄》有一篇描寫鬼婦買餅餵養棺中小兒的故事：

> 宋之末年，姑蘇賣餅家檢所鬻錢，得冥幣焉。因怪之。每鬻餅不識其人，與其錢久之，乃一婦人也。跡其婦，至一塚而滅，遂白之官。啟塚，見婦人臥柩中，有小兒坐其側。恐其為人所覺，必不復出，餓死小兒。有好事者收歸，養之與常人無異，不知其姓，鄉人呼之曰：「鬼官人」。國初時猶在，後數年方死也。

故事寫得平易暢達，利用「冥幣」為伏筆，進而揭發買餅婦人是鬼女之事。這種鬼婦買餅養兒的故事雖然奇異，卻流傳頗廣，民間版本也多。以下由山東鄒縣民間故事之「買蛇湯的女人」觀察其變易，內容講述南宿縣城南有一座橋，橋兩端都是賣吃食的。李掌櫃一家賣蛇湯，「蛇湯冬天喝了暖和，夏天喝了涼快」。有美婦「穿著青布褂子藍布褲子」，每天最早跟李掌櫃買蛇湯。某日，掌櫃拿過她的錢，「往水盆裡一扔，沒有響聲。人家的錢沈底，她的錢漂著，撈出一看，才知是陽間人給陰間人燒的火紙錢。」於是跟蹤她到墓地，進而發現棺中男童，也揭發鬼婦悲慘的身世。原來她生前「逃荒要飯」，病倒

〔註52〕王國維：《紅樓夢評論》（北京：人民文學出版社，2002年），頁193。
〔註53〕詳見《傳奇小說史》，同註9，頁193。

在路旁,被趙五救回家,並和他成為夫妻。隔天趙五就被官府抓差,一去數月。回家後發現婦人「肚子隆起」,便疑心她與人有染,失手打死她。知道亡妻在墓中生產,且小孩與他長得一般,很是後悔,於是「精心餵養」小孩,考上了頭名狀元。

　　首先,這類故事主要情節大同小異,主要變化在於鬼女所買的食物,有「餛飩」「貝糕團」及「蛇湯」等等。由於民間故事的傳播全賴口耳相傳,通常因地制宜,傳述者多根據當地風俗習慣加以刪修,才會出現改換食物的異文。再者,關於「鬼子」的去處。《閑居錄》是寫「有好事者收歸」,在於述異好奇;後者由父親領養,則符合民間社會父母對於子女的養育責任。最後,民間故事在結局加入鬼婦的悲慘身世。這種細節的描寫,使情節更為生動活潑,也完備了故事的整體性。就兩篇故事而言,民間傳說經過口述者傳播,及採錄與整理者的加工、潤飾。使細節越來越多,補足文言小說因文字精簡所產生的不足。不過,改編者於文言小說的人物、情節及主題上,基本沒有太大變化;而那些細微的改動則是創作者加入民俗風情的結果。

　　其他源於民間故事的名篇,如「白水素女」(「田螺姑娘」〔註54〕)類型,見《湖海新聞夷堅續志‧井神現身》(後集卷2)。內容是仙女(由螺進出)下凡幫助男子持家,最後回歸天庭。原型出自《搜神後記》之〈白水素女〉、《原化記》〔註55〕之〈吳堪〉。謝明勳探討《湖海新聞夷堅續志》對「吳堪」故事之承繼與更易,提出二個極細微的差異,認為可以使「語義更加清晰」,及合理化情節。他進一步指出:「這些改變對於後來故事的發展,發生不可低估的影響,可以想見是,《湖海新聞夷堅續志》於此援引神仙『報恩』觀點的做法,使得該故事的發展得到更大的想像空間與兼融並包的能力,諸多類似的情節皆可自然的與之合流,許多流傳許久的民間故事,於分合之際或感染有田螺故事的氣息,當是在這種不時吸收其他故事情節、觀念以為己用的『變易』特性下的一種結果。」〔註56〕換言之,民間故事的發展,具有更多的吸附能力與變易性,而元代小說《湖海新聞夷堅續志》對原著的改寫,大幅提升故

〔註54〕　民間故事「田螺姑娘」類型之故事:「女主角是田螺或其他甲殼類的動物所
　　　　　變,她為男主角做飯理家,因螺殼被男主角藏起,不能變回去,乃與男主角
　　　　　結為夫婦。……」同註39,頁141。
〔註55〕　(唐)皇甫氏:《原化記》,收入《全唐小說》,同註4,頁889~890。
〔註56〕　謝明勳:《六朝志怪小說故事考論》(臺北:里仁書局,1999年1月),頁16
　　　　　~18。

－312－

事的幻想空間，使後來故事的發展更爲完備。由此可見金元小說對於民間故事的貢獻，當然，也可看出金元小說對於原著看似不起眼的更動或改寫，多是作者匠心獨運的結果，也反映出當時民情世態。

第二節　與話本小說的關係

金元時代，許多文人失去晉身的管道，於是投入白話小說創作。他們從歷代文人筆記與傳奇小說中尋找題材。孫楷第說：「（文人）以舊文爲依據，轉文言爲白話，並不是直譯，而是點化運用。」〔註57〕意即，明清以來的短篇白話小說，作者雖也書寫親身見聞，但多數仍從前代文言小說中取材；不過，不是照單全收，而是加入新的元素，甚至是通篇改寫，使故事再生。以下列舉數個承先啓後或因題材獨特而爲後世衍繹的故事。

一、提供話本小說題材

（一）帝王朝臣

1. 趙構故事

《湖海新聞夷堅續志》之〈錢王現夢〉（前集卷1）、〈錢王取地〉（補遺）及《錢塘遺事》（卷1）之〈夢吳越王取故地〉、〈高宗浙臉〉等篇是描寫南宋帝王趙構的故事，主要情節爲五代十國之吳越國建國君主錢鏐顯靈，在夢中向宋徽宗索求歸還江山。此事被《西湖二集》〔註58〕之〈吳越王再世索江山〉（卷1）寫入正話，是文前半段以錢鏐爲主角，寫他艱辛打下江山，死後靈魂幾度想向宋帝討江山，卻連遇宋朝七帝都是「有道之主，無間可乘」。直到第八朝天子徽宗無道，方得可乘之機。接著利用元代小說〈錢王現夢〉、〈錢王取地〉及〈夢吳越王取故地〉的情節，寫錢鏐進入徽宗與其妃子鄭娘娘的夢中，表示將奪回江山等云云，當晚韋妃生下趙構，所以徽宗與鄭妃「暗暗曉得（趙構）是吳越王轉世」。最後摘取〈高宗浙臉〉的內容，寫趙構的相貌狀

〔註57〕 孫楷第：《論中國短篇白話小說・中國短篇白話小說的發展與藝術上的特點》（上海：棠棣出版社，1953年），頁6～10。
〔註58〕 （明）周楫纂、陳美林校注：《西湖二集》（臺北：三民書局，1998年7月）。本章使用之《西湖二集》均本出於此，下文不再另行附註。關於《西湖二集》一書，就如同魯迅對其之評語：「文亦流利、多憤言」。同註25，頁181。是作者周楫藉前朝故事，發憤以抒情之作。

似浙人。兩文關於這一處的描寫：

> 高宗誕之三日，徽宗幸慈寧後閣，妃嬪捧抱以見，上撫視甚喜，顧
> 謂后妃曰：「浙臉也。」蓋慈寧后乃浙人，其後駐蹕於杭，亦豈偶然？
> （〈高宗浙臉〉）

> 三日洗浴，徽宗親臨看視，抱在膝上，甚是喜歡，細細端詳了一遍，
> 對韋妃道：「怎生酷似浙人之臉？」韋妃大笑。原來韋妃雖是開封籍
> 貫，祖籍原係浙江，所以面貌相同；況且又是吳越王轉世，真生有
> 所自也。（《西湖二集·吳越王再世索江山》）

兩篇除了行文筆法不同，主要情節如出一轍，惟在細節描寫處，話本小說明
顯貼近人情，如徽宗探視嬰兒時將他抱在膝上、韋妃大笑等。不過，兩則故
事的旨趣大不相同，元代小說以宋朝偏安江南，早在趙構出生時已決定，流
露出國祚命定之思；而〈吳越王再世索江山〉一文有數首詩歌云：「黃袍豈是
尋常物，誰信軍中偶得之？」「誰知報應無差，得天下於小兒，亦失天下於小
兒。」意即，趙匡胤以非正當的手段謀得帝位，也將因此失去天下，表達因
果報應的觀念。此外，由上文可知，《西湖二集》摘取數篇文言小說的情節敷
衍成一篇故事，是經過作者精心的剪裁與融合，以抒發一己的情感與對時事
的批判。

2.〈輪對沾恩〉

《湖海新聞夷堅續志》（前集卷1）之〈輪對沾恩〉：

> 宋淳熙間，史寺丞輪對，讀之半，正言先帝高宗某事，忽淚下，玉
> 音問故，對曰：「思感先帝舊恩。」孝宗不覺亦淚下。寺丞至讀畢，
> 淚下不已。退朝免冠，乃蜈蚣蟲在頂齧之，頂肉腐矣！蓋其淚下，
> 實為頂痛。孝宗以為忠，明日御批除吏部侍郎，頂瘡數月方愈。

寺丞巧言令色、不甚廉恥，作者卻平鋪直敘的將故事寫出，絲毫不見嘲諷之
意。《西湖二集》（卷4）將其改寫成〈愚郡守玉殿生春〉一篇。周楫採取順序
的手法，先敘史某被蜈蚣咬痛，再寫君臣對話之事，加上情節並無新意，所
以改作不如原著。倒是在入話處以極其辛辣嘲弄的口吻，說道：「若是廚子要
做官，卻不似黃鼠狼躲在陰溝洞裡思量天鵝肉吃，不要說日裡不穩，就是夜
裡做夢也還不穩哩。……」不過，廚子終究還是當了官，因為「命該發跡，
廚子拜職。命該貧窮，才子脫空。」將寺丞升官歸諸於命定，同時為才子命
運多舛抱屈。郎瑛也曾此感慨道：「敬君者不諧，而欺群者蒙恩，豈非數也哉。」

〔註 59〕反映出當時朝廷罕能留住好官，倒是逢迎拍馬者屢見不鮮，問題仍出在當權者。

3.〈益公陰德〉

《湖海新聞夷堅續志·益公陰德》（前集卷 2）寫宋代宰相周必大為保全鄰里，自誣服罪而失官，也因此陰德而有祿位。不過，他相貌奇醜，難登其位。後周某夢入冥府，由鬼官為他「作帝王鬚」，果然歷官至宰相。周楫以此為本，寫成〈認回祿東嶽帝種鬚〉（《西湖二集》卷 24）。故事依據原著之情節敷衍，尤其「種鬚」一節，從原著的「夢入冥」，渲染為周必大遊歷冥府，觀看東嶽帝君問案，惡人受盡酷刑；最後種鬚而夢覺。兩篇小說的旨趣都在於「陰德之報」，而〈認回祿東嶽帝種鬚〉善用白話散體之便，加入更多幻想情節與人情世故的描寫，使故事更為豐富可感。惟過度凸顯原作「陰德」之說，導致白話小說中夾雜過多垂誡、勸懲的思想，反而降低趣味性。

其他尚有寫南宋丞相史彌遠的軼事小說，如《三朝野史》寫史彌遠前身是修為高深的長老，被史父以財富誘惑而墜入輪迴。又《湖海新聞夷堅續志·俳優戲言》（前集卷 1）記俳優嘲諷史彌遠善於鑽營之事，都被周楫化用改寫入〈覺闍黎一念錯投胎〉（《西湖二集》卷 7）。另外，遼金元文言小說有不少描寫賈似道的故事，包括《古杭雜記》賈似道之母胡氏出身微賤，後來富貴加身，並旁及似道害死繼父之事；《錢塘遺事·吳潛入相》（卷 4）似道暗地裡造謠陷害吳潛兄弟；《錢塘遺事·賈相之虐》（卷 5）記似道殺姬；《錢塘遺事·賈相舉令》（卷 5）寫似道招馬廷鸞、葉夢鼎行酒令；《山居新語》（卷 4）記似道令富春子以預知術占卜；《錢塘遺事·似道專政》（卷 5）寫似道專權，朝政多在遊樂中取決，以及《山房隨筆》、《湖海新聞夷堅續志·收花結子》（前集卷 1）載錄似道被鄭虎臣押解途中，被殺死於綿州之事。以上近十篇故事被《喻世明言》匯集成〈木綿庵鄭虎臣報冤〉（卷 22）一篇，描寫賈似道身世、掌權誤國及死亡的故事。可見金元文言小說是明代白話小說的重要題材來源。

（二）市井傳奇

1. 婚戀故事

元代文言小說中的愛情婚姻故事，多被話本小說與戲曲所衍。如《綠窗

〔註 59〕（明）郎瑛著、安越點校：《七修類稿·事物類》（北京：文化藝術出版社，1998 年 8 月），卷 43，頁 517。

紀事》之〈潘黃奇遇〉寫潘用中與鄰女黃氏自由戀愛，終成眷屬的故事，被《西湖二集・吹鳳簫女誘東牆》所本。文中男女主角因為鳳簫而締結良緣，表現愛情浪漫的情懷。又如同書之〈張羅良緣〉寫張幼謙與羅惜惜私自結合，張某被羅父送官，縣判兩人成親之事，被凌濛初衍為《拍案驚奇初刻》之〈通閨闥堅心燈火，鬧囹圄捷報旗鈴〉（卷 29）正話故事。兩篇故事都是主角私訂終身，表現出對於男女自主婚姻的讚揚。

至於描寫夫妻的故事，如《江湖紀聞・棄妻下第》、《湖海新聞夷堅續志・棄妻折福》（前集卷 1）兩篇寫主角科考後蒙生拋棄糟糠之妻的想法，隨即招致神懲而落榜的報應。故事被寫入《醒世恆言》之〈吳衙內鄰舟赴約〉（卷 28），主角由「李某」變成「潘遇」，並加入旅舍店主之女對潘遇投懷送抱，以增添情節的曲折。又如《輟耕錄・貞烈》（卷 3）一篇描寫數個婦女在兵災中堅持守節之事，其中記南宋滅亡後，宋恭帝等人被押往大都，陳氏、朱氏等數位夫人，「沐浴整衣焚香，自縊死」。世祖命人「斷其首，懸全后寓所」。又記徐君寶之妻：

> 岳州徐君寶妻某氏，亦同時被虜來杭，居韓蘄王府。自岳至杭，相從數千里，其主者數欲，而終以巧計脫。蓋某氏有令姿，主者弗忍殺之也。一日，主者怒甚，將即強焉，因告曰：「俟妾祭謝先夫，然後乃為君婦不遲也。君奚用怒哉？」主者喜諾。即嚴妝焚香，再拜默祝，南向飲泣，題〈滿庭芳〉詞一闋於壁上。已，投大池中以死。

婦人知道貞潔將不保，以死明志。周楫據以改寫成〈徐君寶節義雙圓〉（《西湖二集》卷 10），文中先將南宋陳、朱等夫人死節之事寫在入話，突出「君臣夫婦，都是大倫」的主旨。正話故事則以宋代金太守為開端，鋪陳其女金淑貞之賢淑；接著以她與徐君寶從議婚到結婚，兩人情深意重；再旁及賈似道當國，國事益衰、襄陽之圍、張貴力戰身亡、呂文煥獻城投降，終致南宋滅亡。最後寫金淑貞被唆都元帥擄獲，行千里遠仍堅貞守節，不得已在韓世忠宅投水而死。死後魂魄託夢給徐君寶，君寶也在妻子投水處自殺。

〈徐君寶節義雙圓〉作者將原文約一百四十餘字敷演為五千逾字的故事，文中除極力突出徐君寶與金淑貞的形象外，多處描寫元軍殺掠，中原屍骸遍地的情節。較為深刻地揭露專權弄政、吏治之腐敗及離亂的世態，可說是一篇成功的改寫小說。同時也呼應原著作者陶宗儀感在文末的感嘆：「使宋

之公卿將相貞守一節若此數婦者，則豈有賣降覆國之禍哉！宜乎秦、賈之徒為萬世之罪人也。」另外，周楫在內容多處強調婦德、守貞，又在入話處引用俗語道：「就如那徐德言、樂昌公主雖然破鏡重圓，那羞恥二字卻也難言。從來俗語道：『婦人身上，只得這件要緊之事，不比其他物件可以與人借用得。』」表現明代社會對恪守婦道的讚揚。最特別的是，文末寫徐君寶千里尋妻，得知妻子守節而死，他毅然決然赴死，表現他深情的義夫形象。像這種「義夫節婦」的故事，是作者對於明代社會傳統倫理道德觀念式微，欲令世人醒悟的反正之作。

2. 離奇故事

遼金元文言小說有不少篇章的情節曲折離奇，被後代小說所衍。如《江湖紀聞》之〈李屠為寇報〉（卷10）是描寫主角李應龍被殺父仇人養大，後為官復仇的故事：

> 潭州湘陰縣李屠，有田數頃。妻博通經史，自教其子應龍讀書，李屠常加咄咄。應龍年十七，請舉……不與果費。妻密與少錢。挑包獨行三日，至某村。日暮，無旅店……見一大宅，問為鄭通判家，遂入求宿。……有老門子入覆大安人……大安人曰：「既是赴省官人，請入書齋宿。」……大安人詳問姓名，盛設酒餚，終坐諦視。口中常作咄咄怪聲，應龍莫曉。酒罷出齋，帷帳甚整。次早送關子一千貫，囑曰：「回途千萬再來。」應龍候榜於京中，第殿試在甲科，授澧州教授。回途復至大安人家，欵延數日，曰：「官人酷似亡兒。吾兒仕廣州通判，任滿罷歸，全家為寇所殺，惟老身在家免死耳。吾家薄有田產，雖立宗人子為後，今見官人如再見吾兒，令人不能捨。若能來此，當分家產一半相與。應龍辭有父母。曰：「可與父母俱來。」應龍姑諾之，大安人再四言之，以至痛哭而別。應龍到家，李屠偶出，亟以告之母。母垂淚曰：「是即汝祖母也。汝父全家為寇所殺，惟留我在。時汝在我腹中五月餘矣，今日之父即寇也。應龍大感痛，往告制置……密遣人取大安人來，仍以應龍新除，并請其父母會宴。母至入宅內堂見大安人，相對大哭，且喜。以李屠付獄，推勘具得其情，籍其家而戮之，令其母子與大安人俱歸，仍申朝為應龍，改姓。

小說利用「相貌認親」，使李應龍得以認祖歸宗。此類故事典出唐代《原化記‧

崔尉子》〔註 60〕，《乾膻子‧陳義郎》〔註 61〕、《聞奇錄‧李文敏》〔註 62〕也有類似情節；而《警世通言》之〈蘇知縣羅衫再合〉〔註 63〕（卷 11）則集數篇故事之大成，寫蘇氏子被殺父仇人養大，因羅衫而認親，與家人團圓之事。由於類型故事相當多，許建崑曾對此故事做過頗為詳贍之研究，〔註 64〕惟篇中論述以「羅衫認親」的情節為主。然試觀《江湖紀聞》之李應龍故事，除了認親一節是以「相貌」而非「羅衫」之外，其餘主要情節幾乎相同，這種情況也見明代《剪燈餘話‧芙蓉屏記》一篇，其認親信物是「芙蓉屏」〔註 65〕。因此，可推測這種被仇人養大、認親、復仇的故事從唐代到明朝之間廣為流傳，所以關鍵情節因時、因地制宜而發生改變，這也是故事流傳過程常見的情況。

又如《輟耕錄》（卷 22）之〈算命得子〉，寫巨富李總管，年逾五十膝下猶虛，後來算命者鐵口直斷他四十歲時已有子嗣。李某遂回想當年曾有婢妾已懷孕，卻被悍妒的妻子賣往他處，幾經波折，終於找回離散十五年的兒子與婢妾。「大抵人之有子無子，數使之然，非人力所能也。而術士之業亦精矣。」故事被凌濛初改寫、收入〈占家財狠婿妒侄，廷親脈孝女藏兒〉（《初刻拍案驚奇》卷 38）一篇的入話。內容不出原作之外，強調「子息從來天數，原非

〔註 60〕 （唐）皇甫氏：《原化記‧崔尉子》，收入《全唐小說》，同註 4，頁 892～893。
〔註 61〕 （唐）溫庭筠：《乾膻子‧陳義郎》，收入《全唐小說》，同註 4，頁 2665～2667。
〔註 62〕 《聞奇錄‧李文敏》：「唐李文敏著，選授廣州錄事參軍職。將至州，遇寇殺之，沉於江。俘其妻崔氏。有子五歲，隨母而去。賊即廣州都虞侯也。其子漸大，令習明經，甚聰俊。詣京赴舉，下第，乃如華州及渭南縣東。馬驚走不可制，及夜，入一莊中，遂投莊宿。有所衣天淨汗衫半臂者，主嫗見之曰：『此衣似頃年夫人與李郎送路之衣，郎即似李郎，復似子娘子。』取其衣視之，乃頃歲製時，為燈爐燒破，半臂帶猶在其家。遂以李文敏遭寇之事說之。此子罷舉，徑歸問母。具以其事對，乃白官。官乃擒都虞侯，繫而詰之，所占一詞不謬。乃誅之而給其物力，令歸渭南。」（唐）不著撰人：《聞奇錄》，收入《全唐小說》，同註 4，頁 2696。由於故事情節與《原化記‧崔尉子》相似，王夢鷗認為，「儻非遞相祖述，亦恐出於一事而傳聞異辭。」見氏著《唐人小說校釋‧陳義郎敘錄》（臺北：正中書局，1985 年 1 月），頁 70。
〔註 63〕 （明）馮夢龍著、徐天助校訂：《警世通言》（臺北：三民書局，1983 年）。
〔註 64〕 這種被殺父仇人養大，因羅衫認親而與家人團聚之事，尚見戲曲〈合汗衫〉、〈白羅衫〉；《西遊記》中，唐三藏父親陳光蕊事件，也利用相同題材。許建崑表示：「用民間故事『母題』的觀念，來探討此類型故事，或許才能得到合理的解說。」見氏著：《情感、想像與詮釋：古典小說論集》（臺北：萬卷樓圖書股份有限公司，2010 年 8 月），頁 146～149。
〔註 65〕 （明）李昌祺：《剪燈餘話》（臺北：世界書局，1959 年），卷 4，頁 68～70。

人力能爲」的命定觀。〈算命得子〉故事頗爲曲折，以相士之言設下伏筆，循線發揮。可惜凌濛初一味依循原作，未能將主要情節重組，加上使用通俗的語言，使情節顯得冗長，節奏平緩，失去引人入勝的餘韻。

3. 僕婢故事

《輟耕錄・女奴義烈》（卷 11）寫朵那乃「城東偉兀氏之女奴、勤敏謹願」，博得主婦信任。時逢元代紅巾之亂，賊寇入杭城四處掠奪。

> ……至正壬辰秋七月初十日，寇陷杭，劫官民府庫，至偉兀氏家。不得物，乃反接主婦柱下，拔刀礪頸上。諸侍婢皆散走，朵那獨以身覆主婦，請代死，且告曰：「將軍利吾財，豈利殺人哉？凡家人之貨寶，皆我所藏，主母固弗知。若免主母死，我當悉與將軍，不吝。」寇允解主婦縛，朵那乃探金銀珠玉幣帛等，散置堂上。寇爭奪之，竟又欲犯朵那身。朵那持刀欲自屠，曰：「我主二千石，我誓不奴他姓主，況汝賊乎？」寇驚異，捨而去。朵那泣拜主婦曰：「棄主貨，全主命，權也；妾受命主鑰貨，今失貨而全身，非義也，請從此死。」遂自殺。

故事被周楫衍爲〈俠女散財殉節〉（《西湖二集》卷 19）〔註 66〕。主要情節進路無所差異，以朵那面對盜賊搶奪財物與殺害主人的兩難，當機立斷地獻出珍寶財貨力保主婦性命平安；面對盜賊侵犯，她嚴詞竣拒、橫刀自保；最後自刎身亡。不過，周楫在故事中多處增飾，凸顯女主角的形象。例如，朵那「生得如花似玉，容貌非凡」，先後差一點遭小廝、主人侵犯〔註 67〕，以表現她的「貞烈」。再以主婦悄悄問她爲何不從了主人，她義正詞嚴地表白：「不願作此等無廉恥之事」、「清清白白的好女人」、「俺定要爭這一口氣」云云。經此描寫，更加合理化主婦對朵那的信任與疼愛，所以把庫房鑰匙交給她保管。又如，增加偷兒欲入庫房行竊，被朵那擺平。主婦生病危極，朵那「割

〔註 66〕　〈女奴義烈〉除被周楫衍爲〈俠女散財殉節〉，收於《西湖二集》（卷 19）外，明末抱甕老人編錄《今古奇觀》時，將周楫的〈俠女散財殉節〉一篇收入，並直接取用女主角的名字，改篇名爲〈朵那女散財殉節〉（卷 75），内容則完全相同。

〔註 67〕　《西湖二集》對此的描寫，先是小廝欲奸淫朵那時，她「劈頭劈臉打將過去」，開口叫罵不絕，形象凶悍。又以大篇幅描寫主人欲侵犯她之前，「先審察妻子睡熟也不睡熟」，然後詳述「金蟬脱殼」、「滄浪濯足」、「回龍顧祖」、「漁翁撒網」、「伯牙撫琴」、「啞子廝打」、「瞎貓偷雞」及「放炮回營」等偷情數部曲，頗是有趣。最後是朵那「一聲喊叫起來，驚得這偉兀郎君登時退步」。

股煎湯」，終使主母病癒，而且「不在主母面前露一毫影響」的態度。表現朵那是真心侍奉、孝順主婦。再如，耗費筆墨描寫主母為朵那終身大事設想，朵那卻堅執不願出嫁，更襯托朵那一心一意為主家著想的形象。

此外，原故事將盜亂之事，以「寇陷杭」簡筆帶過。〈俠女散財殉節〉則另外引用《輟耕錄》（卷 28）之〈刑賞失宜〉一篇，寫紅巾首腦之一徐壽輝領大兵直抵杭城，官員或以死節，或是逃之夭夭，致社會擾攘不安。周楫以其流暢筆法，將情節照單全收。此一安排，補敘元代小說簡筆略述「杭州城中鼎沸，其禍甚是慘酷」的情節。若將原著與改寫兩相比較，發現元代〈女奴義烈〉作者主要突出女奴之節義貞烈；而明人之〈俠女散財殉節〉則如篇末之言：「不知不覺率性而行，……強似如今假讀書之人，受了朝廷大俸大祿，不肯仗節死難，做了負義賊臣，留與千古唾罵……。」周楫著述之目的昭然若揭，乃在貶斥食祿卻負義之賊臣。無怪乎他要增加〈刑賞失宜〉一文中，樊執敬等人死守城池及殉國等情節，深化故事的說服力。

（三）公案故事

宋元話本〈簡帖和尚〉是膾炙人口的名篇〔註 68〕，正話部分寫和尚設計騙取皇甫殿直之妻的故事，情節脫化自宋代《夷堅志》之〈王武功妻〉〔註 69〕。元代小說《至正直記》（卷 3）之〈姦僧見殺〉也是類似故事，內容記某僧人「奸俠」，覬覦某官之妻的美色，積極使計介入某官與婦人之間：

> 一日，某官出外，其僧盛服過其門，惟見某官之妻倚門買魚菜之類，蓋嘗習慣也。適雨霽，僧乃詐跌仆污衣，且佯笑而起。某官之妻偶亦付之一笑，僧遂向前求水洗濯。明日，餽以殽核數品，相餽某官之妻。初不肯受，以謂未嘗相識，且無故也。僧但曰：「感謝濯衣之恩」，強擲而去。某官歸，餘殽未盡，問其故，惟怒其妻之不謹，亦未以為疑也。

接著，再設圈套陷婦人於不潔的污名：

> 一日，潛使人以僧鞋置於某官廳次側房，適見之，怒其妻有外事，遂逐去。且僧數有奸計，某官益愈疑之矣。此僧聞之，即捲資囊，

〔註68〕 李師李云：「〈簡帖和尚〉結構完整、人物鮮明、情節跌宕，實乃《清平山堂話本》最具代表性的篇章。」見氏著：《《清平山堂話本》研究》（臺北：里仁書局，2014 年 3 月），頁 46。

〔註69〕 〈王武功妻〉內容描寫僧某以詭計奪取王武功之美妻。（宋）洪邁：《夷堅支志》丙集（日本：中文出版社，1975 年），卷 3，頁 383～384。

一夕避去。

僧人捲款後不知去向，某官則懷疑其妻不貞而將她休離。之後，婦人憑媒妁之言改嫁給「已長髮爲俗商」的僧某。三年後，還俗的僧某與其妻對酌：

> 夫問其妻曰：「爾可認得我否？」妻曰：「成親三載，何不認得耶？」
> 夫曰：「我與你今日團圓，豈是易事，費多少心機耳！」其妻問故，
> 夫曰：「我便是向日污衣之僧也。」備述前計。其妻即佯言曰：「因
> 緣卻是如此，乃前世之分定也。」遂再飲。大醉後，其妻操刀刺殺
> 其夫并二子，明日自赴有司陳罪。……後與前夫某官復相見，其婦
> 曰：「我所以與你報奸人之仇而明此心者也。今既失節，即不可同
> 處。」……

就關鍵情節來看，〈姦僧見殺〉與〈簡帖和尚〉有幾處差異：首先，〈姦僧見殺〉以「僧鞋、數有奸計」二個情節描寫和尚設計婦人；〈簡帖和尚〉則反覆鋪墊。婦人嫁與和尚一節，前者是媒合，後者則寫媒婆與和尚共謀。於結局一處，前者寫婦人手刃僧人、夫妻相離；〈簡帖和尚〉則是僧人被執至官府，重杖處死，婦人與皇甫松重作夫妻。就前二個差異情節來看，明顯是因爲〈姦僧見殺〉的作者是聽來的（「嘗聞」），可能是聽到其他版本，或於關鍵處記的不甚清楚，抑是傳述者未說明白，所以僅揀重點著墨，其餘簡略帶過。這可從主角的姓名簡略地以「某官、某官之妻」取代了話本小說以「皇甫松、楊氏」的稱呼得到應證。至於結局與原著完全不同，或與作者著述態度有關，孔齊在開篇云：「姦邪之人不可交接。苟不得已，則當敬而遠之，不然輕則招謗，重則貽禍不小。」可知主旨在戒淫，而〈簡帖和尚〉則在「述奇」。整體而言，〈姦僧見殺〉省去枝節，以文言的筆法，保留主要情節與轉折。不過，在情節描摩與人物性格刻劃等，明顯不及〈簡帖和尚〉。而就同一類型故事，在關鍵情節又有如此多差異，可能當時此類型故事在民間頗為盛行之故。

其他案獄故事的承衍，如元代名篇《工獄》，寫婦人與人通姦，兩人合力謀殺其夫，後來有數人因此被牽連致死。故事被《西湖二集》改寫爲〈周城隍辨冤斷案〉（卷33）的入話故事，惟作者著重描寫婦人淫蕩的形象，並簡化冤案的情節。

二、語言、敘事受話本小說影響

古代文言小說與白話小說的關係，除了上述題材的承繼外，尚有語言與

敘事手法的影響。本文在第四章第三節中，已舉例說明遼金元文言小說語言趨向口語化，其實是受話本小說、戲曲等通俗文學的影響。以下再從《續夷堅志・狐鋸樹》（卷 2）中的敘事與人物語言來觀察：

> 陽曲北鄭村中社鐵李者，以捕狐爲業。大定末，一日張網溝北古墓中，繫一鴿爲餌，身在大樹上伺之。二更後，群狐至，作人語云：「鐵李、鐵李，汝以鴿賺我耶？汝家父子，驢群相似，不肯做莊農，只學殺生。俺內外六親，都是此賊害卻。今日天數到此，好好下樹來。不然，鋸倒別說話！」即聞有拽鋸聲，大呼：「揩鑊煮油，當烹此賊！」火亦隨起。鐵李懼，不知所爲。顧腰惟有大斧，思樹倒則亂斫之。須臾天曉，狐乃去。樹無鋸痕，旁有牛肋數枝而已。鐵李知其變幻無實，其夜復往。未二更，狐至，泣罵俱有倫。李腰懸火罐，取卷爆潛爇之，擲樹下。藥火發，猛作大聲，群狐亂走。爲網所冒，瞑目待斃，不出一語。以斧椎殺之。

篇中生動精彩地描寫主角與獵物狐妖間的對抗，其間狐狸多次聲東擊西地希望騙鐵李下來，都沒有成功，雙方既鬥智、也鬥力；形塑出獵戶鐵李智勇雙全的形象，及狐妖爲復仇而奮戰不懈的畫面。全篇二百餘字，文不甚深，故事之情節曲折、人物豐滿、場景多變，當是遼金元文言小說中的佳作。其中狐妖作人語云：「汝以鴿賺我耶」、「俺內外六親，都是此賊害卻」、「好好下樹來。不然，鋸倒別說話」。這些半文半白的言詞透過妖狐之口說出，更顯有趣生動。李正民指出：

> （〈狐鋸樹〉）這篇故事中寫的狐狸之語，……可見作者採用這種語言的匠心獨運和達到的成就。這種寫法在《聊齋志異》、《閱微草堂筆記》中是找不到的。《續夷堅志》之前的志怪小說中，也未見先例。它可能是元好問大膽的藝術創造，……元好問創作《續志》時，受話本小說影響，文言中夾用白話，……由他首先發端，卻不能不說是大膽的藝術創新。〔註70〕

學者認爲文言小說中雜以白話語言的創作手法，是元好問開創的藝術，是他大膽而匠心獨運的結果。這種說法當然是學者對元好問的才學與創作能力的讚揚，有待更深入研究，找出更多的例證才能加以證實；不過，可以肯定的是文言小說的語言風格受白話小說的影響趨向通俗化，在金末元初已經很明

〔註70〕 同註 20，頁 9～10。

顯了。

《續夷堅志·狐鋸樹》一文聲音效果十足，有眾妖狐的叫囂聲、鋸樹聲、燒火的剝聲、砍樹聲及火藥的爆炸聲，堪稱「聲色俱厲」，聲鬧非凡。這種注重細節與場景的描寫，也是受白話小說的啟發。這樣的例證在遼金元文言小說中不勝枚舉，如《輟耕錄·釋怨結姻》（卷 13；詳見本文第五章第一節）寫佃戶司、李兩人因為租田等問題所引發的恩怨情仇，故事一開始鉅細靡遺地詳細交待兩人結怨的經過，也細細描摹兩人先後想要放火燒死對方的情節，更多處轉換場景，使故事生動鮮明。文中有一處人物的內心描摹：司大夜持火炬潛入李家附近，突然聽到屋內有人正在生產，司某竊念：「吾所讎者，其家公也，何故殺其母子。」於是丟棄火炬，自此放下心中對李某的怨念。故事中場景的佈置、轉移及心理描摹非但不會令人感到煩瑣冗贅，反而可見匠心獨具。可以說白話小說對文言小說在敘事手法上的啟發，已涵蓋細節與場景等方面。

鄭紹基等學者在說明《聊齋志異》受話本小說的影響時，提出細節描寫、故事情節，及以對話刻劃人物的藝術手段三個面向〔註 71〕。由前文論述中可以發現，細節描寫與故事情節二個層面的影響在遼金元文言小說已經開始，至於「以對話刻劃人物」更是在遼金元文言小說已見端倪。如《異聞總錄》（卷 1）寫陶象之子被柳樹精所惑，陶象請天竺辯才法師元淨收妖。文中大半篇幅以法師與樹精的對話推展情節，藉此凸顯辯才法師的口才與能耐。此事被《西湖佳話》改寫為〈虎溪笑蹟〉〔註 72〕，內容仍延續這種對話方式，尤其是使用白話語言改寫後，人物語言顯得更加活潑生動。又如《山居新語》（卷 2）寫動物賣身償還前債的故事：

> 杭州鹽商施生者，至正八年，其家豬欄中母豬自啖其子，餵豬者往箠之，忽為人語曰：「因你不餵我，自食我子，干你何事！」餵豬者大驚，往報施生。生往視之，傍觀者或曰「可殺」，或曰「貨之」。豬復言曰：「我只少得你家三十七兩五錢，賣我還你便了，何必鬧！」遂賣之，果得三十七兩五錢而止。

母豬為了償還前世欠債而投入施家，所賣錢財也分毫不差，傳達出因果報應

〔註 71〕 上海文藝出版社選編：《中國古典短篇小說》（上海：上海文藝出版社，1980年），頁 13。

〔註 72〕 墨浪子編撰、陳美林等校注：《西湖佳話》（臺北：三民書局，1999 年），卷 10。

之思。值得注意的是，文中將「人」的角色弱化，只是一群虛擬的應答人物，反而以母豬說話串連情節，而且作者刻意使用較為粗俗的語言，摩狀動物說人話的口氣，至為自然生動，韻味十足。由此可見，遼金元文言小說受當時通俗文學的啟發，已逐漸將較為口語、通俗的語言融入情節，塑造出更貼合人物個性化的語言。

再如《至正直記‧松雪遺事》（卷1）有數則趙孟頫軼事，其中一篇云：

> （趙松雪）亦愛錢，寫字必得錢，然後樂為之書。
>
> 一日，有二白蓮道者造門求字。
>
> 門子報曰：「兩居士在門前求見相公。」
>
> 松雪怒曰：「什麼居士？香山居士、東坡居士邪？箇樣吃素食的風頭巾，甚麼也稱居士！」
>
> 管夫人聞之，自內而出，曰：「相公不要恁地焦躁，有錢買得物事喫。」
>
> 松雪猶愀然不樂。
>
> 少頃，二道者入謁罷，袖攜出鈔十錠，曰：「送相公作潤筆之資。有庵記，是年教授所作，求相公書。」
>
> 松雪大呼曰：「將茶來與居士喫！」即歡笑逾時而去。

全篇利用門人、趙孟頫、趙夫人及白蓮道士四者的對話，刻畫入微地表現趙孟頫面對道者前倨後恭的樣態，使他「愛錢」的形象躍然紙上，令人莞爾。此外，敘事語言文白相雜，卻能流暢淺顯，人物形象顯得生動活潑。

由前述可以觀察出二個重點，一是運用對話來刻劃人物的藝術手法，在元代已運用得頗為純熟；二是對話使用文白交雜，甚至是口語的語法，使人物語言更加生動逼真，有助於刻畫出更為深刻的人物個性。可見這些藝術手法的運用在金元代文言小說已出現，所以遼金元文言小說不僅在題材上居於承先啟後的地位，在創作手法上也位於承繼的樞紐。

綜觀上述，遼金元文言小說與白話小說的關係，首先在於題材的承繼。有可以上溯宋代之前的故事，如演述簡帖和尚一事的〈姦僧見殺〉、衍化唐、宋故事中報殺父之仇的〈李應龍〉；也有宋代朝廷之事，如宋高宗趙構故事、〈輪對沾恩〉及〈益公陰德〉等；再有金元時代發生的故事，如寫節婦的〈貞烈〉，及自責護主不周而自殺的〈女奴義烈〉。上述三種情況，同時歷經文言與話本小說等不同小說文體的演變，加上作者受時代思潮的影響，及為文之

目的不同，主觀上對故事情節的剪裁與增飾，已使故事的旨趣發生變化。可以發現話本小說更著重於彰顯倫理道德，寄寓懲戒，或是凸顯宿命刼數之思。至於情節的增刪改作情況，可以概括出兩種情況：一是稍加更易，基本情節沒有太大的變化，有時僅是變更人名，或稍作點染；有些變動雖然細微，若深究仍可略窺時代風貌。如〈輪對沾恩〉、〈算命得子〉。二是借題發揮，以虛構之筆添油加醋，使故事展現出新風貌，如〈貞烈〉繁衍爲徐君寶之妻死節。此外，從〈吳越王再世索江山〉一文來看話本小說對金元文言小說的改寫，並非全然是一篇故事敷衍成單篇，有時是數篇故事匯集成一篇小說。可見遼金元文言小說部份題材承繼前朝，再被後世所衍；也有創新題材，被借爲話本小說的故事。至於遼金元文言小說受白話小說的影響，主要在語言的通俗淺白，及以對話刻劃人物的創作藝術等方面。綜合上述，遼金元時期的文言小說與話本小說相互影響，尤其是在題材、語言及創作手法上，有些甚至具有開創性的作用。

第三節　與戲曲的關係

　　小說與戲曲相通性強，是「相對獨立而又統一的藝術整體」〔註73〕，最大的差異在於小說是讀（聽）故事，戲曲則是頒演故事；兩者的內容都是以故事爲主要成份。尤其宋元以來，講唱故事在民間極爲發達，出現了專門編創故事的書會〔註74〕，他們爲講求「事有源流」，往往「著意群書」，〔註75〕促使小說與戲曲題材相互融合。因此，可以說小說內容提供戲曲的劇本素材，而小說故事則因戲曲得以傳播更廣〔註76〕，兩者相互依存。

〔註73〕劉輝說：中國古典小說和戲曲，在藝術上常見相互借鑑與交流，在題材內容上也密不可分，有單向吸收，也有雙向交融，彼此轉化。〈題材內容的單向吸收與雙向交融——中國小說與戲曲比較研究之二〉收入氏著：《小說戲曲論集》（臺北：貫雅文化事業有限公司，1992年3月），頁55。

〔註74〕《武林舊事》曾列舉出南宋臨安六位書會才人。詳見（宋）周密：《武林舊事・諸色伎藝人》，收入《東京夢華錄外四種》（臺北：古亭書屋，1975年8月），卷6，頁453。據陳萬鼐研究，元代「書會」是劇作家聚合的場所。陳萬鼐：〈元代「書會」研究〉（《國家圖書館館刊》，2007年6月第1期），頁123。宋元時已有專業編劇與固定聚會場所，可見時人對於故事情節的重視。

〔註75〕（宋）羅燁：《醉翁談錄・小說開辟》（臺北：世界書局，1965年3月），頁5。

〔註76〕許並生：「戲曲劇本依賴於小說提供文學素材，從而形成了小說爲戲曲提供文學素材，戲曲爲小說內容張本傳播。小說使戲曲的戲劇文學得到充實，推動其發展；戲曲爲小說起到了宣揚亡告作用，吸引人們去翻閱小說，創作小說，

一、提供戲曲創作素材

遼金元文言小說對戲曲之影響主要在於題材方面。金元雜劇是世代累積的集體創作，所以「不忌諱雷同和因襲」〔註77〕、「題材大都來自歷史故事或傳說，很少由作家自己構思。他們習慣於以現成的故事或傳說表達自己的思想感情。」〔註78〕所以每每在故事的流播過程中，孳乳出其他文本。以下列舉數篇作一討論：

1.《嬌紅記》與傳奇《鴛鴦塚嬌紅記》

《嬌紅記》是元代重要的傳奇小說，影響深遠〔註79〕，不少以才子佳人為主的愛情戲曲或小說多可見其痕跡。內容寫申純與王嬌娘相戀、相離，再同死的故事。首先探析小說的藝術技法，以明其敘事與情節的承衍。就男女主角戀情一節，波折橫生。兩人私會，先後被暴雨、酒醉所阻，後又為誤會所撓；待剪髮約誓之後，又無緣親近。之後申純離去、生病、再聚首，感情正是濃稠，卻又被婢女丁憐憐壞事。幾度波折，兩人終於成就好事。作者安排男女主角戀情屢遭阻礙，以欲擒故縱法，主導讀者情緒起伏。之後侍婢飛紅出現，屢屢離間二人感情；又逢申純托媒求婚遭拒，眼見廝守無望，情節卻又一轉。飛紅剛好犯錯，嬌娘不計前嫌相救，反得飛紅死心相助，致王父有意許婚。才見坦途，又生波瀾！帥府求婚，嬌娘只能引刀自裁殉情、申純自縊赴死。家人將兩人合葬，鴛鴦飛舞其間。情節在鬆緊之間快速遊移，令人不忍釋卷。又結尾的「魂化鴛鴦」，正與南北朝〈韓憑夫婦〉之「梓木牽繫、

又推動了小說的發展。」《古代小說與戲曲》（太原：山西人民出版，2005年5月），頁89。

〔註77〕 徐朔方著，廖可斌、徐永明編：《古代戲曲小說研究》（杭州：浙江大學出版社，2008年11月），頁51。

〔註78〕 同上註，頁53。

〔註79〕 《嬌紅記》對後代小說的影響，近世學者多所論及，如苗壯認為：「為文言小說中難得的佳作，奠定了文言中篇小說的基礎，對後世的小說創作影響甚大。」見氏著：《才子佳人小說簡史》（太原：山西人民出版社，2005年5月），頁13。石麟指出：「《嬌紅記》對後世才子佳人小說乃至《紅樓夢》均產生巨大影響。」他進一步歸納《嬌紅記》對後世才子佳人小說在「寫作模式」的奠基，其一，「篇幅蔓長，少則數千字，多則幾萬字。其二，韻散結合，散文敘事，韻文為書中人物抒情。其三，男主人公往往同時或先後與若干女性產生愛悅關係。其四，這種愛悅關係既有『情』的執著，也有『欲』的衝動。其五，男女主人公之間往往要經受生離死別的考驗。」見氏著：《傳奇小說通論》（鄭州：中州古籍出版社，2005年11月），頁202。

鴛鴦恆棲」，及梁祝故事最後之「墓開蝶飛」等情節一脈相承，凸顯愛情動人心弦的悲劇。

　　以《嬌紅記》改編的戲曲不少，多已佚失〔註 80〕。現存者有劉兌之《金童玉女嬌紅記》雜劇、孟稱舜之《鴛鴦塚嬌紅記》傳奇，其中孟作成篇較晚，可說是這類故事集大成之作，被譽爲「情史中第一佳案」〔註 81〕。以下將此劇與《嬌紅記》就申、王兩人首次會面之情節作一比較。故事背景是申純前往拜訪母舅，小說寫道：

> 申純……天姿卓越，傑出世表……謁母舅王通判。舅引生至中堂拜妗。因呼其子善父出拜，年七歲矣。再命侍女飛紅呼嬌娘來，良久，飛紅附耳語妗，以嬌未經妝爲言。妗怒曰：「三哥家人也（生第三），出見何害！」生聞之，因曰：「百一姐（嬌第百一）無他故，姑俟何如？」妗因笑曰：「適方出浴，未理妝耳。」又令他侍女促之。頃刻，嬌自左披出拜。雙鬟綰綠，色奪圖畫中人，珠粉未施，而天然殊瑩。生見之，不覺自失。敍禮竟，嬌因立妗右。生熟視，目搖心蕩，不自禁制。

作者對女主角出場之鋪排煞費苦心，曲折迂迴，千呼萬喚始出來。而脂粉未施更能襯托出嬌娘姿容卓絕、麗質天生。對此，孟稱舜寫道：

> 【玉交枝】驀見天仙來降，美花容雲霞滿裳。天然國色非凡相，看他瘦凌波步至中堂。翠臉生春玉有香，則那美人圖畫出都非謊。猛教人魂飛魄揚，猛教人心迷意狂。（旦）申家哥哥好一表人材也。

> 【前腔】神清玉朗，轉明眸流輝滿堂。他雖是當筵醉飲葡萄釀，全不露半米兒疏狂。淹潤溫和性格良，盡風流都在他身上。不爭他顯崢嶸氣珠宮畫廊氣也不枉巧溫存，錦幃繡床。……

> 【前腔】可人模樣，天生就，春風豔妝。他妹妹，我哥哥，則是側身偷眼低低望。想他是年少嬌娘，驀然間翠靨紅生兩頰旁。怕道不

〔註 80〕如王實甫、湯式各有《嬌紅記》雜劇、金文質之《誓死生錦片嬌紅記》雜劇、邾經之《死葬鴛鴦塚》雜劇、盧伯生《嬌紅記》傳奇及沈受先《嬌紅記》傳奇等等。

〔註 81〕王業浩之〈鴛鴦塚序〉云：此劇「詞遣調，雋倩入神。據事而不幻，沁心而不淫，纖巧而不露，酸鼻而不恌。臨川讓粹，苑陵讓才，松陵讓律，而吳苑玉峰，輸其濃至淡蕩。」詳見（明）孟稱舜撰、陳洪綬評點：《節義鴛鴦塚　嬌紅記》，收入林侑蒔主編：《全明傳奇》（臺北：天一出版社影印，出版年不詳）。

關情，怎便把春情揚？猛教我神飛醉鄉，猛教我魂飛翠鄉……

戲曲極盡表現人物形象，心理描摩，細膩傳神。尤其在【前腔】部分，寫出少年情荳初開、情不自禁的小兒女情態，刻劃生動。曾永義指出，中國古代戲劇的作者多採「以實作虛」的方式，也就是「戲劇雖根據史傳雜說改編，但其關目情節有所剪裁和點染，人物性情有所刻劃和誇張，由此而寄寓著作者所要表現的思想和旨趣。」〔註82〕確實，孟稱舜以誇張之筆法，極盡地寫出兩人會面的外在形象與內心世界。但若就讀者的角度來看，將人物心理一覽無遺地寫出來，似不若小說以迂迴曲折之筆寫出小姐出繡閣，那教人驚為天人的一瞥！可見就純閱讀文本的角度來看，小說與戲曲仍各擅所長。

《嬌紅記》的影響不僅止於單篇故事，尤其作者以寫實主義的創作手法〔註83〕，細膩地表現出現實生活面；又善加運用時間，賦予故事充裕的時間長度，突出兩人情深不移，生死與共的戀情，成為「開中篇傳奇小說寫作的先河」〔註84〕、具有「強化了詩詞在篇中的比重」〔註85〕等開創意義，使後世不少篇章多仿而效之。例如嬌娘對申純忽冷忽熱、若即若離；二人對於戀情始終忐忑不安，多次彼此試探，這與《紅樓夢》之賈寶玉與林黛玉的愛情描寫如出一轍。又如《嬌紅記》影響《金瓶梅》在書名命名方式、「拾鞋」情節〔註86〕，及詩詞載錄〔註87〕等方面。有學者歸納明代才子佳人小說結構有

〔註82〕 曾永義：《論說戲曲‧戲劇的虛與實》（臺北：聯經出版事業公司，1976年），頁3。

〔註83〕 關於《嬌紅記》以現實主義手法創作，程毅中有極為詳細的說明。他說：「《嬌紅記》對後世言情小說的影響，當然並不在於某些具體情節的相似之處，而在於它再現生活真實的創作方法。作者在細節真實的基礎上，注重情節的構造、場面的安排、語言的提煉，從而加強了人物形象的刻畫。……《嬌紅記》的出現，表明中國小說的現實主義創作方法已發展到了一個新水平。」見氏著：《宋元小說研究》，同註9，頁210。

〔註84〕 陳益源：《元明中篇傳奇小說研究》（臺北：中國文化大學中國文學研究所博士論文，1993年），頁45。

〔註85〕 傅璇琮、蔣寅總主編，張晶主編：《中國古代文學通論——遼金元卷》（瀋陽：遼寧人民出版，2005年5月），頁183～184。

〔註86〕 程毅中指出：「《嬌紅記》以嬌娘和飛紅兩個女性的名字各取一字作為題目，早於《金瓶梅》約二百多年，而其中某些片斷可能也曾給後者提供了借鑑。如妓女丁憐憐要申純去討王嬌娘的舊鞋，嬌娘不肯，就趁嬌娘午睡時偷了她的鞋，又被飛紅拾去，引起了嬌娘的猜疑。這一個情節在《金瓶梅》裡則分化為兩個情節，一是第十二回妓女李桂姐要西門慶剪潘金蓮的一絡頭髮給她，一是第二十八回潘金蓮的鞋被小鐵兒拾去，換給了陳經濟，引起了一場風波。《金瓶梅》的作者曾參考過《嬌紅記》等文言小說，是很有可能的。」

「相愛、波折及大團圓」三個特性〔註88〕。雖然小說《嬌紅記》以悲劇收場，但在「相愛、波折」情節結構仍影響後世甚鉅，可說開啓相關類型故事的風潮，居元代中篇傳奇承上啓下的地位。

2.〈賢妻致貴〉與戲曲《生死恨》

《輟耕錄‧賢妻致貴》（卷4）寫夫妻之情。內容記宋末元初之際，男女主角因戰被擄，進而發生一連串悲歡離合的故事：

> 程公鵬舉，在宋季被虜，於興元板橋張萬戶家爲奴。張以虜到宦家女某氏妻之。既婚之三日，卻竊謂其夫曰：「觀君之才貌，非久在人後者，何不爲去計？而甘心於此乎？」夫疑其試己也，訴於張。張命筆之。越三日，復告曰：「君若去，必可成大器。否則終爲人奴耳。」夫愈疑之，又訴於張。張命出之，遂鬻於市人家。妻臨行，以所穿繡鞋一，易程一履，泣而曰：「期執此相見矣。」

宦家女嫁給鵬舉後，認爲他才貌兼具，勸他逃出另謀前途，卻被鵬舉疑心妻子是主家派來的奸細，一再向主家告發妻子，終使妻子被賣往他處。鵬舉至此徹悟，逃往大宋建立功業。至元世祖朝時，夫妻已分別三十餘年，鵬舉也官拜行省參知政事，因感念妻子而未嘗再娶。之後鵬舉派人拿著鞋履至原地尋訪妻子，順利打探到她的下落：

> 市家云：「此婦到吾家，執作甚勤，遇夜未嘗解衣以寢，每紡織達旦，毅然莫可犯。吾妻異之，視如己女，將半載，以所成布匹償原鬻錙物，乞身爲尼，吾妻施貲以成其志，見居城南某庵中。」所遣人即往尋，見，以曝衣爲由，故遺鞋履在地。尼見之，詢其所從來。曰：「吾主翁程參政使尋其偶耳。」尼出鞋履示之，合。亟拜曰：「主母也。」尼曰：「鞋履復全，吾之願畢矣。」

見氏著：〈《嬌紅記》在小說藝術發展中的歷史價值〉（《許昌師專學報》「社會科學版」，1990年第2期），頁20。

〔註87〕　陳益源詳細比對《嬌紅記》與《金瓶梅》的詩詞，發現其中有部分抄用，有全首轉抄。同註84，頁49～51。

〔註88〕　盧興基認爲，「才子佳人小說在結構上一般由相愛、波折、大團圓三個原型組成。它們的內容大體如下：相愛──由男女雙方的『才』『美』而產生傾心之『情』，由詩詞傳情而私訂終身。波折──小人撥亂其間或家遭不幸而陷身動亂的社會。大團圓──金榜題名，科舉得意，甚至奉旨成婚。」見氏著：〈登峰造極的人情小說〉，收入程毅中編：《神怪情俠的藝術世界：中國古代小說流派漫話》（北京：中共中央黨校出版社，1993年12月），頁235。

作者在此補敘婦人被賣後的經歷，不但堅守貞潔，奮力工作為己贖身，最後甚至出家為尼以明志。三十年後聽聞夫婿顯貴，心滿意足於繡鞋再次成雙，即便知道鵬舉不曾再娶，仍守門不出。之後經過鵬舉再次遣使、具禮、派馬車護送，兩人重為夫婦，攜手偕老。故事沒有隻字片語強調男女情愛，乃著重描寫婦人為成就夫婿而受苦終生，塑造賢貞守節的形象；男子則受激勵而光耀門眉，貴而不忘糟糠，徹底實踐「貴賤不相踰」的精神。二人從一而終，既貞且義的氣節，向為中國人推崇的美德，所以作者所要彰顯的是道德情操，加以故事波瀾起伏緊扣人心，因此歷來評價頗高〔註89〕。故事除被馮夢龍《醒世恒言》衍為〈白玉娘忍苦成夫〉（卷 19）外，董應翰曾據此編作傳奇，惜今已佚失；沈鯨所作傳奇《易鞋紀》（殘本）；近世梅蘭芳編演京劇《生死恨》〔註 90〕（以下稱「梅劇」），則以悲劇收場。由於明代傳奇多為殘本，而梅劇乃本於前述殘本而作的劇本。以下就元代〈賢妻致貴〉之原創小說與「梅劇」作一比較，以明其變。

先以圖表羅列兩篇故事主要情節之異同：

主要情節	篇　　　名	
	〈賢妻致貴〉	「梅劇」
男女主角姓名	程鵬舉、宦家女某氏	程鵬舉、韓玉娘
相識、結婚	因戰亂被賣入富家，富家令二人結婚	同原著； 增加心理描摩——程得知張萬戶要許玉娘時，心想：「可恨那張萬戶把婚姻強訂，幸喜得韓玉娘也是宋民。」
夫妻結識、分離	女主角屢勸夫逃離另謀出路，被賣	同原著
易鞋	妻臨行之前，以所穿一隻繡鞋，換得程鵬舉一隻鞋履	1. 程向玉娘求一物為夫妻團聚之表記，她將僅有的一只耳環送他 2. 程留下一鞋，玉娘含悲拾起 3. 程立誓殺張萬戶報仇

〔註89〕 苗壯指出，「思想內涵豐富，人物形象飽滿。故事情節曲折，藝術上也極為成功。」見氏著：《筆記小說史》（浙江：浙江古籍出版社，1998 年 12 月），頁318。

〔註 90〕 梅蘭芳頒演的《生死恨》，劇本初稿由齊如山改編《易鞋記》傳奇而成。後再由許姬傳修訂，更名《生死恨》。梅蘭芳著、中國戲劇家協會編：《梅蘭芳演出劇本選集》（北京：藝術出版社，1980 年）。本文使用《生死恨》之文本，即出自《梅蘭芳演出劇本選集》，以下不再另註。

女被賣後之處境	紡織達旦，自立贖身	增加玉娘所受磨難
男逃出後之發展	奔歸宋、以蔭補官	附於南宋抗金大將宗澤麾下，殺敵報仇；官居太守
尋妻	遣人攜鞋履，故地尋訪	1.付趙尋耳環、程之舊鞋一隻 2.趙尋遺失包袱，為玉娘拾獲 3.趙打開包袱，玉娘看到鞋履 4.玉娘睹物傷情，因此重病，未能隨趙尋回襄陽城
分離時間	三十餘年	數載
結局	重為夫婦	環履重圓，玉娘一慟而終，夫妻永訣

　　由上表可知，小說〈賢妻致貴〉之女主角雖然沒有姓名，但「宦家女」已勾勒出她的輪廓——知書達禮，忍辱從夫。衍生後來堅忍、無畏，貞節守義的形象，可以說她是沒有姓名的鮮明人物。故事最重要的環節莫過於「易鞋」，梅劇在男主角與妻分離時，被眾人拉開而遺落一鞋，以眼神示意玉娘拾起。這個編排遠勝原著兩人各換一履，更落實最後鞋履成雙。再者，對於夫妻分離的時間，數載也勝過原著的三十餘年。最後結局，原著以喜劇收場，梅劇以悲劇落幕。此與當時（1933 年）正值對日抗有關，梅蘭芳恭逢其時，加上剛結束《抗金兵》之演出，故延其餘波將《生死恨》改為夫妻死別，藉以「刺激一班醉生夢死、苟且偷安的人」〔註91〕，是要表達愛國之情。此一悲劇收場的改寫，渲染力之強，令人難忘，也影響後續電影，如《江山美人》寫李鳳姐死於唐明皇懷中。另外，梅劇將故事附會於南宋抗金大將宗澤之事，也見改作為增加情節精彩度與愛國意識所做出的努力。

3.《錢塘遺事・賈相之虐》與《剪燈新話・綠衣人傳》、《紅梅記》

　　《紅梅記》傳奇為孟稱舜創作，故事曲折離奇，為人稱道。內容寫南宋書生裴禹（字舜卿）與李慧娘、盧昭容兩人的愛情故事。其中關於裴、李二人的描寫，乃裴舜卿乘船遊西湖，權相賈似道的侍妾李慧娘顧盼裴生，而且

〔註91〕 梅蘭芳說：「《生死恨》這個戲的初稿是齊如山根據明代董應翰所寫《易鞋記》傳奇改編的，劇名仍叫《易鞋記》，……感覺冗長落套，就刪節了不必要的場子，並且由大團圓改為悲劇。我們的意思是要通過這個戲來說明被敵人俘虜的悲慘遭遇，借此刺激一班醉生夢死、苟且偷安的人，所以變了大團圓的套子，改名《生死恨》。」梅紹武、梅衛東：《梅蘭芳自述》（臺北：大地出版社，2008 年 12 月），頁 264。

出聲讚揚他的儀表俊美，致賈似道妒意橫生而將她殺害。〔註92〕歷來學者多認為此段情節取材自明人瞿佑的《剪燈新話・綠衣人傳》〔註93〕，但其實這個故事早見於元代《錢塘遺事・賈相之虐》（卷5）：

> 賈似道居西湖之上，嘗倚樓望湖，諸姬皆從。適有二人道妝羽扇，乘小舟由湖登岸，一姬曰：「美哉！二少年！」似道曰：「爾願事之，當令納聘。」姬笑而無言。逾時，令人持一盒，喚諸姬至前，曰：「適為某姬受聘。」啟視之，則姬之頭也，諸姬皆戰慄。

文中的「姬」即是李慧娘，故事表現出賈似道殘暴善妒的一面。試比較〈綠衣人傳〉與〈賈相之虐〉兩篇故事，僅在文字上小有差異，足見瞿佑是抄錄元代《錢塘遺事・賈相之虐》一文。由此可見元代文言小說的題材不僅被白話小說或戲曲所衍，明清的文言小說亦然，只不過遼金元文言小說經常被研究者忽略而無聞。此外，孟稱舜《紅梅記》中關於賈似道兵敗襄陽，在木綿庵被鄭虎臣殺死之事，亦脫化自元代文言小說《山房隨筆》。

其他如《輟耕錄》之〈發宋陵寢〉（卷4），敘述元初楊璉眞珈發掘宋帝陵寢，秀才唐珏、太學生林景熙等乘夜潛埋宋帝遺骨之事，反映當時戰亂之實況。此情節除被《西湖二集・會稽道中義士》（卷26）繁衍傳載外，明代卜世臣《冬青記》與清蔣士銓《冬青樹》戲曲等，均演此事。其中卜世臣之《冬青記》僅剩不及一半的萬曆年間殘本，雖然內容因為嚴守曲律格式，使文句「失於暢達」〔註94〕，但此劇在明代上演時，卻可以吸引上萬觀眾，多人為之泣下。〔註95〕足見林景熙（或唐珏）等百姓冒險偷葬宋帝骨殖之本事感人

〔註92〕《紅梅記》中關於裴禹與李慧娘的故事，在慧娘被賈似道處死後更具曲折。賈相將裴生拘禁於密室，慧娘鬼魂出現與裴生相會，並救出裴生。詳見（明）周朝俊撰、袁宏道評：《紅梅記》（北京：商務印書館；桂林：廣西師範大學出版社，2003年2月《美國哈佛大學哈佛燕京圖書館藏中文善本彙刊》）。

〔註93〕《剪燈新話・綠衣人傳》之內容為：「秋壑一日倚樓閒望，諸姬皆侍，適二人烏巾素服，乘小舟由湖登岸，一姬曰：『美哉，二少年！』秋壑曰：『汝願事之耶？當令納聘。』姬笑而無言。逾時令人捧一盒，呼諸姬至前曰：『適為某姬納聘。』啟視之，則姬之首也。諸姬皆戰慄而退。」（明）瞿佑：《剪燈新話》（臺北：世界書局，1978年3月），卷4，頁46～47。

〔註94〕謝柏梁認為，卜世臣之《冬青記》「劇本在表達上曲律偏嚴，文句反而有失於暢達。」謝柏梁：《中國悲劇文學史》（臺北：國家出版社，2010年7月），頁503～504。

〔註95〕《曲品》：「《冬青》悲憤激烈，誰誚腐儒酸也。……吾友張望侯曰：『檇李屠憲副，於中秋夕，帥家優於虎丘千人石上演此，觀者萬人，多泣下者。』」（明）

至深。另《三朝野史》馬光祖判決書生翻牆私合少女之事，也被衍爲《馬光祖勘風塵》（佚）雜劇；《續夷堅志·京娘墓》（卷 1）寫人鬼戀故事，纏綿有致，被元人彭伯成改編爲《四不知月夜京娘怨》雜劇。諸如這種被改寫成雜劇戲曲的遼金元文言小說相當多，可知其題材對後世的影響。

儘管題材相同，然因不同文體、時代背景，及作者將個人對人生的體悟與經驗融入情節等因素，往往使故事的改作與重寫出現新的闡釋意義，表現迥然不同的旨趣與活力。學者指出，小說戲曲中有些故事代代相傳，反覆被重寫、傳述，成爲「屬於整個民族」的故事。〔註 96〕金元小說影響戲曲的題材，但都不是簡單照搬，而是有所創新、有所發展，新作品與藍本之間不能畫等號，雖屬同一題材，卻有質的不同。概括而言，大致有以下情況：

一是稍加伸展、發揮，於主要情節未見太大改動。如傳奇對於《嬌紅記》的改作，於基本情節、人名，等完全照搬，但是孟稱舜利用戲劇文體之便，加強許多心理描摹，凸顯出男女主角的愛恨掙扎、矛盾衝突。同時，利用直白的賓白，讓故事人物所思所想都攤在陽光下，加男女主角的愛情再三往復的深渲染力。可以說，雖然戲曲的基本情節延續文言小說，卻因爲文體表現方式的差異，使故事烙上時代的印記，展現出新的故事意涵。這一類是古代小說題材被戲曲題承繼較常見的方式，也就是改編者多忠於原作，於人物、情節、主題基本沒有太大變化，然藉由一些細微的變動仍可窺見不同時代的樣貌。

二是借題發揮，大肆鋪陳，使情節起伏跌宕，甚至出現老樹新花的新鮮感受。如「梅劇」對於〈賢妻致貴〉之改寫，雖然「梅劇」基本情節是依據文言小說，然試觀其易鞋一節，使情節安排更爲合理；再者，結局的大逆轉，使故事流露出悲傷的情調，與原著的團圓喜劇已大異其趣。當然「梅劇」在情節中也添油加醋，讓故事增色不少。又如傳奇《紅梅記》將元代原著小說《錢塘遺事·賈相之虐》（卷 5）中居於次要角色、沒有姓名的「姬」，大加改寫成有情有義的「慧娘」，甚至死後化爲鬼女拯救男主角。

綜上所述，金元文言小說對戲曲的影響是在題材方面，而故事在被重寫的過程中，往往因爲改編者個人的才情、身處環境、旨趣的不同，使同一題

呂天成撰、吳書蔭校註：《曲品校註》（北京：中華書局，1990 年 8 月），頁 241。

〔註 96〕董上德稱這種故事爲「集體共享型故事」。詳見氏著：《古代戲曲小說敘事研究》（廣州：廣東高等教育出版社，2007 年 1 月），頁 123。

材出現新的面貌，此可由《嬌紅記》與傳奇、〈賢妻致貴〉與「梅劇」之差異看出來。另外，小說與戲曲兩種文體各擅所長，也各自有其侷限性，影響了改寫的良莠，如有些戲曲為了符合文句嚴格合於曲律的要求時，可能會使語言顯得滯礙不流暢，像《冬青記》敷衍〈發宋陵寢〉的情況便是如此。

二、敘事受戲曲啓發

　　首先，關於句式結構。《湖海新聞夷堅續志・枉死報冤》（前集卷2）寫通判姚孜曾誣陷王虎致死，死者冤魂不散進行復仇。故事有二處值得注意，首先是結構，從姚孜「如發狂與人爭鬥狀，鼻口內皆出血，日夜不睡」寫起；再經由家人請道士救治、道士作法、姚孜被冤鬼附身，說明前因後果。作者利用倒敘、插敘的手法，設下懸念，使小說具懸疑性，吊足讀者胃口。再者，王虎冤鬼以第一人稱具道所以，他說：

> 不是別處冤家，本是舒州桐城縣主簿王虎。……姚孜受財，虛攤欠折正數小麥八十石。是時王虎不知情弊，……王虎在獄，方知陰中其計，無由辨明，因此飲氣身死。……相纏至今，未由解脫。今遇聖力，已得解冤，受記往。

這段話由主角王虎口述，每個小段落開頭言必連名帶姓自稱，好像是在述說他人的事情。這種手法在小說較為少見，反倒是戲曲經常可見人物在場上言必稱自己姓名的橋段，也就是雜劇戲曲通常運用來自報家門、上場詩、旁白及獨白等等的「敘事體」〔註97〕。此外，「冤家」一詞具有「仇敵、情人」之意，較常見於戲曲與明清白話小說，惟在文言小說較為罕見。由上述例子可以看出文言小說敘事與人物語言受戲曲等濡染的痕跡。

　　又如《至正直記・羅太無高節》（卷1）講述宋末宦官羅太無的軼事。小說一開始寫羅太無因為精通醫學、天文、地理，頗受當朝器重。宋亡後，閉門絕客。他的姪兒官拜司徒，權勢極大，他曾去拜謁太無，太無掩門不

〔註97〕 所謂「敘事體」，鄭柏彥歸結眾人之說，表示：「主要指戲曲扮演者只要是脫離劇中人物的身份以敘事者身份介紹劇情的即為『敘事體』」。鄭柏彥：《元雜劇敘事研究》（花蓮：國立東華大學中國語文學系研究所碩士論文，2004年），頁60。換言之，戲曲的人物語言若有接受者，即為代言體，反之，則是敘事體。例如元代《崔府君斷冤家債主》之第四折：「〔正末云〕我老漢張善友一生修善，……卻被土地閻神屈屈勾將去了。……那土地閻神也追的他來與老漢折證。……我老漢便死也得瞑目。」詳見（明）臧懋循輯：《元曲選・第二冊》（臺北：臺灣中華書局，1965～1966年《四部備要》），葉9。

納。姪兒「以首觸局」，上百位隨從驚惶失色。太無在屋內呼喚姪司徒之名，
嘆道：

> 「你阿叔病，要靜坐。你何故只要來惱我，使受得你幾拜，卻要何
> 用！人道你是泰山，我道你是冰山。我常對你說，莫要如此，只不
> 依我阿叔，莫顧我你。你若敬我時，對太后宮裏明白奏，我老且病
> 顏，乞骸骨歸鄉，若放我歸杭州，便是救我。」司徒于是特奏，可
> 其請。……囑其姪司徒曰：「我不可靠你，你亦不可靠勢。」至於再
> 三，乃登車出齊化門，仰視而笑曰：「齊化門從此別矣，我再不復相
> 見你矣。」……

文中多方描寫羅太無的德性，如亡國後拒絕奉召、不畏權勢，當獲准離開京
城時，「以所積金帛玩好，皆散與鄰坊故人無遺，惟存書籍數千部，束於車後
褥上」。突出他視金錢如無物的精神，更舖墊太無高節的形象。值得關注的是
其敘寫手法，文中首段寫羅太無表明心跡之言，極其淺白，語氣恰以元雜劇
中人物上場時自敘的獨白。這種賓白是爲了表現場上角色之內心深處的情
緒，是古代戲曲敘述的特點之一〔註98〕。試觀《宋大將岳飛精忠》第一折：

> （秦檜云）文臣不愛財，武人不怕死，此乃便是忠臣。我掌著大權，
> 好歹官高似你，你怎生小看我也。
>
> 【金盞兒】我比你有何低，你比我有何高？（秦檜云）我乃宋國忠
> 臣豈有順全之意也？（唱）你一箇奸臣賊子無忠孝。（秦檜云）我
> 乃安邦定國之臣，你怎敢毀罵我也。（唱）你可甚安邦定國建功
> 勞。……〔註99〕

這種以我、你爲起首句式的情節，在戲曲雜劇中極爲常見〔註100〕。又若將上
文括號中的人物或演唱者去掉，其句式與前述元代小說的結構頗雷同。或可

〔註98〕 韓麗霞指出，「古代戲曲敘述性的極端表現是場上角色還把自己內心深處非常
　　　隱祕的情緒，也要用陳述性語言當面一一敘述出來。元雜劇中，大段主角的
　　　獨白性演唱即有這樣的特點。」見氏著：〈中國古代戲曲的敘述性特徵〉（《藝
　　　術百家》第4期，2000年），頁79～84+39。
〔註99〕 （元）無名氏：《宋大將岳飛精忠》，收入楊家駱主編：《全元雜劇外編》（臺
　　　北：世界書局，1974年），頁2765～2766。
〔註100〕 這種句式在雜劇中極爲常見，又如（元）無名氏之《凍蘇秦》中的【牧羊關】：
　　　「你比我文學淺，我比你只命運蹇，你苟圖些紫綬金章……我則理會的埋根
　　　千丈。……」詳見（明）臧懋循輯：《元曲選》（臺北：臺灣中華書局，1965
　　　～1966年《四部備要》），葉9。

推知作者孔齊應是受到當時戲曲雜劇的啓發，而寫出該文。這種情形雖然不多，但仍可看出當時戲劇盛行，逐漸影響小說創作的情況。此外，由元代這篇小說中，可見其語言具通俗淺白的特色，應也是受戲曲的影響。

語言通俗化、口頭化是金元戲曲發展的特色之一。明人徐渭指出：「與其文而晦，曷若俗而鄙之易曉」。〔註101〕王國維也認爲，元曲因爲襯字的原故，多用「俗語、自然之聲音形容」，是中國文學的新發展。〔註102〕近人青木正兒更對金元入主中原之後，戲曲爲了迎合蒙古等異族人，不得不「歌舞之要求加盛、曲詞用語鄙俗」等變化。〔註103〕上述說出戲曲之語言口語化的文體自然發展與時代背景因素。顏天佑更進一步指出：

> 雜劇之表達方式爲舞臺演出，鼓笛聲中，唱念科介、貫串而下，自
> 不能如吟詩誦文般細加玩味欣賞。且觀眾又品類駁雜，程度不一，
> 因此通俗淺顯乃其必然之特性。〔註104〕

所言確論。顧及演員演出的流暢度與觀眾程度，所以戲曲敷演小說情節時，多朝向大眾化，所以言語就偏向口語。金元小說的作者身處戲曲盛行的環境，自不免受此影響，使部份篇章的人物語言顯得直白，或是敘事語言相對淺俗。例如《遂昌雜錄》記載某瞿姓鹽官欲捐田於某寺，寺僧不肯接受，他於是挾持該寺小僧，「以田若干頃歸之」。沒想到小僧將田劵呈給老師父，師父竟然大怒，告訴小僧說：「平常山中無田，苦苦也過了。今日欲得田造業耶？」小僧嚇得將田劵還給瞿某。又如《山居新語》（卷2）全篇以淺顯的對話寫名妓曹娥秀與文人的唇槍舌劍之事。（詳見第三章第三節）再如《異聞總

〔註101〕 （明）徐渭：《南詞敘錄》（臺北：新文豐出版公司，1996年《叢書集成三編》），頁209。

〔註102〕 王國維指出，「古代文學之形容事物也，率用古語，其用俗語者絕無。又所用之字數亦不甚多。獨元曲以許用襯字故，故輒以許多俗語，或以自然之聲音形容之。此自古文學上所未有也。」王國維：《宋元戲曲史》（臺北：臺灣商務印書館，2001年5月），頁124。

〔註103〕 青木正兒：「蒙古人之侵入，使歌舞之要求加盛，……中國人士之愛好詞曲，亦日漸加盛，……然客觀中，蒙古人當占有大勢力，其要求固不能輕視者。作者爲滿足自身創作的能力，而使雜劇實質向上，但同時其曲詞用語不可不使之鄙俗，俾新學中國語之蒙古人耳中，亦得略解其意義。此兩者調和之處所產生者，當即爲雜劇之新體。」（日）青木正兒著、王古魯譯著、蔡毅校訂：《中國近世戲曲史》（北京：中華書局，2010年1月），頁49。

〔註104〕 顏天佑：《元雜劇所反映之元代社會》（臺北：華正書局，1984年9月），頁28。

錄》（卷4）寫妾室突然失踪，多日後，出現在家廟，告訴家人說：「翁翁婆婆
喚去。」其他如《輟耕錄・與妓下火文》（卷15）寫道士洪舟谷善長曲調，為
妻室〔註105〕臨終歌唱一曲道：「二十年前我共伊，只因彼此太癡迷。忽然四大
相離後，你是何人我是誰。……且道如何是一筆勾斷。孝順哥終無孝順，逍
遙樂永遂逍遙。」內容極為俚俗、口語。其實，類似這種淺白、口語的例證
散見於本文所列舉的故事中，主要仍是因為金元時代以白話小說與戲曲等通
俗文學流行的影響，導致遼金元文言小說除了保留文言小說典雅的一面，又
有趨向白話口語的篇章。

　　此外，元雜劇大量使用俗語，是中國文學的新發展。〔註106〕遼金元文言
小說也有不少篇章將俗話、諺語放入情節，使故事顯得貼近世俗人情。如《輟
耕錄・雇僕役》（卷7）：

> 許魯齋在中書日，命牙儈雇一僕役，特選一能應對閑禮節者進，卻
> 之，曰：「特欲老實耳。」他日，領一蓬首垢面愚冷之人來，遂用之。
> 儈請問其故，曰：「諺云：『馬騎上等馬，牛用中等牛，人使下等人。』
> 馬上等能致遠，牛中等良善，人下等易馴，若其聰明過我，則我反
> 為所使矣。假如司馬溫公家一僕，三十年止稱君實。秀才蘇子瞻學
> 士來謁，聞而教之。明日，改稱大參相公。公驚問，以實告。公曰：
> 「好一僕，被蘇東坡教壞了，這便是樣子。」

文中許魯齋舉諺語為例，將牛之上中下等類比為人，據此突出僱用僕役的原
則，更凸顯魯齋的謙遜。本篇小說除了人物語言極為口語外，以生活中常用
的俗語作生動的比喻，讓人人都能一聽就懂，使故事顯得通俗有味。其他運
用俗諺的故事，尚如《至正直記・義雁》（卷1）：「雁孤一世，鶴孤三年，鵲
孤一週。」《至正直記・溧陽昏鴉》（卷4）：「山朝不如水朝，水朝不如人朝，

〔註105〕故事雖未說明妻子的名字，但因一開始寫道：「與一妓通，因娶為室」，學者
　　　　據資料研究，認為是指朱簾秀。詳見李修生：〈元代雜劇演員朱帘秀〉，收入
　　　　《戲曲研究》第五輯（北京：文化藝術出社，1982年4月），頁242。朱簾秀
　　　　為元代雜劇名伶，據《輟耕錄》（卷20）稱：「珠簾秀、姓朱氏，姿容姝麗，
　　　　雜劇當今獨步。」《青樓集》稱：「（朱簾秀）雜劇為當今獨步，駕頭、花旦、
　　　　軟末泥等，悉造其妙。」她與元曲當代作家如關漢卿、盧摯等人頗有來往，
　　　　有不少唱酬詞曲。（元）夏庭芝：《新校青樓集》（臺北：世界書局，1978年3
　　　　月），頁6。
〔註106〕關於元雜劇的常言俗語等相關討論，詳見江巨榮：《古代戲曲思想藝術論》（上
　　　　海：學林出版社，1995年12月），頁249～261。

人朝不如鳥朝。」《樂郊私語・繆同知》:「日出而作,日入而息」等等。這種俗諺運用在故事的情況在遼金元文言小說中較前代更爲普遍,也是受戲曲等通俗文學的影響。

中國古典小說和戲曲,在藝術上常見相互借與交流,在題材內容上,有雙向交融彼此轉化的現象。〔註107〕從上述可知,金元文言小說之題材廣爲戲曲所汲取與改寫,而小說受戲曲的影響較少在題材上,反而是在敘事手法或語言方面受到戲曲較多的啓發。

小說與戲曲本就是雙生共榮關係。小說之故事提供戲曲劇本的素材,而戲曲流行不但有助於故事題材的傳播,同時也使小說的敘事手法與語言等等藝術技巧受到啓發。本章闡述遼金元文言小說與前後代志怪小說、神話傳說、民間故事、話本及戲曲等不同形式的文學作品之間的承衍關係。整體而言,金元小說對前後朝的文學作品而言,扮演著接續、創新、居間傳承及啓發後續的角色。尤其對前人之作,重新編排、潤飾、添加現實生活素材,往往流露出宿命前定、果報善惡等宗教色彩。有些則擴大幻想,增加故事後續發展能力,因而部份情節受後世青睞而多所敷衍。此外,拜宋代以後說唱故事的熱潮,激發了聽眾對小說故事的興趣,也刺激小說作者開拓新題材與創作手法,對後世的作品都有激勵作用。

〔註107〕同註73,頁55~77。

第七章 結 論

　　遼金元文言小說在中國浩瀚的小說史上，雖稱不上主流，卻自有其異時代的獨特情味及文學研究價值。在漢族、女眞及蒙古三者彼此激烈征戰所磨擦出的火花中，賦與遼金元文言小說獨特魅力和歷史價值。本論文透過對小說的閱讀及省思，重新考察其類別，發掘特色；同時探討時代的宗教思想，並尋找故事情節及演繹手法之歷史承衍。藉由這種多視角、多面向的論述，企能對遼金元小說有一個較全面又精細的理解與掌握，也彌補歷來對遼金元文言小說研究不足之缺憾。以下由遼金元文言小說之類別、特色及反映之思想等各章節的論述議題回顧中，總結本論文對遼金元小說之研究成果，同時提出其價值與定位。

一、論文回顧

　　歷來研究者對中國古代小說的類別研究，往往以神話傳說、志人、志怪、傳奇、話本等觀點切入。本文不囿於傳統，在綜覽遼金元二千多篇文言小說後，依其題材區分出神靈鬼怪、世俗情態及逸聞軼事三大類別，據此除能具體呈現遼金元時期文言小說之內涵，同時有助於後人掌握此時期文言小說之樣貌。

（一）故事內容

1.神靈鬼怪類

　　主要討論神仙事蹟、奇人異術、鬼魂精魅及動物奇譚，可說是仙界、人界、靈界的繪影繪聲。有修煉成仙的八仙，有人仙邂逅與相戀的瑰麗傳奇。神仙事蹟往往奇幻又神秘，流露出熱愛塵世的情懷；有時又假託遇仙或仙境

以反襯人間疾苦；或暗示仙境的不完美以期勉人們面向現實。有靈丹妙藥、屍解成仙等情節，事涉玄妙，多流露奇詭基調。至於鬼魂精魅，既有作祟為禍的惡鬼、廁鬼，也有人毆鬼致鬼深覺受辱的趣事。冤魂不散的是復仇鬼，無助求援的是善良鬼；而動物草木精靈等既會報恩，也會復仇，有時更顯得兇惡，如孤精、蛇妖及芭蕉精等等，既會幻化為男女迷魅世人，甚至凶猛吞噬被祟者。另外像仙貓洞、斷腸花等奇異的博物體志怪故事，反映出萬物有靈的思想。這些千奇百怪的神鬼精怪故事，寫得活靈活現，常利用對比襯映的手法，表現鬼魅奇異的一面，如搭想像馳騁之舟，行魔幻奇航。

2. 世俗情態類

主要書寫人間風情世態，包括愛戀婚姻與社會正義，反映普羅大眾的情感糾葛、社會公理正義。在愛戀婚姻方面，有相守圓滿的愛情，也有黯然分守的苦情，更有幾經悲歡離合的亂世夫妻故事。貞潔烈女最是人倫典範，因此有婦人投水苦尋夫屍，再雙雙攜手浮出水面的情節。男女負心則是常見題材，有負心違誓致報，也有棄妻遭薄祿之懲。至於人鬼戀，則不脫復生、離魂及幽冥異路等傳統情節。不論是一般的男歡女愛或人鬼、人妖的戀情，除了展現當代的愛情觀外，也在某種程度上，揭示社會動盪及之下，男女對愛情的看法和寄望。至於社會公理正義自來是人心之所向，因此既突出賢明之官，也寫枉法之吏。若人間無法決定之事，就交給天帝去處理，於是有神斷天判的神跡故事。無論是仁吏清官斷案或胥吏枉法、神判等故事，都顯出人民對公平正義的盼望。因此俠義故事的出現便成為社會正義的一環，如為友殺姦的義士、收葬皇室遺骨的義士等俠義故事，可以收彰顯正義或大快人心之效。

3. 逸聞軼事類

遼金元文言小說以逸聞軼事一類的數量最多，內容有朝野秘辛、名人韻事及趣聞瑣記。有記載宋金元的宮庭遺事，既有靖康之難宋二帝北行過程所發生之事；也有金末國政被不同武將把持、你爭我奪的情況；更有元末群雄紛起，政府疲於奔命的窘態。另有帝王、宰輔之逸事，或利用感生神話表現其不凡出身，卻也有寫其貪婪驕恣而敗壞朝政之事。至於談論時政品評人物，也是世人常態，所以聞人韻事類別中載錄當代名人雅士，及后妃之德、雅韻才女等等之逸事，或突出名人個性，抑是表現人物才能，多面向描寫時人的形象與精神風貌。關於趣聞瑣記內容，記敘當時街談巷說、巧言妙語、及各

種機智應答等小故事。這些反映出時人的心理狀態、生活情況及政治態度等等，多無傷大雅，戲而不謔。表現生活情趣，也陶冶生活。

（二）思想與信仰

1.儒釋道三家

（1）反映儒釋道之思想

在儒家思想方面，三綱五常是倫理規範。因此人物描寫著重於是否符合仁孝、禮智及信義等人倫規範，再藉由善惡之報，凸顯倫理道德之功。如趙頤父子仁心救人而子孫貴顯（《遂昌雜錄》）；又如孝子仁慈，獲得灶神護祐（《湖海新聞夷堅續志‧灶神現身》後集卷2）等等。關於夫婦關係、朋友之義等也多是利用善因惡果的情節，彰顯出烈女從夫與守節是綱常之本、忠義與守信是天經地義。足見遼金元文言小說作者藉由題材創作、情節安排及人物塑造等，將儒家的道德觀置入小說中，表現孔子宣揚的五倫精神，也傳達仁義禮智信的處世哲學。所以小說中寫世人之仁與慈、子女之孝與逆、朝臣之忠與奸、夫婦之貞與淫、朋友之信與義，都是要凸顯以儒家倫理道德為核心的價值觀。

在佛教思想方面，主要表現宿緣命定與因果報應。故事將生命中的一切，包括財物、壽命、榮辱、福禍，甚至國祚悉數歸諸於宿世因緣，其中尤以壽命天數的觀念最為常見，於是乎有神鬼無預警地預告死期之事，甚至元朝帝后為了太子之死而哀痛逾恆，也依賴西僧以佛偈開示（《山居新語》卷1）。反映世間不分身份地位，普遍深信萬事自有命定的情況。故事也勸說人們護生、戒殺及行善而積累陰德，並回報予延壽得嗣、富貴顯耀及福蔭子孫等善果。至於忤逆不孝、浪費奢侈、好殺取生及詛神罵天等違背天理倫常的惡行，也將分別招致薄財折福、惡疾纏身，或是死於非命、神鬼懲治，甚至來生受報的惡果。突出善惡必然有報的觀念，教化世人積極行善，以轉禍為福，化凶為吉。

在道家方面，由於金元時期時局紊亂，戰事頻仍，人們在社會動盪不安中較之承平時期更容易遭遇各種生離死別和更多疾疫病苦。對於道家濟世的情懷更能感動，所以小說中經常看到介於人仙之間的道者以各種方式救濟眾生。故事多寫市井小民施小惠，獻茶、施酒及助食等都可以得神人回報。像這樣施以小恩小惠，卻能得到大回報的情節，一方面彰顯道家之仁心善念、

善無大小之分的精神，同時表現道者慷慨濟世的情懷。不過，道人的報償也有所據，必須以忠孝、和順及仁信的倫理道德爲前提，其積極的意義仍在勸人廣爲行善，積累陰德，藉以改變既定的命運。

（2）表現三教思想的合流

金元時代儒釋道三教調合的思潮更爲成熟，所以小說也反映出兼容並蓄的三教思想。如《至正直記‧忠卿陰德》（卷 1）、《續夷堅志‧盜謝王君和》（卷 4）等諸多故事，爲了體現儒家道德倫理與名教綱常，援引佛家因果輪迴、善惡報應及道家的行善積累陰德的思維，反映出三教融合的故事內涵。而《湖海新聞夷堅續志》（後集卷 2）之〈灶神現身〉（〈神授針法〉等故事，則同時表現道家淑世的情懷、佛家濟弱的精神，以及儒家行善積德的觀念，突出三教同歸於善的思想，使仙道故事的思想內涵更加豐富而多姿。另外，三教合流思想不僅表現在義理相互援引，還表現在人物的塑造上，有儒者轉爲禮佛、修道，抑有僧道人士投胎轉世好尚富貴功名之事。又有科儀、法術等相混，表現佛道二教的互滲，如《湖海新聞夷堅續志》（後集卷 2）之〈荐拔亡卒〉、〈幻僧煮海〉及《席上腐談》等故事即是此類。值得注意的是，不管小說如何地表現佛道的哲學意識或審美情趣，終究必須符合儒家傳統倫理道德。

2. 民間信仰

遼金元文言小說承續先民對天地大自然鬼神萬靈的原始宗教信仰，所記相形多姿。有記對山川、風火、雷雨等大自然的崇信，也有包括龍、虎及老樹等動植物的崇拜。再者，關於敬奉祖先與鬼魂迷信，除表現出對祖先的崇敬外，也預示鬼神的意志，抑是蘊含命運的樞機，充滿對鬼靈的虔信和敬畏。另人間的帝王、聖哲英雄也成爲神人的標誌。這些神祇有一個重要概念，即祂們雖會降災禍，但大多是護善、懲惡者。如雷神在故事中，既可以公平分田，又可以除妖，也可以誅滅不孝。其中寫誅擊不孝的故事，顯然是以果報思惟凸顯冥冥中自有報應。其他自然之神、動植物之神的故事，也透露出這種觀念，可以說遼金元文言小說的民間神祇之書寫模式，多是寄寓倫理道德觀及思想教化於其中。小說作者將民間信仰中諸多的迷信轉化爲小說元素，虛構情節，有些甚至荒誕不經，但其中多蘊含時人對超自然神秘經驗的看法與想像，同時反映出民間社會希望祈求神明賜福、保護及避禍的集體意識，以及種種社會文化現象。

3. 術數迷信

術數信仰是一種預示的迷信，一直存在中國社會，尤其金元之際正值亂世，人們在無助的情況下，更熱中於術數活動，藉以撫慰心靈。舉凡占象、占卜、占夢、算命、看相、風水及歌謠讖語等時常出現在生活週遭的術數活動，經常被寫入故事之中。如描寫彗星出現，就結合天災地變、人命殞落；出現動植物異常，即視為吉凶之先兆；重視勘輿風水，是關乎財富命祿與子孫福澤。可以說先民透過這些自然界或人為的異象中尋找徵兆、數理及解釋，以此解析天地運行、人事變化，尋求趨吉避凶與安然立命之道。這些徵兆的象徵意義經過長時間積累，潛移默化，已成為人們認知的一部份，作者利用這些已成為共識的象徵意義作為隱喻，設置懸念，使故事經常流露出神祕性，及萬事命定、因果報應之思，凸顯天理昭彰、報應不爽的道理。

綜上，小說反映出時代的思想、信仰及迷信，而這些思惟崇信同時豐富小說的內涵與情節，有些甚至成為小說結構不可或缺的一部份。像是藉因果輪迴、善惡報應的思維和結構，彰顯倫理道德，勸世人為善；或是利用宿緣命定埋下伏筆；抑是以各種占卜、相術及堪輿等預示手法，預示吉凶福禍、鋪陳故事情節。小說作者將這些思想化為藝術構思與想像的手段，增添小說的內涵，豐富小說的趣味與魅力。

（三）小說之特色

1. 寄寓鼎革易代之悲歌

遼金元文言小說除了書寫神鬼、人間情態和生活雜趣外，最大特色無遺是實錄了那個戰爭兵禍時代的凌亂身影。在你爭我奪的鼎革之際，天災地變接二連三，小說中蝗害、乾旱、水禍交替，導致百姓飽受饑荒之苦。天災之外，人禍驚擾，南宋金國及元朝三國相爭，兵荒馬亂，更多是軍隊對異族的暴行與掠殺。在國內方面，面臨內亂紛擾，導致政局紊亂、吏治混濁及盜賊四起，人民生活苦不堪言。小說作者將這些寫入故事中，顯出那個時代的戰爭血淚與歷史。更甚者，上層權貴重享樂，弛朝政，加賦稅，刮民膏，加上刑罰不公，社會怨聲載道。另外，中國王朝每有鼎革，政權輪轉總在漢族之間，然金元時期分別被女真與蒙古族侵入，從此展開一個異民族馳騁中原的異樣時代。社會上種族不平等，階級壁壘分明，亂世之臣各有其志，黎民百姓各自悲苦。可以說，遼金元文言小說記錄了那個亂世的實際面貌與大時代的浮生悲歌。

2. 表現繽紛之民俗文化

金元文言小說也記述了那個時代因多種族混合、交融而產生的多元民俗文化，展現各種民生文化、科舉政經、風俗民情等面貌。如記金代將帥酷愛打球（《歸潛志》卷 6）、社會普遍尚好角抵戲，連官員都於餘暇時練習（《庶齋老學叢談》卷4）。又有政府舉辦「快行」的長跑活動（《輟耕錄·貴由赤》卷 1），民眾又偏好鬥雞、鬥鳥的賭博遊戲等等，表現當時社會多元的娛樂活動。又如文人喜歡在宴會場合以酒爲戲，大家以詩詞、聯語等輪流接續令語，表現最差者必須飲酒以示處罰；又或者是猜謎、作對等雅事，增添宴席間的氣氛。另外，金元時期雜劇戲曲興盛，是民眾普遍的藝文活動，如當代名士如廉希憲、盧摯及趙孟頫等人一起飲酒作樂，請名姬解語花現場表演元好問所作的《驟雨打新荷》曲，令滿座爲之傾倒。（《輟耕錄·萬柳堂》卷9）又有翰林學士王元鼎不惜殺馬爲紅顏解饞之事。故事表現當時文人的交往、生活雅好及與歌妓的風流韻事。當然，小說家也不會忘記藉筆諷刺民生弊病，所以有不少記伶優對人事物的嘲弄，如利用史彌遠的名字之雙關語，譏嘲他身爲一國之相，卻收賂賣官。（《古杭雜記》）又有伶人取笑韓侂胄一夜鬚髮俱白是煩惱自取，藉以彰顯他對金國的戰事勝少敗多的無能。（《湖海新聞夷堅續志·煩惱自取》前集卷 1）另外，對於時人的書畫、雕刻等藝術成就，也不吝於筆墨，如蘇文換肉的典故、趙秉文稱求字者都是「吾兒」的笑話；也描寫藝術家的努力與付出，突出心無旁騖、專心致志的成功之道。又有記元代大家高克恭、趙孟頫、虞集等三個不同種族的名畫家一起作畫的雅事，表現族群融合的一面。（《輟耕綠·詩畫題三絕》另有記個性狂狷的僧人溫日觀擅畫、不畏權貴及憎惡發掘宋陵的番僧之故事。（《遂昌雜錄》）可以說金元文言小說表現出既承繼漢族的民俗文化，又呈現漢族、女眞及蒙古等多個民族所組成的社會風尚，及文化藝術面貌。

3. 寫實與通俗的時代特徵

遼金元文言小說承繼宋朝以來記實的小說創作觀，加上受通俗文學影響，使此時期的文學風格與特質偏向於寫實與通俗。由於強調實錄精神，爲了證明故事的眞實性，經常詳細交待時間、地點及傳述人，以示有據。如《輟耕錄·葛大哥》（卷9）、《續夷堅志·劉致君見異人》（卷 3）等故事，內容涉及妖異與仙道之事，雖虛幻無稽，卻又都有見證人，以示信實。另刻畫人物也著重眞實性，如《輟耕錄·河南王》（卷 15）以不尚雕飾的手法，從生活瑣

事表現河南王的器量，雖然人物不見得豐滿，卻表現真實生命的精神風貌。而《山居新語》（卷 4）寫阿憐帖木兒與李景略、《庶齋老學叢談》（卷 4）寫趙清獻之事，則運用皮裡陽秋的手法，寄寓褒貶，使故事具含蓄雋永的美感，表現出簡潔素樸的藝術性。

　　在趨於通俗方面，作者在尋常巷陌間尋找題材，既寫市井生活，又突出世俗人情；更寫出舉目可見的戰亂、生離死別及慘絕人寰之事，使小說成為戰爭殘酷場景中的縮影，為受苦的百姓發出無聲的控訴。而這些故事中主角的身份經常只是農民、商人及小兵等沒沒無聞的升斗小民者，卻躍升為小說主角，是小說通俗化的結果。另外，遼金元文言小說雖有如《續夷堅志·京娘墓》（卷 1）、《平江紀事·蓮塘美姬》等辭藻華美之作，但多數在敘事與人物語言則在雅俗之間，甚至趨向淺白、通俗及口語。因此，可以說此時期文言小說內容較唐宋更貼近社會生活，描繪更多人情世態，表現出更深入的社會文化。這個特徵被明代以後的小說承繼與發揚，因而在清代出現如《紅樓夢》等成熟的世情小說。

　　綜上，在這個大動亂時代裏，整個遼金元時空所匯織的是一個由漢族、女真及蒙古三個民族交雜融混的時代，彼此爭戰、但也彼此融合。在那樣一個大熔爐淬練的時代中、在慘烈戰爭的洗禮和民族風俗交雜濡染中，焠鍊出一種獨特多元文化交融的時代光華，表現在社會文化、政經商貿和風俗民情中。在這裏，承平時期金元時代人們的食衣住行、文藝與工藝成就、娛樂活動等民生活動的片羽浮光被記錄下來。此外，科舉、經濟、商貿等政經商貿文化中的各種現象和奇趣實況呈現，尤其海上經貿的記載更揭示宋金及元代在水陸運輸交通的便捷，因而帶來許多海貿經商過程中的奇事逸聞。至於一般市民的歲時節日、婚嫁、喪葬等人生儀禮及各種生活細節的繪寫，使當時人的生活面貌得以寫實呈現。

二、遼金元小說之價值及定位

（一）遼金元小說之價值

1.故事題材，承先啟後

　　遼金元文言小說也許多數篇章的文彩、幻設等手法不及前後代小說，卻蘊藏著豐富的文學價值。在題材方面，有對古代神話傳說與前朝文言小說的承繼，如蠶神、李寄斬蛇等；又有與民間故事相互交融，如聶以道斷拾金案

等民間題材，既是承繼，也有重編或改寫。至於與話本、戲曲的相互融通則更為紛呈，許多故事被三言二拍與《西湖二集》等白話小說所汲取或改寫，其中《輟耕錄・賢妻致貴》（卷4）、《錢塘遺事・賈相之虐》（卷5）及《嬌紅記》等篇章更因題材獨特，被後世衍繹而成為耳熟能詳的故事。

由於題材居於承繼地位，對於研究故事流變有相當的價值。例如梁山伯與祝英臺故事，由於流傳時間長，情節幾度變易，過去梁祝故事的「復生」情節被認為發生在明代，但元人小說《誠齋雜記》卻已載錄梁、祝兩人復生、團圓的故事類型。此可將梁祝故事之「死而復生」類型出現的時間再往前推移至元、明之交。由此可知，遼金元文言小說是研究故事流變的寶庫。尤其尚有許多罕為人知的篇章，或許仍埋藏著知名故事之不同的情節單元，有待研究者進一步發掘。

整體來說，遼金元文言小說的題材十分多樣，不論是承繼自前朝或創新之作，都成為後世小說、戲曲的素材，被後人不斷改作，成為後世小說、戲曲的名篇佳作。因此，遼金元文言小說之承先啟後地位，不言而喻。

2. 形式結構，開創新局

遼金元文言小說在敘事、創作手法等形式結構自有承繼與創新的一面。以傳奇小說《嬌紅記》為例，故事情節波瀾起伏，人物描摹生動鮮明，影響後世愛情戲曲與小說甚鉅。如篇中使用大量詩詞的形式、男女主角的愛情曲折的情節結構等等，都被後世小說仿效。可以說《嬌紅記》開啟中長篇傳奇小說寫作的風潮，後世傳奇如明代《賈雲華還魂記》、《鍾情麗集》、《劉生覓蓮記》等描寫男女曲折的愛情故事多沿其波，甚至《金瓶梅》在情節與詩詞等方面都受其影響（詳見本文第二章與第六章第三節）。另外，《嬌紅記》採用現實主義的創作手法，引領傳奇小說從浪漫幻境走入世俗生活，是傳奇小說發展的新里程碑。足見《嬌紅記》在傳奇小說發展史上，不僅承繼唐宋傳奇，內容與形式更是有其開拓與創新之處，其文學地位自不待言。

另有體裁方面的創新。如《春夢錄》是鄭禧所作自述戀愛經歷的傳奇小說，先使用自序，又通篇以詩詞串連，為詩體（或詩文）小說的先聲，啟發明清才子佳人以詩詞串連情節、刻畫人物、增添文采的作用。又如《平江紀事》之〈蓮塘美姬〉、〈張三郎〉等故事，也對明人通俗傳奇多所影響。其實，金元時期的傳奇小說數量雖然不多，但是多具描寫細膩、筆法通俗的特色，對於後世傳奇具有啟發的意義。

此外，本文第六章討論遼金元文言小說與通俗文學的交互影響，其中文言小說受白話小說、戲曲等啟發，將口語、俗諺等運用於敘述與人物語言，使情節生動活潑，人物形象鮮明。如《續夷堅志·狐鋸樹》（卷 2）中的狐妖以文白交雜的語言欺騙獵人；《輟耕錄·雇僕役》（卷7）利用諺語將牛之上中下等類比為人，據此突出僱用僕役的原則，使故事通俗而貼近人情。至於以對話刻劃人物的藝術手法，亦在《至正直記·松雪遺事》、《山居新語》（卷2）等篇章可見其成熟的運用。前述之創作技法的演變，是具有時代性的融合與創新，是遼金元文言小說在體裁與藝術上的貢獻。可以說，遼金元文言小說為明清文言小說的進步與發展，作出了良好的準備與鋪墊。

3. 資料豐富，史料價值

文學反映社會時代。遼金元文言小說以描寫歷史瑣聞與人物言行的軼事類型故事最為發達，所以蘊含豐富的文獻資料。其中載錄名人逸聞者，如《焚椒錄》是遼代罕見的文言小說，既揭露遼朝皇后被害的宮庭秘辛，也詳實的保留她的詩作，此未見於其他史書，所以具有文、史價值。又如《歸潛志》，作者以明快的筆法描寫趙秉文、李純甫等歷史人物，在金代史料普遍不豐的情況下，可以作為人物傳記的參考。另外，是書廣泛載錄金代朝政、戰事，如胡沙虎弒君，後又為朮虎高琪所殺的政變之事（卷10）；金末崔立政變，導致金亡國等等事件，除多方凸顯金末亂世，更能提供研究者參酌之用。就像作者劉祁所說：「獨念昔所與交遊，皆一代偉人，人雖物故，其言論、談笑，想之猶在目。且其所聞所見可以勸戒規鑑者，不可使湮沒無傳，因暇日記憶，隨得隨書。」（《歸潛志·序》）可見是書除了載錄劉祁親身見聞外，也加入個人的思考與批評意見，是具有小說的虛構性。若就史學的眼光來看，這不是茶餘酒後的閒書〔註1〕，而是一部反映以女真族為主體的金朝小說，更具有民族文化融合的軌跡。因此，同樣具有極高的文學與史學價值。

再如《山房隨筆》一書多記宋末元初之人事物，其中記載賈似道在木綿庵被鄭虎臣縊殺一事，「敘述始末，亦比他書為最詳」〔註2〕，可作為研究宋

〔註1〕 王明蓀：〈歷史瑣聞——談金代的《歸潛志》〉，收入於幼獅文化編輯部主編：《中國古典文學學世界——小說與戲劇》（臺北：幼獅文化事業公司，1990年6月），頁38。

〔註2〕 《四庫全書總目》：「（《山房隨筆》）於賈似道事尤再三深著其罪，於鄭虎臣木綿巷事，敘述始末，亦比他書為最詳。」（清）永瑢等撰：《四庫全書總目》（北京：中華書局，2003年8月），卷141，頁1202。

史或賈似道故事研究之參酌。又《輟耕錄·金鼇山》（卷 7）一篇寫宋徽宗與欽宗被金國擄至北方時，曾因故登金鼇山，但《宋史》僅載二宮「禦舟幸章安鎮」，卻不見金鼇山之事。此同樣可補正史之不足，或佐證史籍的載錄。這種例證在《輟耕錄》中不勝枚舉。其他如《續夷堅志》載有作者元好問為當代名人所寫的碑志序記，雖然內容或涉奇詭神異之事，相關資料仍可作為研究當朝人物的參考資料。可以說遼金元文言小說作者以記史的心態，將耳聞目見之事化用於小說之中，不論是王公將相之功業或是名人雅士之趣事，抑或是以逸聞遺事，雖然會因為旨趣不同而添加玄奇幻妙情節，卻能補史料之不足、簡略及疏漏，具有珍貴的史料價值。

又有民俗學的史料。如《輟耕錄·嘲回回》（卷 28）記載回回族人不禁制堂兄弟姊妹結婚的習俗，這種特殊婚俗可作為研究異族婚俗的重要史料。又《湖海新聞夷堅續志》之〈神救產蛇〉（後集卷 2）寫陳靖姑救產之事，是福州古田地區陳夫人事蹟最早的文獻記載；同卷〈魯般造石橋〉寫張果老騎驢過趙州橋與魯班鬥法；〈仙嫗療贅〉（後集卷 1）寫葛洪之妻鮑姑化為老嫗傳授世人針灸醫術以濟世。這些故事可分別作為研究陳靖姑、八仙及工匠之神魯班等道教神仙信仰的研究參考資料。諸如這種民俗資料，在遼金元文言小說中不在少數，有待更深入爬梳與整理。

尚有醫學文獻，如《湖海新聞夷堅續志·醫論三焦》（補遺）寫醫者因為群乞相臠刈而食，有「皮肉盡而骨脈全者」，清楚而詳實地寫出「三焦」之所在。同書（後集卷 2）之〈肉瘤有虱〉、〈病噎吐蛇〉及〈皮中有蛇〉等篇章，都有中醫草藥與針灸等相關記載。其他如《續夷堅志》之〈救勳死〉、〈背疽方〉，以及《至正直記·上虞陳仁壽》（卷 4）中有主角因為酒色過度致病的詳細病症等等，都足以為醫學方面的資料。又有藝術文化方面的史料（詳見本文第四章第二節），故事記載許多雕刻、繪畫及書法等名人掌故，保留當代的工藝技巧，可資藝術文化史的研究之資取。

綜上，遼金元文言小說在故事題材既有承繼前朝、啟發後世，更有獨特故事被後世小說、戲曲敷衍。在形式結構方面，也有像的《嬌紅記》與《春夢錄》這類具開創性的通俗性傳奇小說。至於敘事與人物語言，在融通文言與白話上作出了貢獻，使情節生動活潑，人物形象鮮明，啟發明清文言小說的一波高潮。因此，遼金元文言小說雖然藝術成就參差不齊，實居樞紐地位。另外，小說中記載有關的風俗民情，人情世態及聞人軼事等豐富材料，是研

究文學、民俗文化及藝術史的珍貴資料，具有相當的史料價值。

（二）遼金元小說之定位

1. 文獻散佚，導致難以窺得全貌

遼金元時期由於鼎革易代迅速，兵荒馬亂致文獻毀佚。據明代《少室山房筆叢》記載：宋元之際的文言小說散失情況嚴重，〔註3〕現今所見數量相對於同時期其他文體包括詩歌、白話小說等等，明顯少了許多，致難以窺得當代小說發展之全貌。例如傳奇小說《嬌紅記》爲後世稱揚，且居於傳奇發展的關鍵地位，而《春夢錄》爲詩體小說之先驅，是否還有其他類似作品毀於兵燹之中？期望未來有更多文獻資料被發現，或是相關文物出土，以便更多研究者投入遼金元文言小說研究，甚至還其在小說史上應有的地位。

2. 創意不足，整體之藝術性平庸

受史傳文學的影響，古代文言小說經常被譏評想像力不足之弊。遼金元文言小說講究實錄精神，突出記實描述、少虛構的創作觀。如《歸潛志》（卷9）寫眾人爭相向趙秉文求字之事，表現閑閑公宅心仁厚、落拓不羈的形象，及眾求字者爲取得其字，處心積慮的百態。小說以客觀、記實的筆法簡約地勾勒出人物風貌，表現出人物的眞實感。像這樣以清晰的單線結構，不誇飾，不曲筆描寫人物的故事散見於各書，但畢竟占金元小說整體的少數，多數篇章仍有過於平實、不易表現人物傳神寫意的神態，及情景造極的幻設美感。因此，削弱人物與故事的渲染力，及小說用以娛情的審美情趣，因而使小說的藝術性相對薄弱。

此外，文以載道，文學本來就具有社會功能與文化意義。遼金元文言小說同樣注重小說的教化功能，許多作者在故事中寄寓思想意識、文化觀念及道德判斷，是有意識地發揮小說的社會文化功能。如《湖海新聞夷堅續志‧九眞廟泉異》（後集卷 2）寫九眞廟「貪泉」的靈性，同時抨擊「具錢投井」的陋俗。故事適時地藉著載錄現實社會之事，凸顯傳統倫理道德，並諷刺與處罰那些違逆者，進而達到勸喻世人，弘揚風教。然許多篇章過於強調小說

〔註 3〕　（明）胡應麟：「宋人諸說，雖間載《百川學海》諸家彙刻，及單行《夷堅》、《程史》之類，盛於唐前，然曾氏、陶二書（指曾慥《類說》、陶宗儀《說郛》），輯類各近千家，今所存十不二三矣。」見氏著：《少室山房筆叢‧九流緒論下》（臺北：臺灣商務印書館，1983～1986 年《景印文淵閣四庫全書》），卷13，頁 886～306。

的警世功能，使人物善惡灼然分明，情節牽強附會於因果報應，有時甚至作者不由分說地突然跳出來殷殷教誨一番，使故事旨趣流於說教、訓斥。如《續夷堅志·人生尾》（卷1）寫王博不孝致有神人「送尾」之報，本是奇聞異事，卻由於王的尾巴一旦被人盯看，痛養則稍減的詭譎情節，表現出不孝致報的旨趣。又如其他教忠教孝、褒揚烈女、貶抑人性的篇章更是所在多有，雖然達到警世的目的，卻降低了故事的趣味與感染力。有學者說：「中國小說，跟歐洲中古的聖徒一樣，認為生命裏蘊藏著無窮的奇蹟。在我們世故的眼前，這些奇蹟，尤其是當它們的描寫僅為了證明虔信佛道和儒家德行的神效時，顯得索然寡味。」〔註4〕是的，遼金元小說確實不少篇章有此現象。揆其原因，或與是當時國事不振、社會離亂有關；在深信儒家傳統綱常可以救危圖存之下，作者企圖以道德思想懲治時病，也才讓小說流出露濃厚的說教訓示、勸誡教化的意味，致有損小說的藝術價值。

綜上，遼金元文言小說儘管多缺乏虛構幻設與創作技法，然所記卻可見先輩之風流，也保留社會文化之面貌，多可補正史、掌故之闕。雖然整體的藝術性相對薄弱，但仍不影響其位居承繼的重要地位。

小說是時代的樂音，用文字唱出的是一個時代之所以異於另一個時代的天籟，遼金元時代是個兵禍災難與漫天烽火交織的時代，天變地換的轉移中，人在其中求生求變，用一己微小的生命去承受；而在承平時期，則有其日常的社會生活、政經商貿和風俗民情、生死儀禮要追求要遵循，這一些都可以由小說或詳實描寫、或奇詭筆觸中一窺究竟。

〔註4〕夏志清：〈中國古典小說導論〉，收入劉世德編：《中國古代小說研究——臺灣香港論文選輯》（上海：上海古籍出版社，1983年5月），頁18。

引用文獻

凡例

分以下六部分，除小說原著與輯刊及網路資料外，餘均依書名筆劃排列：

· 小說原著與輯刊：羅列研究文本之原著與輯刊；

· 古籍：包括今人輯錄、點校成果；

· 專著：今人之著作；

· 碩、博士論文；

· 單篇論文；

· 網路資料。

一、小說原著與輯錄

1. 《焚椒錄》，（遼）王鼎著，臺北：藝文印書館，1965 年。

2. 《續夷堅志》，（金）元好問著，常振國、金心點校，中華書局，2006 年9 月。

3. 《歸潛志》，（金）劉祁著，清光緒壬午，嶺南芸林仙館刊本，1882 年。

4. 《三朝野史》，（元）吳來著，成都：巴蜀書社，1993 年。

5. 《工獄》，（元）宋本著，收入程毅中編：《古體小說鈔·宋元卷》，北京：中華書局，1995 年11 月。

6. 《山居新語》，（元）楊瑀著、李夢生校點，上海：上海古籍出版社，2007 年。

7. 《山房隨筆》，（元）蔣子正著、徐時儀校，上海：上海古籍出版社，2007 年。

8. 《古杭雜記》，（元）李有著，成都：四川大學出版社，2007 年。

9. 《平江紀事》，（元）高德基，臺北：藝文印書館，1968 年。

10. 《玉堂嘉話》，（元）王惲著、楊曉春點校，北京：中華書局，2006 年。

11. 《江湖紀聞》，（元）郭霄鳳著，北京：北京圖書館出版社，2005 年 9 月。

12. 《至正直記》，（元）孔齊著；莊葳、郭群一校點，上海：上海古籍出版社，2007 年。

13. 《吳中舊事》，（元）陸友著，成都：四川大學出版社，2007 年。

14. 《拊掌錄》，（元）䍦然子著，臺北：藝文印書館，1966 年。

15. 《南村輟耕錄》，（元）陶宗儀著，北京：中華書局，2008 年。

16. 《春夢錄》，（元）鄭禧著，收入程毅中編：《古體小說鈔·宋元卷》，北京：中華書局，1995 年 11 月。

17. 《席上腐談》，（元）俞琰著，臺北：藝文印書館，1965 年。

18. 《姚月華小傳》，（元）無名氏著，收入程毅中編：《古體小說鈔·宋元卷》，北京：中華書局，1995 年 11 月。

19. 《庶齋老學叢談》，（元）盛如梓著，臺北：藝文印書館，1967 年。

20. 《閒居錄》，（元）吾丘衍著，（1922）上海涵芬樓影印本。

21. 《異聞總錄》，（元）無名氏著，臺北：藝文印書館，1966 年。

22. 《瑯嬛記》，（元）伊世珍著，上海涵芬樓影印本。

23. 《紫竹小傳》，（元）無名氏著，收入程毅中編：《古體小說鈔·宋元卷》，北京：中華書局，1995 年 11 月。

24. 《湖海新聞夷堅續志》，（元）無名氏著，常振國、金心點校，北京：中華書局，2006 年 9 月。

25. 《硯北雜志》，（元）陸友著，臺北：新興書局，1978 年。

26. 《遂昌雜錄》，（元）鄭元祐著，臺北：新興書局，1983 年。

27. 《雋永錄》，（元）無名氏著，上海商務印書館排印本，1927 年。

28. 《萬柳溪邊舊話》，（元）尤玘著，臺北：藝文印書館，1967 年。

29. 《綠窗紀事》，（元）無名氏著，收入佚名編：《說集》，明鈔本。

30. 《誠齋雜記》，（元）林坤著，臺北：新興書局，1983 年。

31. 《稗史》，（元）仇遠著，臺北：藝文印書館，1971 年。

32. 《廣客談》，（元）不著撰人，臺北：藝文印書館，1966 年。

33. 《嬌紅記》，（元）宋遠著，收入程毅中編：《古體小說鈔·宋元卷》，北京：中華書局，1995 年 11 月。

34. 《樂郊私語》，（元）姚桐壽著，臺北：藝文印書館，1965 年。

35. 《錢塘遺事》，（元）劉一清著，臺北：新興書局，1983 年。

36. 《冀越集記》，（元）熊太谷著，上海古籍出版社，2002 年。

37. 《隨隱漫錄》，（元）陳世崇著，臺北：藝文印書館，1966 年。

38. 《龍會蘭池錄》，佚名著，收入（明）吳敬所編輯：《國色天香》，上海：上海古籍出版社，1990 年 8 月。

二、古籍

1. 《十三經注疏》，（清）阮元校勘，臺北：藝文印書館，2007 年 8 月。

2. 《三五歷記》，（三國吳）徐整著，清光緒九年（1883），長沙娜嬛館補校刊本。

3. 《三國志》，（晉）陳壽著，臺北：鼎文書局，1990 年 2 月。

4. 《三朝北盟會編》，（宋）徐夢莘，上海：上海古籍出版社，1987 年。

5. 《三輔黃圖》，（六朝）不著撰人，臺北：臺灣商務印書館，1981 年《四部叢刊廣編》。

6. 《大金集禮》，（金）不著撰人，臺北：臺灣商務印書館，1983～1986 年《景印文淵閣四庫全書》。

7. 《女誡》，（漢）班昭著，收入（元）陶宗儀編：《說郛》，臺北：臺灣商務印書館，1983～1986 年《景印文淵閣四庫全書》。

8. 《山海經》，（晉）郭璞傳，臺北：臺灣商務印書館，1979 年《四部叢刊正編》。

9. 《山堂肆考》，（明）彭大翼著，臺北：臺灣商務印書館，1983 年。

10. 《廿二史札記》，（清）趙翼著，臺北：世界書局，1988 年 4 月。

11. 《日知錄》，（清）顧炎武著，臺北：臺灣商務印書館，1965 年《萬有文庫薈要》。

12. 《中州集》，（金）元好問著，臺北：臺灣商務印書館，1979 年《四部叢刊正編》。

13. 《五雜俎》，（明）謝肇淛著，臺北：新興書局，1975 年《筆記小說大觀》。

14. 《元史類編》，（清）邵遠平著，臺北：文海書局，1984 年。

15. 《元史》，（明）宋濂著，臺北：鼎文書局，1986 年 3 月。

16. 《文文山全集》，（宋）文天祥著，臺北：臺灣商務印書館，1983 年《萬有文庫簡編》。

17. 《文選》，（梁）蕭統編、唐李善注，臺北：五南圖書出版有限公司，1994 年 10 月。

18. 《勿軒集》，（宋）熊禾著，臺北：臺灣商務印書館，1983～1986 年《景印文淵閣四庫全書》。

19. 《太上感應篇彙編》,（宋）李昌齡著、（清）黃正元注,臺北:揚善雜誌社,1977 年。

20. 《太平經注譯》,（漢）不著撰人、羅熾主編,重慶:西南師範大學出版社,1996 年。

21. 《太平廣記》,（宋）李昉等編、汪紹楹點校,臺北:文史哲出版社,1981 年 11 月。

22. 《太平御覽》,（宋）李昉等奉敕撰,臺北:臺灣商務印書館,1992 年 1 月。

23. 《少室山房筆叢》,（明）胡應麟著,臺北:臺灣商務印書館,1983～1986 年《景印文淵閣四庫全書》。

24. 《文獻通考》,（元）馬端臨著,北京:中華書局,2011 年。

25. 《心史》,（宋）鄭思肖著,臺北:新文豐出版公司,1989 年《叢書集成續編》。

26. 《世說新語校箋》,（南朝宋）劉義慶撰、徐震堮校注,臺北:文史哲出版社,1985 年 7 月。

27. 《四庫全書總目》,（清）永瑢等撰,北京:中華書局,2003 年。

28. 《四庫提要辨證》,余嘉錫著,北京:新華書局,1958 年 10 月。

29. 《玉燭寶典》,（隋）杜臺卿著,收入鍾肇鵬編:《古籍叢殘彙編》,北京:北京圖書館,2001 年 11 月。

30. 《古今小說》,（明）綠天館主人著,上海:上海古籍出版社,2002 年。

31. 《史記》,（漢）司馬遷著,臺北:七略出版社,1985 年。

32. 《史通通釋》,（唐）劉知幾著、（清）浦起龍釋,臺北:里仁書局,1980 年 9 月。

33. 《四明圖經》,（宋）張津等著,臺北:大化書局,1980 年。

34. 《白虎通》,（漢）班固著,臺北:臺灣商務印書館,1965～1966 年《叢書集成簡編》。

35. 《北戶錄》,（唐）段公路纂、（唐）崔龜圖注,臺北:新文豐出版公司,1985 年《叢書集成新編》。

36. 《弘明集》,（南朝梁）僧祐編纂、吳遠釋譯,臺北:佛光山宗務委員會,1998 年。

37. 《全宋詞》,唐圭璋編,臺北:文光出版社,1983 年 1 月。

38. 《全唐文》,（清）董誥等編,北京:中華書局,1983 年 11 月。

39. 《全唐五代詞》,張璋、黃畬編,臺北:文史哲出版社,1986 年 10 月。

40. 《全唐詩》,清聖祖御定,臺北:文史哲出版社,1978 年 12 月。

41. 《成實論》,（姚秦）釋鳩摩羅什譯,北京:北京圖書館出版社,2008 年

1 月《趙城金藏》。

42. 《列仙全傳》，（明）王世貞輯、汪雲鵬補，北京：中華書局，1961 年。

43. 《列異傳》，（魏）曹丕撰，收入魯迅校錄：《古小說鉤沉》，濟南：齊魯書社，1997 年 11 月。

44. 《夷堅志》，（宋）洪邁著，日本：中文出版社，1975 年。

45. 《西湖二集》，（明）周楫纂、陳美林校注，臺北：三民書局，1998 年 7 月。

46. 《西游記校注》，（明）吳承恩著、徐少知校、朱彤、周中明注，臺北：里仁書局，2008 年 9 月。

47. 《曲品校註》，（明）呂天成撰、吳書蔭校註，北京：中華書局，1990 年 8 月。

48. 《酉陽雜俎》，（唐）段成式著，臺北：臺灣商務印書館，1979 年《四部叢刊正編》。

49. 《宋大將岳飛精忠》，（元）無名氏著，收入楊家駱主編：《全元雜劇外編》，臺北：世界書局，1974 年。

50. 《宋人軼事彙編》，（清）丁傳靖輯，收入北京圖書館出版社影印室輯：《宋代傳記資料叢刊》，北京：北京圖書館出版社，2006 年 1 月。

51. 《宋元學案補遺別附》，（清）王梓材、馮雲濠編撰；沈芝盈、梁運華點校，北京：中華書局，2012 年 1 月。

52. 《宋史》，（元）脫脫等著，臺北：鼎文書局，1983 年 11 月。

53. 《宋史紀事本末》，（明）馮琦撰、陳邦瞻增訂、張溥論正，臺北：新文豐出版公司，1996 年《叢書集成三編》。

54. 《宋史藝文志補》，（清）倪燦、盧文弨著，臺北：臺灣商務印書館，1965～1966 年《叢書集成簡編》。

55. 《汲古閣書跋》，（明）毛晉撰、潘景鄭校訂，上海：上海古籍出版社，2005 年。

56. 《周書》，（唐）令狐德棻著，臺北：世界書局，1986 年《四庫全書薈要》。

57. 《李綱全集》，（宋）李綱著、王瑞明點校，長沙：岳麓書社，2004 年。

58. 《抱朴子》，（晉）葛洪著、陳飛龍註譯，臺北：臺灣商務印書館，2000 年。

59. 《佛說無量壽經》，釋道光撰述，桃園：桃園縣香雲福利慈善基金會，2010 年 8 月。

60. 《武林舊事》，（宋）周密著，收入《東京夢華錄外四種》，臺北：古亭書屋，1975 年 8 月。

61. 《東京夢華錄》，（宋）孟元老著，收入《東京夢華錄外四種》，臺北：古亭書屋，1975 年 8 月。

62. 《東維子集》，（元）楊維楨著，臺北：臺灣商務印書館，1983～1986 年《景印文淵閣四庫全書》。

63. 《金史》，（元）脫脫等著，臺北：鼎文書局，1985 年 6 月。

64. 《癸辛雜識》，（宋）周密著，北京：中華書局，1988 年 1 月。

65. 《青瑣高議》，（宋）劉斧編撰，河南：鄭州大象出版社，2006 年 1 月。

66. 《青箱雜記》，（宋）吳處厚著、李裕民點校，北京：中華書局，1985 年 5 月。

67. 《松雪齋文集》，（元）趙孟頫著，臺北：臺灣學生書局，1985 年 2 月。

68. 《封神演義》，（明）許仲琳著，臺北：桂冠圖書股份有限公司，1984 年 4 月。

69. 《南詞敘錄》，（明）徐渭著，臺北：新文豐出版公司，1996 年《叢書集成三編》。

70. 《咸淳臨安志》，（宋）潛說友、汪遠孫著，臺北：成文出版社，1970 年。

71. 《後漢書》，（南朝宋）范曄撰、（唐）李賢等注，臺北：洪氏出版社，1978 年。

72. 《建炎以來朝野雜記》，（宋）李心傳著，北京：中華書局，2003 年。

73. 《弇州四部稿》，（明）王世貞著，臺北：臺灣商務印書館，1983～1986 年《景印文淵閣四庫全書》。

74. 《珍珠舶》，（清）徐震著、丁炳麟校點，南京：江蘇古籍出版社，1994 年 4 月。

75. 《紅梅記》，（明）周朝俊撰、袁宏道評，北京：商務印書館；桂林：廣西師範大學出版社，2003 年 2 月《美國哈佛大學哈佛燕京圖書館藏中文善本彙刊》。

76. 《幽明錄》，（南朝宋）劉義慶著，收入魯迅校錄：《古小說鉤沉》，濟南：齊魯書社，1997 年 11 月。

77. 《重論文齋筆錄》，（清）王端履著，臺北：新文豐出版公司，1989 年《叢書集成續編》。

78. 《冥報記》，（唐）唐臨撰，收入王汝濤編校：《全唐小說》，濟南：山東文藝出版社，1993 年 3 月。

79. 《唐語林》，（宋）王讜著，臺北：臺灣商務印書館，1968 年。

80. 《荀子集解》，（周）荀況、（唐）楊倞注、（清）王先謙集解，臺北：世界書局，1962 年 4 月。

81. 《荊楚歲時記校注》，（南朝梁）宗懍著、王毓榮校注，臺北：文津出版

社，1988 年。

82. 《容齋四筆》，（宋）洪邁，臺北：臺灣商務印書館，1979 年 6 月。

83. 《華夷譯語》，（元）火源潔著，北京：書目文獻出版社，1988 年《北京圖書館古籍珍本叢刊經部》。

84. 《常言道》，（清）落魄道人編，上海：上海古籍出版社，1990 年。

85. 《梧溪集》，（元）王逢著，臺北：臺灣商務印書館，1983～1986 年《景印文淵閣四庫全書》。

86. 《淮南子》，（漢）劉安著，臺北：臺灣商務印書館，1979 年《四部叢刊正編》。

87. 《凍蘇秦》，（元）無名氏著，收入（明）臧懋循輯：《元曲選》，臺北：臺灣中華書局，1965～1966 年《四部備要》。

88. 《晉書》，（唐）房玄齡、褚遂良等奉勅撰，臺北：鼎文書局，1985 年 6 月。

89. 《聊齋誌異》，（清）蒲松齡著，臺北：佳禾圖書社，1981 年 3 月。

90. 《莊子集解》，（周）莊周撰、（清）王先謙集解，臺北：世界書局，2006 年 8 月，，。

91. 《陸放翁全集》，（宋）陸游著，臺北：文友書局，1959 年。

92. 《野記》，（明）祝允明著，臺北：新興書局，1985 年《筆記小說大觀》。

93. 《清平山堂話本校注》，（明）洪楩著、程毅中校注，北京：中華書局，2012 年 2 月。

94. 《清異錄》，（五代宋）陶穀著，臺北：新興書局，1974 年《筆記小說大觀》。

95. 《清嘉錄》，（清）顧祿著，臺北：新文豐出版公司，1989 年。

96. 《清稗類鈔》，（清）徐珂著，北京：中華書局，2010 年 1 月。

97. 《情史類略》，（明）馮夢龍著，長沙：岳麓書社，1984 年。

98. 《剪燈新話》，（明）瞿佑著，臺北：世界書局，1978 年 3 月。

99. 《剪燈餘話》，（明）李昌祺著，臺北：世界書局，1978 年 3 月。

100. 《欽定續文獻通考》，（清）高宗敕撰，臺北：臺灣商務印書館，1983～1986 年《景印文淵閣四庫全書》。

101. 《博物志》，（晉）張華著，臺北：金楓出版有限公司，1987 年 1 月。

102. 《萇楚齋四筆》，（清）劉聲木著，北京：中華書局，1998 年 3 月。

103. 《隋書》，（唐）魏徵等撰，臺北：鼎文書局，1986 年 3 月。

104. 《評書帖》，（清）梁巘著，臺北：新文豐出版公司，1989 年《叢書集成續編》。

105. 《集說詮真》，（清）黃伯祿著，臺北：學生書局，1989 年。

106. 《無上秘要》，（北周）宇文邕纂，上海：上海古籍出版社，1989 年《道藏要籍選刊》。

107. 《雲笈七籤》，（宋）張君房編，臺北：臺灣商務印書館，1979 年《四部叢刊正編》。

108. 《喻世明言》，（明）馮夢龍著、徐文助校注、繆天華校閱，臺北：三民書局，1998 年。

109. 《漢書》，（漢）班固著，臺北：鼎文書局，1986 年。

110. 《資治通鑑》，（宋）司馬光編撰、（宋）胡三省注，臺北：中新書局，1978 年 8 月。

111. 《新校青樓集》，（元）夏庭芝著，臺北：世界書局，1978 年 3 月。

112. 《新校搜神記》，（晉）干寶著，臺北：世界書局，2003 年。

113. 《新論》，（漢）桓譚撰、（清）孫馮翼輯注，臺北：中華書局，1965～1966 年，《四部備要》。

114. 《嘉泰會稽志》，（宋）施宿等撰，北京：中華書局，1990 年。

115. 《摭青雜說》，（宋）王明清著，收入袁閭琨、薛洪勣主編：《唐宋傳奇總集·南北宋》，鄭州：河南人民出版社，2002 年 7 月。

116. 《靖康傳信錄》，（宋）李綱著，臺北：新興書局，1987 年《筆記小說大觀》。

117. 《夢梁錄》，（宋）吳自牧著，收入《東京夢華錄外四種》，臺北：古亭書屋，1975 年 8 月。

118. 《廣弘明集》，（唐）釋道宣著，日本：中文出版社，1978 年 10 月。

119. 《碧苑壇經》，（清）王常月演、施守平纂，收入胡道靜等主編：《藏外道書》，成都：巴蜀書社，1992 年。

120. 《維西見聞紀》，（清）余慶遠著，臺北：新文豐出版公司，1985 年《叢書集成新編》。

121. 《劉生覓蓮記》，收入（明）吳敬所輯：《國色天香》，上海：上海古籍出版社，1994 年《古本小說集成》。

122. 《說文解字》，（漢）許慎撰、（清）段玉裁注，臺北：黎明文化事業股份有限公司，1986 年 12 月。

123. 《說苑》，（漢）劉向著，臺北：藝文印書館，1967 年《百部叢書集成》。

124. 《齊民要術校釋》，（北魏）賈思勰著、繆啟愉校釋，臺北：明文書局，1986 年 1 月。

125. 《筆下歲時記》，（唐）不著撰人，收入（元）陶宗儀編：《說郛》，臺北：臺灣商務印書館，1983～1986 年《景印文淵閣四庫全書》。

126. 《嬌紅記》,（明）孟稱舜撰、陳洪綬評點,收入林侑蒔主編《全明傳奇》,臺北:天一出版社影印,出版年不詳。

127. 《嬌紅記》,孟稱舜著、卓連營注,北京:華夏出版社,2000 年 1 月。

128. 《廣異記》,（唐）戴孚著,收入王汝濤編校:《全唐小說》,濟南:山東文藝出版社,1993 年 3 月。

129. 《樂府詩集》,（宋）郭茂倩編撰,臺北:里仁書局,1984 年 9 月。

130. 《舊唐書》,（後晉）劉昫著,臺北:鼎文書局,1985 年。

131. 《靜居集》,（明）張雨著,臺北:臺灣商務印書館 1981 年《四部叢刊廣編》。

132. 《醉翁談錄》,（宋）羅燁著,臺北:世界書局,1965 年 3 月。

133. 《樵陽語錄》,（宋）劉玉著,收入蕭天石主編:《大道破疑直指、樵陽經合丹妙訣合刊》,新店:自由出版社,2000 年 2 月《道藏精華》。

134. 《論衡》,（漢）王充著,臺北:世界書局,1957 年。

135. 《雞肋編》,（宋）莊季裕著、蕭魯陽點校,北京:中華書局,1983 年 3 月。

136. 《鍾情麗集》,（明）華陽散人著,上海:上海古籍出版社,1994 年《古本小說集成》。

137. 《懷春雅集》,不著撰人,收入（明）林近陽增編:《燕居筆記》,上海:上海古籍出版社,1994 年《古本小說集成》。

138. 《續通典》,（清）嵇璜、曹仁虎等奉敕撰,臺北:臺灣商務印書館,1983～1986 年《景印文淵閣四庫全書》。

139. 《續資治通鑑》,（清）畢沅著,臺北:世界書局,1969 年。

140. 《醒世恒言》,（明）馮夢龍著、廖吉郎校訂、繆天華校閱,臺北:三民書局,1989 年。

141. 《騙經》,（明）張應俞著,桂林:廣西師範大學出版社,2008 年 11 月。

142. 《韓非子》,（周）韓非著,臺北:臺灣中華書局,1966 年 3 月《四部備要》。

143. 《蟹譜》,（宋）傅肱著,臺北:臺灣商務印書館,1965～1966 年《叢書集成簡編》。

144. 《釋名疏證》,（清）畢沅著,臺北:藝文印書館,1969 年。

145. 《警世通言》,（明）馮夢龍著、徐天助校訂、繆天華校閱,臺北:三民書局,1983 年。

146. 《鐔津文集》,（宋）契嵩著,北京:線裝書局,2004 年《宋集珍本叢刊》。

147. 《鑄鼎餘聞》,（明）姚圯瞻著,臺北:臺灣學生書局,1989 年。

三、專書

1. 《一種風流吾最愛：世說新語今讀》，劉強著，臺北：麥田出版，2011年8月。

2. 《二十世紀中國文學研究‧遼金元文學研究》，季羨林名譽主編、張燕瑾，呂薇芬主編，北京：北京出版社，2001年12月。

3. 《人類神秘現象破譯》，柯雲路著，臺北：時報文化出版社，2003年12月。

4. 《八仙與中國文化》，王漢民著，北京：中國社會科學出版社，2000年。

5. 《三松堂文集》，馮友蘭著，鄭州：河南人民出版社，2001年1月。

6. 《小說史：理論與實踐》，陳平原著，臺北：淑馨出版社，1998年10月。

7. 《小說旁証》，孫楷第著，北京：人民文學出版社，2000年12月。

8. 《小說概說》，劉世劍著，高雄：麗文文化事業股份有限公司，1994年11月。

9. 《小說戲曲論集》，劉輝著，臺北：貫雅文化事業有限公司，1992年3月。

10. 《才子佳人小說簡史》，苗壯著，太原：山西人民出版社，2005年5月。

11. 《中國小說美學》，葉朗著，臺北：里仁書局，1987年6月。

12. 《中國小說發展史概論》，王恒展著，濟南：山東教育出版社，1996年5月。

13. 《中國分體文學史‧小說卷》，李修生、趙義山主編，上海：上海古籍出版社，2007年12月。

14. 《中國文化史》，張崑將等編著，臺北：五南圖書，2007年2月。

15. 《中國文化史大詞典》，上海師範大學古籍整理研究所編，臺北：遠流出版社，1989年。

16. 《中國文言小說史》，吳志達著，濟南：齊魯書社，2005年6月。

17. 《中國文言小說史稿》，侯忠義著，北京：北京大學出版社，1993年2月。

18. 《中國文言小說書目》，侯忠義著，北京：北京大學出版社，1981年11月。

19. 《中國文言小說參考資料》，侯忠義編，北京：北京大學出版社，1985年4月。

20. 《中國文言小說總目提要》，寧稼雨著，山東：齊魯書社，1996年12月。

21. 《中國古代文學史》，馬積高、黃鈞主編，北京：人民文學出版社，2009

年 5 月。

22. 《中國古代小說文化研究》，王平著，濟南：山東教育出版社，1996 年 9 月。

23. 《中國古代小說百科全書》，程毅中著釋，北京：中國大百科全書出版社，1998 年。

24. 《中國古代小說的原型與母題》，吳正光著，北京：社會科學文獻出版社，2002 年 10 月。

25. 《中國古代小說通論綜解》，王增斌著，北京：中國文聯出版社，1998 年 12 月。

26. 《中國古代小說演變史》，齊裕焜主編，甘肅：敦煌文藝出版社，1990 年 9 月。

27. 《中國古代小說與宗教》，孫遜著，上海：復旦大學出版社，2000 年 7 月。

28. 《中國古代小說總目·文言卷》，石昌渝主編，太原：山西教育出版社，2004 年 9 月。

29. 《中國古代小說藝術史》，劉上生著，湖南：湖南師範大學出版社，2003 年 10 月。

30. 《中國古代小說藝術論》，魯德才著，天津：百花文藝出版社，1988 年 12 月。

31. 《中國古代文學通論──遼金元卷》，傅璇琮、蔣寅總主編，張晶主編，瀋陽：遼寧人民出版，2005 年 5 月。

32. 《中國古代占卜術》，衛紹生著，河南：中州古籍出版社，1991 年 5 月。

33. 《中國古代宗教初探》，朱天順著，臺北：谷風出版社，1986 年 10 月。

34. 《中國古典短篇小說》，上海文藝出版社選編，上海：上海文藝出版社，1980 年。

35. 《中國古錢講話》，蔡養吾著，臺北：淑馨出版社，1999 年。

36. 《中國民俗文化大觀》，叢書編委會編撰，北京：外文出版社，2010 年 7 月。

37. 《論中國民間文學》，譚達先著，哈爾濱：黑龍江人民出版社，2003 年 10 月。

38. 《中國民間宗教史》，馮佐哲、李富華著，臺北：文津出版社，1994 年 4 月。

39. 《中國民間宗教研究》，阮昌銳著，臺北：臺灣省立博物館出版，1990 年 6 月。

40. 《中國民間的神》，周宗廉、周宗新、李華玲著，長沙：湖南文藝出版社，

1992 年 12 月。

41. 《中國民間諸神》，呂宗力、欒保群著，臺北：臺灣學生書局，1991 年。

42. 《中國死亡文化大觀》，鄭曉江主編，南昌：百花洲文藝出版社，1995 年。

43. 《中國近世戲曲史》，（日）青木正兒著、王古魯譯著、蔡毅校訂，北京：中華書局，2010 年 1 月。

44. 《中國風俗通史·元代卷》，陳高華、史衛民著，上海：上海文藝出版社，2006 年 3 月。

45. 《中國風俗通史·遼金西夏卷》，宋德金、史金波著，上海：上海文藝出版社，2001 年 11 月。

46. 《中國家庭與倫理》，楊懋春著，臺北：中央文物供應社，1981 年 6 月。

47. 《中國神話與類神話研究》，傅錫壬著，臺北：文津出版有限公司，2005 年 11 月。

48. 《中國原始信仰研究》，孟慧英著，北京：中國社會科學出版社，2010 年 3 月。

49. 《中國哲學簡史》，馮友蘭著、涂又光譯，臺中：藍燈文化事業公司，出版年代不詳。

50. 《中國婚姻史》，陳顧遠著，臺北：臺灣商務印書館，1992 年 9 月。

51. 《中國商賈小説史》，邱紹雄著，北京：北京大學出版社，2004 年 8 月。

52. 《中國悲劇文學史》，謝柏梁著，臺北：國家出版社，2010 年 7 月。

53. 《中國傳統文化概論》，張應杭、蔡海榕著，上海：上海人民出版社，2000 年。

54. 《中國歷代經濟史·宋遼夏金元卷》，陳智超、喬幼梅主編，臺北：文津出版社，1998 年 1 月。

55. 《中國歷代經濟史》，陳智超、汪聖鐸撰，臺北：文津出版社，1998 年 1 月。

56. 《天水放馬灘秦簡》，甘肅省文物考古研究所編，北京：中華書局，2009 年 8 月。

57. 《元代文學史》，鄭紹基著，北京：人民文學出版社，1991 年。

58. 《元代社會生活史》，史衛民著，北京：中國社會科學出版社，1996 年。

59. 《元史研究新論》，陳高華著，上海：上海社會科學院出版社，2005 年。

60. 《元朝研究論稿》，陳高華著，北京：中華書局，1991 年 12 月。

61. 《元雜劇所反映之元代社會》，顏天佑著，臺北：華正書局，1984 年 9 月。

62. 《六朝志怪小説故事考論》，謝明勳著，臺北：里仁書局，1999 年 1 月。

63. 《天水放馬灘秦簡》，甘肅省文物考古研究所編，北京：中華書局，2009年8月。

64. 《太平經合校》，王明編，北京：中華書局，1960年。

65. 《文言小說：文士的釋懷與寫心》，趙明政著，桂林：廣西師範大學出版社，1999年6月。

66. 《文言小說審美發展史》，陳新文著，武漢：武漢大學出版社，2002年10月。

67. 《古小說簡目》，程毅中著，北京：中華書局，1981年。

68. 《古代小說與戲曲》，許並生著，太原：山西人民出版社，2005年。

69. 《古代戲曲小說研究》，徐朔方著，廖可斌、徐永明編，杭州：浙江大學出版社，2008年11月，。

70. 《古代戲曲小說敘事研究》，董上德著，廣州：廣東高等教育出版社，2007年1月。

71. 《古代戲曲思想藝術論》，江巨榮著，上海：學林出版社，1995年12月。

72. 《古典小說與古代文化講演錄》，王平著，桂林：廣西師範大學出版社，2008年1月。

73. 《古典小說論稿──神話、心理、怪誕》，劉燕萍著，臺北：臺灣商務印書館，2006年7月。

74. 《民俗學》，林惠祥著，臺北：臺灣商務印書館，1968年2月。

75. 《民間故事類型索引》，金榮華著，臺北：中國口傳文學學會，2007年2月。

76. 《先秦兩漢冥界及神仙思想探原》，蕭登福著，臺北：文津出版社，1990年8月。

77. 《同源而異派：中國古代小說戲曲比較研究》，沈新林著，南京：鳳凰出版社，2007年4月。

78. 《宋代志怪傳奇敘錄》，李劍國著，天津：南開大學出版社，1997年6月。

79. 《宋金文學的交融與演進》，胡傳志著，北京：北京大學，2013年3月。

80. 《宋元小說史》，蕭相愷著，浙江：浙江古籍出版社，1997年6月。

81. 《宋元小說研究》，程毅中著，南京：江蘇古籍出版社，1999年9月。

82. 《宋元戲曲史》，王國維著，臺北：五南書局，2012年7月。

83. 《宋元戰史》，李天鳴著，臺北：食貨出版社，1988年3月。

84. 《宋明理學與古代小說》，朱恒夫著，上海：上海古籍出版社，2005年

12 月。

85. 《宋明道教思想研究》，孔令宏著，北京：宗教文化出版社，2002 年 4 月。

86. 《宋傳奇「人鬼戀」研究》，林溫芳著，新北市：花木蘭文化出版社，2011 年 9 月。

87. 《宋遼金元小說史》，張兵著，上海：復旦大學出版社，2001 年。

88. 《宋遼夏金元文化史》，葉坦著、蔣松岩著，上海：東方出版中心，2007 年 5 月，。

89. 《巫文化視野中的中國古代小說》，萬晴川著，北京：中國社會科學出版社，2003 年 11 月。

90. 《金元之際的儒士與漢文化》，趙琦著，北京：人民出版社，2004 年 9 月。

91. 《征服王朝的時代》，（日）竺沙雅章著、吳密察譯，臺北：稻香出版社，1998 年 9 月。

92. 《明清小說史》，譚邦和著，上海：上海古籍出版社，2006 年 12 月。

93. 《東方的故事集》，（法）馬格里特‧尤瑟納爾著、林青譯，北京：人民文學出版社，1987 年 10 月。

94. 《門祭與門神崇拜》，王子今著，上海：上海三聯書店，1996 年。

95. 《佛經文學與古代小說母題比較研究》，王立著，北京：崑崙出版社，2006 年 3 月。

96. 《南宋社會生活史》，（法）謝和耐（Jacques Gernet）原著、馬德程譯，臺北：中國文化大學出版部，1987 年。

97. 《紅樓夢評論》，王國維著，北京：人民文學出版社，2002 年。

98. 《重讀經典——中國傳統小說與戲曲的多重透視》，周建渝、張洪年、張雙慶編，香港：牛津大學出版社，2009 年。

99. 《原始宗教》，朱天順著，上海：上海人民出版社，1978 年。

100. 《宗教的本質》，（德）費爾巴哈、王太慶譯，北京：商務印書館，2003 年。

101. 《胡適論文學》，胡適著，合肥：安徽教育出版社，2006 年 9 月。

102. 《耶律楚材評傳》，劉曉著，南京：南京大學出版社，2001 年。

103. 《唐宋傳奇總集》，袁閭琨、薛洪勣主編，鄭州：河南人民出版社，2002 年 7 月。

104. 《疾病終結者：中國早期的道教醫學》，林富士著，臺北：三民書局，2003 年 6 月。

105. 《神靈與祭祀——中國傳統宗教綜論》，詹鄞鑫著，南京：江蘇古籍出版

社，1992 年 6 月。

106. 《高克恭研究》，吳保合著，臺北：國立故宮博物院，1982 年。

107. 《梁祝故事研究》，許端容著，臺北：秀威資訊科技出版，2007 年 3 月。

108. 《情感、想像與詮釋：古典小說論集》，許建崑著，臺北：萬卷樓圖書股份有限公司，2010 年 8 月。

109. 《梅蘭芳自述》，梅紹武、梅衛東著，臺北：大地出版社，2008 年 12 月。

110. 《梅蘭芳演出劇本選集》，梅蘭芳著、中國戲劇家協會編，北京：藝術出版社，1980 年。

111. 《淺俗之下的厚重：小說・宗教・文化》，陳洪著，天津：南開大學出版社，2001 年 4 月。

112. 《《清平山堂話本》研究》，李李著，臺北：里仁書局，2014 年 3 月。

113. 《細說元朝》，黎東方著，臺北：傳記文學出版社，1981 年 7 月。

114. 《通識中國古典小說》，陳寧著，香港：中華書局，2008 年 6 月。

115. 《復仇・報復刑，報應說：中國人法律觀念的文化解說》，翟存福著，長春：吉林人民出版社，2005 年 1 月。

116. 《筆記文選讀》，呂叔湘著，北京：語文出版社，1992 年 1 月。

117. 《華夏諸神——佛教卷》，馬書田著，新北市：風格司藝術創作坊，2011 年 11 月。

118. 《傳奇小說史》，薛洪勣著，杭州：浙江古籍出版社，1998 年 12 月。

119. 《傳奇小說通論》，石麟著，鄭州：中州古籍出版社，2005 年 11 月。

120. 《新元史》，柯劭忞編纂，臺北：藝文印書館，1982 年。

121. 《話說中國：金戈鐵馬——遼西夏金元》，程郁、張和聲著，臺北：龍圖騰文化有限公司，2012 年 10 月。

122. 《蒙元史新研》，蕭啓慶著，臺北：允晨文化出版，1994 年 9 月。

123. 《蒙古史》，瑞典多桑著、馮承鈞譯，臺北：上海書店出版社，2006 年 3 月。

124. 《說戲曲》，曾永義著，臺北：聯經出版事業公司，1976 年。

125. 《醉鄉日月——中國酒文化》，何滿子著，上海：上海古籍出版社，1991 年。

126. 《道教哲學》，盧國龍著，北京：華夏出版社，1999 年。

127. 《論中國短篇白話小說》，孫楷第著，上海：棠棣出版社，1953 年。

128. 《諸神傳奇》，歐陽飛著，臺北：新潮社文化事業有限公司，1993 年 3 月。

129. 《魯迅小說史論文集—中國小說史略及其他》，魯迅著，臺北：里仁書

局，2003 年 2 月。

130. 《歷代筆記概述》，劉葉秋著，北京：北京出版社，2003 年 1 月。

131. 《蕭瑟金元調》，李夢生著，臺北：漢欣文化事業有限公司，1990 年 11 月。

132. 《遼宋西夏金代通史——宗教風俗卷》，漆俠主編，北京：人民出版社，2010 年。

133. 《遼宋西夏金社會生活史》，朱瑞熙等著，北京：中國社會科學出版社，1998 年。

134. 《遼金元文學史》，吳梅著，上海：商務印書館，1934 年 3 月。

135. 《遼金論稿》，宋德金著，武漢：湖北教育出版社，2005 年。

136. 《續夷堅志評注》，李正民評注，太原：山西古籍出版社，1999 年 12 月。

四、博碩士論文

1. 《元代荒政之研究》，陳志銘著，新竹：國立清華大學歷史研究所碩士論文，2007 年。

2. 《元明中篇傳奇小說研究》，陳益源著，臺北：中國文化大學中國文學研究所博士論文，1994 年。

3. 《元雜劇敘事研究》，鄭柏彥著，花蓮：國立東華大學中國語文學系研究所碩士論文，2004 年。

4. 《宋元類型故事研究》，黃玉緞著，臺北：中國文化大學中國文學研究所博士論文，2014 年 6 月。

5. 《宋金元志人小說敘錄》，張家維著，臺北：國立臺北大學古典文獻研究所碩士論文，2008 年。

6. 《宋前神話小說中龍的研究》，張貞海著，臺北：中國文化大學中國文學研究所博士論文，1992 年 6 月。

7. 《佛家地獄說之研究》，丁敏著，臺北：國立政治大學中國文學研究所碩士論文，1981 年。

8. 《從古典小說的鬼觀察鬼信仰的心理與文化現象》，陳美玲著，高雄：高雄師範大學國文學研究所博士論文，2001 年。

9. 《歷代筆記小說中因果報應故事研究》，劉雯鵑著，臺北：中國文化大學中國文學研究所博士論文，2003 年。

五、單篇論文

1. 〈《中國文言小說總目提要》初讀〉，陸林著，《文學遺產》第 1 期，2001 年，頁 13～25。

2. 〈中國古代死後世界觀的演變〉，余英時著，收入氏著：《中國思想傳統的現代詮釋》，臺北：聯經出版事業公司，1987 年 3 月，頁 123～143。

3. 〈中國古代戲曲的敘述性特徵〉，韓麗霞著，《藝術百家》第 4 期，2000年，頁 79～84+39。

4. 〈中國古典小說導論〉，夏志清著，收入劉世德編：《中國古代小說研究——臺灣香港論文選輯》，上海：上海古籍出版社，1983 年 5 月，頁 1～29。

5. 〈不孝之孝：唐以來割股療親現象的社會史初探〉，邱仲麟著，《新史學》第 6 卷第 1 期，1995 年，頁 49～94。

6. 〈元代的收繼婚〉，洪金富著，收入中央研究院歷史語言研究所出版品編輯委員會編：《中國近世社會文化史論文集》，臺北：中央研究院歷史語言研究所，1992 年，頁 279～314。

7. 〈元代「書會」研究〉，陳萬鼐著，《國家圖書館館刊》，2007 年 6 月第 1期，頁 123～138。

8. 〈元代雜劇演員朱帘秀〉，李修生著，《戲曲研究》第五輯，1982 年 9 月，頁 239～243。

9. 〈史家筆下遼金元女性節烈觀綜探〉，陳素貞著，《東海中文學報》第 13期，2001 年 7 月。

10. 〈元延祐二年與五年進士輯錄〉，蕭啟慶著，《臺大歷史學報》第 24 期，1999 年 12 月，頁 375～426。

11. 〈生命的真實——元雜劇的社會意義〉，顏天佑著，收入幼獅文化編輯部主編：《中國古典文學世界——小說與戲劇》，臺北：幼獅文化事業公司，1990 年 6 月，頁 131～137。

12. 〈由命定故事檢視唐代命定觀的建構原理〉，黃東陽著，《新世紀宗教研究》第 4 卷第 3 期，2006 年 3 月，頁 148～166。

13. 〈宋元小說研究的新篇章〉，石昌渝著，《文學遺產》，1999 年 06 期，頁100～102。

14. 〈佛家的理想主義者和儒家的政治家〉，羅依果（Igorde Rachewiltz）著，收入中央研究院中美文化社會科學委員會編譯：《中國歷史人物論集》，臺北：正中書局，1973 年，頁 257～297。

15. 〈明代傷典小說五種初探〉，羅寧著，《明清小說研究》，2009 年第 1 期，頁 31～47。

16. 〈〈拾金者的故事〉試探〉，金榮華著，收入金榮華：《禪宗公案與民間故事》，臺北：中國口傳文學學會，2007 年，頁 39～57。

17. 〈重修伍公廟碑記〉，（明）趙錦著，收入（清）金志章纂、沈永清補：《吳山伍公廟志》，揚州：廣陵書社，2004 年 10 月，頁 128。

18. 〈略談宋元小說的考証和估價―我的《宋元小說研究》贅記〉，程毅中著，《古典文學知識》，1999 年第 5 期，頁 11～17。

19. 〈從六朝志怪小說看當時傳統的神鬼世界〉，金榮華著，《華學季刊》第 5 卷第 3 期，1984 年，頁 1～20。

20. 〈從火精到雷部之神―略論宋無忌傳說與信仰〉，周西波著，收入國立臺中技術學院應用中文系編：《道教與民俗學術研討會論文集》，臺中：國立臺中技術學院應用中文系，2007 年 8 月，頁 319～337。

21. 〈從漢文資料看飛頭傳說之發展及其流行區域〉，金榮華著，收入《民間故事論集》，臺北：三民書局，1997 年 6 月，頁 137～157。

22. 〈無支祈傳說考〉，葉德均著，收入王秋桂編：《中國民間傳說論集》，臺北：聯經出版公司，1980 年 8 月，頁 259～278。

23. 〈登峰造極的人情小說〉，盧興基著，收入程毅中編：《神怪情俠的藝術世界：中國古代小說流派漫話》，北京：中共中央黨校出版社，1993 年 12 月，頁 221～253。

24. 〈筆記小說之部〉，廖涵文著，收入幼獅文化編輯部主編：《中國古典文學世界――小說與戲劇》，臺北：幼獅文化事業公司，1990 年 6 月，頁 12～13。

25. 〈虛幻意識與社會現實的交融――《太平廣記》夢之研究〉，焦杰著，《人文雜誌》，1995 年第 6 期，頁 73～81。

26. 〈傳統天命思想在中國小說裡的運用〉，龔鵬程著，收入龔鵬程、張火慶著：《中國小說史論叢》，臺北：臺灣學生書局，1984 年 6 月，頁 7～34。

27. 〈源遠流長的志怪小說〉，劉葉秋著，收入程毅中編：《神怪情俠的藝術世界：中國古代小說流派漫話》，頁 11～40。

28. 〈資料翔實，考辨精當――評《中國文言小說總目提要》〉，卞孝萱、程國賦著，《中國典籍與文化》第 2 期，1998 年，頁 84～86。

29. 〈道教謫仙傳說與唐人小說〉，李豐楙著，收入《第二屆國際漢學會議論文集》，臺北：中央研究院，1990 年，頁 353～374。

30. 〈道教醮儀的開展與現代的醮〉，李獻璋著，收入李獻璋編輯：《中國學誌》第五本，東京：泰山文物社，1969 年 4 月，頁 1～62。

31. 〈趙孟頫仕元問題再探〉，王作良著，《西安電子科技大學學報》「社會科學版」第 17 卷第 6 期，2007 年 11 月，頁 145～149。

32. 〈論元代私營高利貸資本〉，劉銀根著，《河北學刊》，1993 年第 3 期，頁 275～293。

33. 〈論宋元明清時代的愚忠、愚孝、愚貞、愚節〉，張錫勤著，《道德與文明》，2006 年第 2 期，頁 20～23。

34. 〈論唐代文言小說分類〉，羅寧著，《西南師範大學學報》「人文社會科學

版」，2003 年第 3 期，頁 144～148。

35. 〈《嬌紅記》在小說藝術發展中的歷史價值〉，程毅中著，《許昌師專學報》「社會科學版」，1990 年第 2 期，頁 15～20。

36. 〈歷史瑣聞——談金代的《歸潛志》〉，王明蓀著，收入幼獅文化編輯部主編：《中國古典文學世界——小說與戲劇》，臺北：幼獅文化事業公司，1990 年 6 月，頁 35～38。

37. 〈辨趙孟堅與趙孟頫的關係〉，蔣天格著，《文物》第 12 期，1962 年，頁 26～31。

38. 〈《龍會蘭池錄》產生時代考〉，李劍國、何長江著，《南開學報》「哲學社會科學版」，1995 年，頁 63～67。

39. 〈離魂暗逐郎行遠，淮南皓月冷千山——「離魂」故事系列試探〉，嚴紀華著，《世界新聞傳播學院學報》，1991 年 10 月，頁 41～57。

40. 〈關於「佛道教影響中國小說考」〉，柳存仁著，收入國立清華大學中國語文學系主編：《小說戲曲研究‧第一集》，臺北：聯經出版公司，1988 年 5 月，頁 331～359。

41. 〈《續夷堅志》研究〉，王國良著，行政院文化建設委員會編：《紀念元好問八百年誕辰學術研討會論文集》，臺北：文史哲出版社，1991 年 12 月，頁 249～278。

六、網路資料

1. 《臺灣大百科全書》，中華民國行政院「文化建設委員會」，網址：http://taiwanpedia.culture.tw/web/content?ID=1930，上網日期：2014/5/26。

2. 〈南宋末年的「襄樊風雲」〉，收入臺灣省高級中學教學輔導團編，《高中歷史教學與研究》第三輯，臺灣：臺灣省政府教育廳，1997 年 6 月，http://w3.yfms.tyc.edu.tw/yyu/nen-song.htm，上網日期：2014/06/11。

附表：本文對遼金元文言小說各書之引用篇數表

序號	書名（篇名）	作者	本文引用篇數	備註
	遼代			
1	《焚椒錄》	王鼎	1	單篇傳奇
	金代			
2	《歸潛志》	劉祁	36	
3	《續夷堅志》	元好問	98	
	元代			
4	《三朝野史》	無名氏	9	
5	《工獄》	宋本	1	單篇傳奇
6	《山居新語》	楊瑀	34	又名《山居新話》
7	《山房隨筆》	蔣子正	8	
8	《古杭雜記》	李有	6	
9	《平江紀事》	高德基	18	
10	《玉堂嘉話》	王惲	6	
11	《至正直記》	孔齊	48	又名《靜齋直記》、《靜齋至正直記》
12	《吳中舊事》	陸友	8	
13	《捫掌錄》	鞻然子	11	

14	《南村輟耕錄》	陶宗儀	148	又名《輟耕錄》
15	《春夢錄》	鄭禧	1	單篇傳奇
16	《席上腐談》	俞琰	7	又名《月下偶談》、《席上輔談》
17	《姚月華小傳》	無名氏	1	單篇傳奇
18	《庶齋老學叢談》	盛如梓	18	
19	《閑居錄》	吾丘衍 或作吾衍	6	又名《閑中編》
20	《異聞總錄》	無名氏	36	
21	《紫竹小傳》	無名氏	1	單篇傳奇
22	《湖海新聞夷堅續志》	吳元復	168	又名《續夷堅志》
23	《硯北雜志》	陸友	8	
24	《遂昌雜錄》	鄭元祐	20	又名《遂昌山樵雜錄》、《遂昌山人雜錄》
25	《雋永錄》	無名氏	2	
26	《瑯嬛記》	伊世珍	30	
27	《新刊分類江湖紀聞》	郭霄鳳	16	簡稱《江湖紀聞》
28	《萬柳溪邊舊話》	尤玘	12	
29	《綠窗紀事》	無名氏	4	傳奇集
30	《誠齋雜記》	林坤	19	
31	《稗史》	仇遠	16	
32	《廣客談》	徐顯	7	
33	《嬌紅記》	宋遠	1	單篇傳奇；又名《嬌紅傳》、《嬌紅雙美》
34	《樂郊私語》	姚桐壽	8	
35	《錢塘遺事》	劉一清	43	
36	《冀越集記》	熊太谷	3	
37	《隨隱漫錄》	陳世崇	8	
38	《龍會蘭池錄》	無名氏	1	單篇傳奇
總　　計			868	

附錄：遼代文言小說——《焚椒錄》研究

摘要

　　《焚椒錄》是迄今可見碩果僅存的遼代文言小說，描寫遼道宗耶律洪基的妻子懿德皇后蕭觀音（1040～1075）被奸臣耶律乙辛等人誣陷與伶人趙惟一私通，因而被遼道宗賜死，以白練一匹結束三十六年生命的故事。作者王鼎爲當朝遭貶謫的文人，因基於「大黑蔽天，白日不照」的義憤，乃將所知所聞，以類似史家的全知觀點加上悲劇宿命的敘事藝術，把蕭觀音由生至死的戲劇化一生及其遭陷構的來龍去脈詳加描繪而成。本文由人物刻劃、情節安排及敘事手法等面向解析此一文言小說的特色，同時將小說與正史（《遼史》及《契丹史》傳記）作一比較，以說明其價值及貢獻。

關鍵詞：遼代、文言小說、焚椒錄、王鼎、蕭觀音

壹、前言

　　遼國是由契丹民族建立的王朝。契丹原本是中國北方的遊牧民族，沒有自己的文字，開國君主耶律阿保機（872～926 年）任用漢人輔政、改革習俗，創造契丹文化。於是出現《焚椒錄》〔註1〕這部文學作品，在中國文學史與史學上都有很高的評價，如「與莎士比亞的《奧賽羅》有異曲同工之處」〔註2〕、「堪稱文言小說史和遼代文學的出色作品」〔註3〕。明清以來，多將

〔註 1〕 本文《焚椒錄》之文本係使用程毅中編：《古體小說鈔・宋元卷》（北京：中華書局，2001 年）。

〔註 2〕 程毅中認爲，「文中寫耶律乙辛的陰謀詭計，令人憤慨；寫蕭后的悲慘結局，

《焚椒錄》歸列爲雜史、傳記文學，今人因其情節多有虛構成份，而視之爲傳奇小說〔註4〕、宮闈小說〔註5〕。可以說《焚椒錄》是目前僅見的遼代文言小說。

《焚椒錄》內容描寫遼道宗之妻懿德皇后蕭觀音（1040～1075）被奸臣誣陷，因而被遼道宗賜死之事。作者王鼎爲當朝遭貶謫的文人，因基於「大黑蔽天，白日不照」〔註6〕的義憤，乃將所知所聞，以類似史家的全知觀點加上悲劇宿命的敘事藝術，把蕭觀音由生至死的戲劇化一生及其遭陷構的來龍去脈詳加描繪而成。本文由人物刻劃、情節安排及敘事手法等面向解析此一文言小說的特色，同時將小說與正史（《遼史》及《契丹史》傳記）作一比較，以說明其價值及貢獻。

貳、出處與作者簡介

一、出處

《焚椒錄》是遼朝碩果僅存的一部文言小說，是遼道宗時人王鼎所撰。「但是宋元明的目錄書籍均未著錄此書。清代的目錄書才開始出現《焚椒錄》一書。例如《千頃堂書目‧別史類》、《續文獻通考》、《四庫全書總目》。也被明清的一些叢書收錄。」〔註7〕《焚椒錄》雖題大遼觀書殿學士王鼎謹述，但「其書眞僞不可辨」〔註8〕。抱持懷疑態度的學者，如黃任恒《補遼史

哀婉動人，與莎士比亞的《奧賽羅》有異曲同工之處。」見氏著：《宋元小說研究》（南京：江蘇古籍出版社，1999年9月），頁190～191。

〔註3〕 寧稼雨指出，「後人或謂其（《焚椒錄》）有唐人小說遺意。可見其在《游仙窟》至《剪燈新話》一類緯麗小說中說的過渡作用，堪稱文言小說史和遼代文學的出色作品。」見氏著：《中國文言小說總目提要》（山東：齊魯書社，1996年12月），頁151。

〔註4〕 傅璿琮、蔣寅總主編，張晶主編：《中國古代文學通論——遼金元卷》（瀋陽：遼寧人民出版，2005年5月），頁177。石麟：《傳奇小說通論》（鄭州：中州古籍出版社，2005年11月），頁361。

〔註5〕 李劍國、吳存存等認爲，《焚椒錄》接近「文備眾體」的傳奇文，「描摹內閨私情，用筆細微，幾近小說手段」，可以宮闈小說視之。收入石昌渝主編：《中國古代小說總目‧文言卷》（太原：山西教育出版社，2004年9月），頁86。

〔註6〕 王鼎：《焚椒錄序》，同註1。

〔註7〕 尤李：《〈焚椒錄〉及其史料價值考釋》（《古籍整理研究學刊》，2011年第6期），頁103～107。

〔註8〕 （清）周春輯：《遼詩話》（台北：新文豐出版社，1996年）。

藝文志》〔註9〕、王仁俊《遼史藝文志補證》〔註10〕。李文田進一步指出，「以遼史考之，無一不合，然所撰詩詞不載一字，核其語意，淫豔異常，若遼氏臣子以此明謗，適以實其惡耳，恐非情理。」〔註11〕因而認爲「此錄與秘辛殆皆士棻〔註12〕所僞，士棻能文章，又以《遼史》紀傳事實組織之，不知者反以此爲《遼史》根柢，是爲所欺而不悟也。」〔註13〕至於認爲《焚椒錄》非僞者，如清人王士禎將是文與《契丹國志》〔註14〕相較，列舉出四點差異；並認爲是文與《遼史·宣懿皇后傳》〔註15〕所紀略同，所以差異是出於《契丹志》的疏忽。〔註16〕清人姚際恆以王士禎的辨證爲本，認爲「其書並非僞撰」〔註17〕。

　　本文採姚際恆之說，以是文爲王鼎所撰。根據王鼎《焚椒錄序》：「鼎於咸太之際，方侍禁近，會有懿德皇后之變。一時南北面官，悉以異說赴權，互爲證足。遂使懿德蒙被淫醜，不可湔浣。嗟嗟，大墨蔽天，白日不照，其能戶說以相白乎？鼎婦乳媼之女蒙哥，爲耶律乙辛寵婢，知其奸構最詳。而蕭司徒復爲鼎道其始末，更有加於嫗者。因相與執手歎其冤誣，至爲涕淫淫

〔註9〕　（清）黃任恆：《補遼史藝文志》（北京：清華大學出版社，2013年1月）。

〔註10〕　（清）王仁俊：《遼史藝文志補證》（北京：清華大學出版社，2013年1月）。

〔註11〕　（清）李文田〈《焚椒錄》題跋釋文〉。見國家圖書館「古籍與特藏文獻資源」，網址 http://rbook2.ncl.edu.tw/Search/SearchDetail?item=c0cc22c1915945ea8350567df7469a47fDU0MTAx0，上網日期 2014/6/16。

〔註12〕　按「士棻」當是明代萬曆年間的名士姚士棻，字叔祥。由於《寶顏堂秘笈》載錄之《焚椒錄》首題「明秀水殷仲春海鹽姚士棻點校」數字，因而李文田認爲《焚椒錄》當爲姚士棻所僞作。

〔註13〕　同註9。

〔註14〕　（宋）葉隆禮撰：《契丹國志》（臺北：藝文印書館，1969年）。

〔註15〕　（元）脫脫等奉敕修：《遼史·宣懿皇后傳》（台北：中華書局，1983年），卷71。

〔註16〕　王士禎：「《契丹國志·后妃傳》道宗蕭皇后本傳云：性恬寡欲，魯王宗元之亂，道宗出獵，未知音耗。后勒兵鎮帖中外，甚有聲稱。崩葬祖州云云而已。《焚椒錄》所紀，絕無一字及之。又《錄》稱南院樞密使惠之少女，而《志》云贈同平章事顯烈之女。《志》云勒兵，似嫻武略，而《錄》言幼能誦詩，旁及經子所載《射虎》應制諸詩，及〈回心院〉詞，皆極工，而無一語及武事。且《本紀》道宗在位四十七年，改元者三，清寧、咸雍、壽昌，初無太康之號。而耶律乙辛密奏太康元年十月云云，抵牾不合，不可解也。」（清）見氏著：《居易錄》（台北：台灣商務印書館，1983年），卷26。

〔註17〕　（清）姚際恆：《姚際恆著作集》（臺北：中研院中國文哲研究所，1994年）。李劍國等學者也比對內容與版本，認爲「若說明人僞托，實在扞格難通。」同註5，頁86。

下也。觀變以來，忽復數載。頃以待罪可敦城，去鄉數千里，視日如歲。觸景興懷，舊感來集。乃直書其事，用俟後之良史。若夫少海翻波，變爲險阻，則有司徒公之實錄在。」

由王鼎序言可知，他因妻子的乳母之女爲耶律乙辛寵婢，故得以知悉蕭觀音遭耶律乙辛陷構之內幕，加上蕭司徒（即：蕭惟信，時任北院樞密副使）對他述及事件始末，可以說本篇故事所本幾近於第一手材料。至於書名「焚椒」之由，王鼎雖未述明，但蕭觀音係於椒房〔註18〕自盡，而且椒房向來是后妃的代稱，或許是作者基於義憤，企以無名之火焚盡「權力之爭、忠邪之爭」〔註19〕，還無辜受牽累的蕭后清白。其序言「感情熾烈，文字凝煉，頗具感染力」〔註20〕，全文描寫宣懿皇后遭誣陷案始末，文筆洗練，頗有史家風格。

二、作者生平

作者王鼎，字虛中，涿州人。根據《遼史・王鼎傳》〔註21〕，王鼎「幼好學」，「博通經史」。他「清寧五年，擢進士第。調易州觀察判官，改淶水縣令，累遷翰林學士。當代典章多出其手」。王鼎爲人「正直不阿，人有過，必面詆之」。「壽隆初，陞觀書殿學士」，但後因「醉與客忤，怨上不知己」而獲罪，「杖黥奪官，流放鎭州。居數歲，有赦，鼎獨不免」。後因以詩貽使者，有「誰知天雨露，獨不到孤寒」之句，使上聞而憐之，召還復職。卒於乾統六年（1106年）。

《焚椒錄》是王鼎於流放期間在鎭州完成的，序言寫於大安五年（1089），其時耶律乙辛早已爲道宗誅殺，張孝傑也已削爵爲民，但懿德皇后卻仍未獲得平反（一直到乾統元年，即1101年，蕭觀音之孫天祚帝即位後才追謚她爲

〔註18〕 所謂椒房，即椒房殿，是皇后的居所。《漢書・車千秋傳》：「江充先治甘泉宮人，轉至未央椒房。」顏師古注：「椒房，殿名，皇后所居也。以椒和泥塗壁，取其溫而芳也。」（漢）班固著、（清）王先謙補注：見《漢書補注》（臺北：藝文印書館，1996年8月），卷66，頁1308。

〔註19〕 袁閭琨認爲：「（《焚椒錄》）文中所寫是權力之爭，也是忠邪之爭，終於釀成歷史上罕見的大悲劇。……從本篇素材來源的蹊蹺、以神怪和巧合的情節貫穿始終以及許多記事與《遼史》相衝突等情況來看，本篇明顯是演義性的傳奇小說，而不是史傳文。」袁閭琨、薛洪勣主編：《唐宋傳奇總集》（鄭州：河南人民出版社，2002年7月），頁837。

〔註20〕 章培恆、駱玉明主編：《中國文學史》（上海：復旦大學出版社，1996年）。

〔註21〕 《遼史・王鼎傳》，同註15，卷104。

宣懿皇后，才算得昭雪）。王鼎為人既然「正直不阿」，那麼當他由蒙哥（即：妻子的乳母之女）及蕭惟信口中得知蕭觀音被人陷害的真相後，在個性使然下，為其伸張正義發不平之鳴，實乃合情合理。但是他對蕭觀音的憐憫同情和對這件宮闈秘辛所流露的強烈情感，甚至到「涕淫淫下」的地步，應也與他自身遭譴的人生變故有關。他被黥面去官，遠離故鄉數千里，「視日如歲」，其心情之慘感和悲苦可以想見。何況世局混亂，政治汙濁，在慨唧蕭觀音之死實因「好音樂與能詩善書」之餘，發出「百無一用是書生」之嘆，憤懣之情，溢於言表。

參、寫作藝術

《焚椒錄》描寫遼道宗耶律洪基之妻懿德皇后蕭觀音（1040～1075）被奸臣耶律乙辛、宮婢單登等人誣陷與伶人趙惟一私通，因而被遼道宗賜死，以白練一匹結束三十六年生命的故事。小說以蕭觀音的一生為主軸，旁及遼國之宮庭內鬥。其寫作藝術很成功，受後世推崇。〔註22〕以下從人物刻劃、情節安排及敘事手法三者，分析本篇小說的藝術技法。

一、人物刻劃

《焚椒錄》是敘述蕭觀音的一生，所以情節是圍繞著這位悲劇皇后。蕭觀音是當朝被皇上下令賜死的皇后，是當時人盡皆知的人物，於是作者安排她以一個不平凡的、充滿異象氛圍的出生為開端，藉其父之口說出她一生的預言曰：「此女必大貴而不得令終，且五日生女，古人所忌，命已定矣，將復奈何！」緊接著快筆一二說她幼能詩、及長姿容端麗、彈箏及琵琶為當時第一，隨即大貴，果然冊封為后。奇特的是：

> 后方出閣升坐，扇開簾卷，忽有白練一段，自空吹至后褥位前，上有「三十六」三字。后問：「此何也？」左右曰：「此天書命可敦領三十六宮也。」

作者以天降白練的異象埋下伏筆，緊扣讀者的好奇心，接著埋線千里，直至

〔註22〕 薛洪勣認為，《焚椒錄》一文，「人物性格鮮明，結構周嚴，一氣貫通」。見氏著：《傳奇小說史》（杭州：浙江古籍出版社，1998 年 12 月），頁 202。袁閭琨亦推崇是文「結構嚴謹，人物生動，文辭典雅，是一篇難得的佳作」。同註 19，頁 837。

故事結尾白練復現，卻是她自盡之時。王鼎利用異象塑造氛圍，穿針引線，以此宿命的幽靈聯繫蕭觀音由聰穎出眾富貴受寵到失勢遭陷的一生起伏，將宿命悲劇這個敘事藝術，深化蕭觀音的悲劇形象，使讀者在不知不覺中受到感染和吸引，這是作者對人物刻畫的成功之處。

另外，王鼎利用一些細節來深化對這位「威權者身旁的女人」的形象與性格描繪，用的是側筆，如：

（一）讚其詩才

王鼎描寫蕭觀音「彈箏、琵琶，尤為當時第一」。不儘如此，更利用詩詞作品來彰顯其文采。例如，一次遼道宗去秋山狩獵，宣懿皇后率嬪妃隨行，他命蕭觀音賦詩，她隨即應聲曰：

　　威風萬里壓南邦，東去能翻鴨綠江。

　　靈怪大千俱破膽，那教猛虎不投降。

出口成詩的才情，使皇上「大喜」，當場向群臣誇耀道：「皇后可為女中才子！」這是蕭觀音得寵於君王，人生春風得意的時候。

（二）讚其有婦德

蕭觀音生皇太子，皇太叔重元妃前來祝賀，她「每顧影自矜，流目送媚」。蕭觀音對她說：「貴家婦宜以莊臨下，何必如此？」以此對話，凸顯她雖姿容端麗，但並非冶艷無德婦人，也等於間接暗示她與伶人趙惟一間的私情並不符她性情。

（三）讚其明大義

「后常慕唐徐賢妃行事，每於當禦之夕，進諫得失」。這是說蕭觀音熟讀文史，愛慕唐太宗的才人徐惠能直言上疏。道宗愛狩獵，長弓馬，經常「馳入深林邃谷，扈從求之不得」。懿德皇后於是向道宗上《諫獵疏》，曰：「妾雖愚暗，竊為社稷憂之。惟陛下尊老氏馳騁之戒，用漢文吉行之旨，不以其言為牝雞之晨而納之」。但「上雖嘉納，心頗厭還，故咸雍之末，遂稀幸禦。王鼎在這裏描寫蕭觀音之德，她貴為一國之后，並未見涉后妃爭權或色媚人君專權亂政，而是心繫宗廟，以天下為重。此突出蕭后之德，結果卻反招禍，豈不令人唏噓？

（四）以詩作呈現蕭觀音心理活動

王鼎對蕭觀音的心理活動著墨不多，而是以其詩詞來代替對人物心理活

動的描寫，如以十首〈回心院〉刻畫她失寵，被道宗冷落的心境。其中日：

> 掃深殿，閉久金鋪暗。遊絲絡網塵作堆，積歲青苔厚階面。
> 掃深殿，待君宴。
>
> 拂象床，憑夢借高唐。敲壞半邊知妾臥，恰當天處少輝光。
> 拂象床，待君王。
>
> 換香枕，一半無雲錦。爲是秋來轉展多，更有雙雙淚痕滲。
> 換香枕，待君寢。
>
> 鋪翠被，羞殺鴛鴦對。猶憶當時門合歡，而今獨覆相思塊。
> 鋪翠被，待君睡。
>
> 裝繡帳，金鉤未敢上。解卻四角夜光珠，不教照見愁模樣。
> 裝繡帳，待君貯。
>
> 疊錦茵，重重空自陣。只願身當白玉體，不願伊當薄命人。
> 疊錦茵，待君臨。
>
> 展瑤席，花笑三韓碧。笑妾新鋪玉一床，從來婦歡不終夕。
> 展瑤席，待君息。
>
> 剔銀燈，須知一樣明。偏是君來生彩暈，對妾故作青熒熒。
> 剔銀燈，待君行。
>
> 爇薰爐，能將孤悶蘇。若道妾身多穢賤，自沾禦香香徹膚。
> 爇薰爐，待君娛。
>
> 張鳴箏，恰恰語嬌鶯。一從彈作房中曲，常和窗前風雨聲。
> 張鳴箏，待君聽。

這十首詞寫得香艷而露骨，將皇后欲說還羞的情意凝結成爲文字，傳達深宮少婦等待君王臨幸的深切期盼。詞中以「掃殿、拂床、換枕、鋪被、掛帳、剔燈、張箏、薰香、佈席等日常生活起居爲內容，眞可以稱得上是詞意優美。」〔註23〕面對失寵的人生遭遇，蕭觀音呈顯的生命姿態是用〈回心院〉

〔註23〕 劉學銚：《五胡興華：形塑中國歷史的異族》（台北：知書房出版社，2013 年9 月）。對於《十香詞》，有不少學者認爲「是徹頭徹尾的淫詩」、「柔媚、輕佻」而令人不敢信以爲眞是出於皇后之手。持此論者，如陳新文：《文言小説審美發展史》（武漢：武漢大學出版社，2002 年 10 月），頁 448。程毅中：《宋元

來回應，其感傷之深哀怨之情盡付其中。她將〈回心院〉披之管弦，但「時諸伶無能奏演此曲者，獨伶官趙惟一能之」，就連宮裏善箏及琵琶的宮婢單登都無法與趙惟一相爭。

其後當單登拿著耶律乙辛請他人撰寫的《十香》艷詞誆騙蕭觀音「此宋國忒里蹇〔註24〕所作」時，蕭觀音「讀而喜之」，於是親手抄錄後又在紙末寫下《懷古詩》一首。這是作者另一次藉蕭觀音的詩詞來說明人物的心理活動，詩云：

> 宮中只數趙家妝，敗兩殘雲誤漢王。
>
> 惟有知情一片月，曾窺飛鳥入昭陽。

蕭觀音抄寫《十香詞》時，想到漢代的趙飛燕，寫下此詩表現她當下的心理活動。連遼道宗初見耶律乙辛的誣奏密函時，雖「以鐵骨朵擊后，后幾至殞」，但後來他也看出了這首詩是「皇后罵飛燕也，如何更作十詞？」但張孝傑卻說：「此正皇后懷趙惟一耳」，因爲其中有「趙惟一」三字。這眞是欲加之罪何患無詞，難怪學者要說這是「宋朝以前最荒唐的文字獄」〔註25〕。但就因此，蕭觀音百口莫辯，遼道宗賜她白練一匹，她芳魂一縷，終於冤屈而亡。

王鼎以天降異象之說塑造蕭觀音出生、登后的詭譎氛圍，利用蕭觀音自己的詩作穿插，刻畫蕭觀音的才、情、德。宿命的幽靈如影隨形，紅顏自古多薄命，最終塵土。作者對蕭觀音刻畫之工，使讀者在不知不覺中受到感染，不禁爲之擲筆一嘆。清代詞人納蘭性德即曾作〈台城路·洗妝台懷古〉〔註26〕追悼蕭觀音，一個是風流才子，一個是詩文兼備的才女，納蘭在登臨

小說研究》（南京：江蘇古籍出版社，1999 年 9 月），頁 190。其實，若是將《焚椒錄》以小說視之，那〈回心院〉就是表現異族皇后的閨怨之作。蕭觀音本是契丹女子，或許因爲皇后身份使其行止較同族其他婦人更爲莊重，或是具有儒家強調的「婦德」，但也不應抹殺其本性率眞、任性的一面。

〔註24〕 「忒里蹇」爲遼語，是「遼皇后之稱」。詳見《遼史·國語解》，同註15，卷166。

〔註25〕 李正民：〈蕭觀音與王鼎《焚椒錄》〉（《民族文學研究》，1998 年 3 月），頁 73～77。

〔註26〕 納蘭性德：「六宮佳麗誰曾見，層台尚臨芳渚。一鏡空瀠，鴛鴦拂破白萍去；看胭脂亭西，幾堆塵土，只有花鈴，綰風深夜語。　　相傳內家結束，有帕裝孤穩，靴縫女古。冷艷全消，蒼苔玉匣，翻出十眉遺譜。人間朝暮。看胭粉亭西，兒堆塵土。只有花鈴，綰風深夜語。」納蘭性德著、張草紉箋注：《納蘭詞箋注》（上海：上海古籍出版社，2003 年 9 月）。

吊古之際，表現出對蕭后的惺惺相惜、由衷憐憫。而這一切，皆因王鼎寫了《焚椒錄》，將蕭觀音的故事寫出來，對蕭觀音的形象描摹，刻畫得鮮明生動所致。

二、情節安排

全篇採單線式的結構，以蕭觀音一生起落爲主線。至於情節的安排，則由蕭觀音看似傳奇卻又暗伏兇險的出生爲開端，歷經發展、高潮和結尾，最後在悲劇聲中落幕。整個情節安排環繞著蕭觀音的出生到死亡的一生，其間有幾個關鍵，分析如下：

（一）天降異象與宿命悲劇

故事由蕭觀音出生時天降異象的戲劇性氛圍爲開端，蕭觀音之母耶律氏「夢月墜懷，已復東升，光輝照爛，不可仰視。漸升中天，忽爲天狗所貪，驚寤而後生」。其父預言她一生大富大貴、不得善終、宿命已定。隨後果然入宮封后，應那大富大貴的命，但在冊封皇后時，天二度降異象，有書「三十六」三字的一段白練自空吹來。蕭觀音大喜，以爲這果眞是左右所說的「天書」，代表她命可敦領三十六宮，但讀者心上卻已蒙上一層不祥之感。

果然，蕭觀音因道宗沉迷狩獵進諫使道宗厭惡、疏遠她，她爲挽回道宗之心做〈回心院〉一首，卻因音律難度過高而只伶人趙惟一能彈奏，勾起宮婢單登的新仇舊恨。這給了原本就欲尋嫌隙的耶律乙辛一個落井下石的機會，命人做《十香》淫詞，使單登誆騙蕭觀音抄寫，加上蕭觀音一時興起在文末自書的《懷古》一絕，內有趙惟一三個字，坐實了姦情，使道宗最終將其賜死。她死前寫下〈絕命詞〉曰：

> 嗟薄祐兮多幸。羌作麗兮皇家。承昊穹兮下覆，近日月兮分華。
>
> 托后鈞兮凝位，忽前星兮啓耀。雖鸞累兮黃床，庶無罪兮宗廟。
>
> 欲貫魚兮上進，乘陽德兮天飛。豈禍生兮無朕，蒙穢惡兮宮闈。
>
> 將剖心兮自陳，冀回照兮白日。寧庶女兮多漸，遇飛霜兮下擊。
>
> 顧子女兮哀頓，對左右兮摧傷。共西曜兮將墜，忽吾去兮椒房。
>
> 呼天地兮杏悴，恨今古兮安極。知吾生兮必死，又焉愛兮旦夕。

這是一首騷體詩。作者利用其更形自由的詩體風格，抒發蕭觀音負屈而亡的哀音——自認無愧於家國，卻莫名含冤；期許君王勤於治國，卻飛來奇禍；自許心如皎月白日，卻得白練繞頸。最後，沉痛一呼，生死已然無所託

寄，愛恨終將回歸塵土；那雪白的絲綢，將其一生的風流盡掩。她，坦然赴死！〈絕命詞〉脈絡分明，時而陳述，時而悲吟，讓人的心緒隨著蕭氏悲鳴起伏。

〈絕命詞〉最後，以蕭觀音向帝所而拜，「閉宮以白練自經」。結束戲劇性的一生，享年三十六歲，正符合故事一開始的飛天而來的白練之語。

故事情節由出生、封后開端，到末尾才解開白練之謎，承接她一出生即已命定的死亡悲劇。正因有此一關鍵的怪誕虛構成分存在，因此王鼎的作品是虛構的小說而不是史學傳記。所有關於蕭觀音的一切都是作者創作小說的素材，故事情節經過作者精細鋪排，由華麗的異象開始，一路波瀾，最後在〈絕命詞〉淒惻悲切的絕唱和一段取命白練的催折下達到最高潮。

（二）在華麗的生命頂端轉折

王鼎對蕭觀音與遼道宗早期的感情生活有多甜蜜，並未正面著墨，而是側寫。二人最早一同出現的場景就是「上獵秋山，后率妃嬪從行在所至伏虎林」，蕭觀音應制做詩，遼宗大喜，還將出示群臣曰：「皇后可謂女中才子」。這一年，「群臣上皇帝尊號曰：天祐皇帝，后曰：懿德皇后。三年秋，上作〈君臣同志華夏同風〉詩，后應制屬和曰：虞廷開盛軌，王會合奇琛。到處承天意，皆同捧日心。文章通鹿蠡，聲教薄雞林。大宇看交泰，應知無古今。」單這幾段文字，就已描繪出皇上與皇后二人琴瑟合鳴、夫唱婦隨景象，尤其「明年后生皇子睿」，蕭皇后此時可謂貴不可言。

但就在這一片錦衣富貴中，蕭觀音的人生也來到最高榮景。作者卻在此盛極處埋下衰兆。蕭觀音在皇太叔重元妃入賀皇子誕生時直斥她：「貴家婦宜以莊臨下，何必如此？」一句話惹來往後多少事端。重元妃因此心生怨氣歸罵重元，引得重元父子合定叛謀，這才使耶律乙辛得以因平亂有功而晉官加爵，「威權震灼，傾動一時」；也因此有「惟后家不肯相下，乙辛每為怏怏」的心結，加上蕭觀音之子睿冊為皇太子，使乙辛「益復蓄奸為圖後計」，此其一。其二，重元父子叛變失敗後，其家婢單登被收入宮中，因此才有機會陷害蕭觀音。

而蕭觀音與遼道宗的感情也開始出現變化。過去帝出遊，后隨行；而今帝狩獵，后上疏，一片為君為國扮盡賢良，卻換來道宗的厭惡和疏遠。蕭觀音因此做〈回心院〉賦樂，寄望君心得聽，以挽回過去恩愛。因此才有重用趙惟一引來單登妒嫉等後續一連串發展。繁華過眼，蕭觀音卻渾然不覺，在

生命最華麗的盛景下，消亡已在遠遠生命的另一端開始滾動。

（三）琵琶詩書與人情世故

蕭觀音愛琵琶詩書，但卻昧於人情世故，無法即早察覺單登對她的恨。當初遼道宗常召單登彈箏，蕭觀音諫：「此叛家婢，女中獨無豫讓乎？安得輕近御前！」因遣直外別院，這使得單登早已懷恨在心。蕭觀音諫遼王說單登是「叛家之婢」，不讓她輕近御前，目的不是為了防小人而是為了護主，因此她得罪單登卻不自知。單登雖被派它院，但「常得見后」，當單登怨蕭觀音只眷顧趙惟一時，蕭觀音忘記自己曾面諫遼王此人是叛將家婢，還「后乃召登，與對彈四日二十八調，皆不及后彈，愧恥拜服」。她愛琵琶詩書，想以技服人，讓單登心服口服，卻昧於人情世故，以君子之心，對小人並不設防。她對耶律乙辛獨斷專權想必知之甚詳，對他權傾一時，「惟后家不肯相下，乙辛每為快快」〔註27〕。但她未必知道單登有個妹子叫清子，清子的夫婿是教坊朱頂鶴，而清子暗中又與耶律乙辛相好，這一層複雜的人事牽扯和關係，就足以佈置天羅地網羅織她一個永世不得翻身的罪。但是她對這一切毫不設防。對一個一心愛詩書，失寵後以絲絃自娛的皇后來說，能詩能詞彈琵琶奏管絃就成為她容易下手的攻擊點。

單登對蕭觀音直指她是「叛家之婢」，使她無緣親近君側，想必耿耿於懷。同樣能箏善彈，蕭觀音專寵趙惟一，必然更令她怨恨。因此才對她妹妹清子誣說蕭觀音與趙惟一私通，甚至在取巧騙得蕭皇后手抄的《十香》淫詞後，出來對其妹子說：「老婢淫案已得，況可汗性忌，早晚見其白練掛粉屍也。」可見她對蕭皇后懷怨之深，必置之於死地。

一個專愛琵琶詩書卻不敏於人情世故的蕭皇后，和一個心懷怨恨的宮婢單登，兩個女人，牽動遼王朝一場政治上的宮闈秘辛，腥風血雨。蕭皇后自縊，皇太子耶律濬其後也被耶律乙辛害死。這一切真是天命如此？還是蕭觀音的「性格造就」？如果性格即命運，那麼一路牽著蕭觀音的人生走向她天命的，會不會是她的家世背景——出生官宦之家、一生順遂的榮華際遇，及她只知寄情琵琶詩書，卻對真實人間複雜險惡的人情世故不敏於觀察的個性所造成？

〔註27〕 按，蕭觀音的父親蕭惠也是遼國貴族，何況女兒貴為皇后，孫子耶律濬年輕有為，又已立儲君，不日可登基為帝，對當時任宰相（即樞密使）的耶律乙辛不假辭色，也不足為怪。

三、敘事

　　本篇小說承襲了自司馬遷《史記》的史學精神，以紀傳體的敘事手法寫文言小說，採全知視角書寫。以下說明敘事手法：

（一）敘事視角

　　故事以當朝史實為基礎，採用得自蒙哥（妻乳母之女）和蕭惟信的第一手資料，用虛構的敘事手法，以紀傳體方式描摹而成。全書以類似史學家的角度用第三人稱書寫，採用全知視角做客觀的描摩和敘述。小說的結構形式也像一般的自傳體史書，先鋪陳情節，營造天降異象的詭譎氣氛，之後側重描述事件的過程，由前因、發展、變化、高潮，最終在結尾喟嘆處道出個人意旨，抒發個人看法。

（二）敘事意旨

　　王鼎以自然而不失典雅的語言，透過鮮明的人物刻畫，描述蕭觀音由出生、登后、到不幸遭人陷害終而以白練自縊的經過，通篇結構嚴謹。他讚譽蕭皇后聰穎有才德，同情她因心繫社稷諫阻道宗出獵而引失寵、終致招奸人陷害的悲慘命運。敘事過程中，他暗批遼帝好獵輕國事且性忌，抨擊耶律乙辛凶慘無道，張孝傑為儒不義，揭示「自古國家之禍，未嘗不起於纖纖」之理。從頭到尾，他看似在揭露一位文采、識見、德性兼俱的皇后如何失寵、遭陷終至自縊而亡的過程，但在他刻意製造的宿命悲劇的障眼煙幕下，卻是作者要抒發個人胸臆的不平。

　　一個自認知道事實真相、有正義感而滿腔義憤的落魄文人，面對政治晦暗和個人流亡，他不能明著將其憤懣宣洩，不得不利用穿鑿附會的虛構異象和精心舖排的悲劇宿命劇情，傳達其創作意圖，也就是他在文末所喟嘆：

> 嗟嗟！自古國家之禍，未嘗不起於纖纖也。鼎觀懿德之變，固皆成于乙辛，然其始也，由於伶官得入宮帳。其次則叛家之婢使得近左右，此禍之所由生也。第乙辛凶慘無匹，固無論。而孝傑以儒業起家，必明於大義者，使如惟信直言，毅然諍之，后必不死。后不死，則太子可保無恙。而上亦何慚於少恩骨肉哉！乃亦昧心同聲，自保祿位，卒使母后儲君，與諸老成一旦皆死于非辜。此史冊所書未有之禍也。二人者，可謂罪通於天者乎！然懿德所以取禍者有三：曰好音樂與能詩善書耳。假令不作〈回心院〉，則《十香詞》安

> 得誣出后乎？至於《懷古》一詩，則天實爲之。而月食飛練，先命
> 之矣。

作者綜述蕭觀音的死是宮廟內鬥，是一場政治悲劇。尤其蕭后死後，太子也
被害死，暴露出當時朝庭爲奸人把持，更甚者是張孝杰身爲儒者，應該深明
大義，卻爲「自保祿位」，助紂爲虐。直斥這些惡名垂史的奸宦，頗有意在言
外之音。另外，王鼎在文末提出蕭觀音因爲「好音樂、能詩、善書」而自取
其禍，或未能跳脫「女子無才便是德」之框架〔註28〕。

綜上所述，觀王鼎全篇內容及其結尾的評價，雖無一字爲蕭觀音喊冤叫
屈，但實則暗示蕭觀音之死有大冤屈。他雖一字未提遼帝，但若非遼帝善忌，
又何至屈死蕭觀音？作者表面上雖未明言，卻運用皮裡春秋的手法，婉曲深
微、意在言外，當然也明哲保身。其實，做爲一個當朝人寫當朝事，自然有
諸多忌諱，如此曲筆寄意也是不得不然的選擇。

肆、本篇小說與史傳之比較

關於《焚椒錄》的主角蕭觀音的一生事跡，《遼史·后妃傳》及《契丹
國志·后妃傳》中都有記載。以下將《焚椒錄》與這兩部史傳的內容作一比
較：

（一）關於蕭觀音的形貌才情

《遼史·后妃傳》載：「姿容冠絕，工詩，善談論。自製歌詞，尤善琵
琶」，這與《焚椒錄》所述「姿容端麗」、「復能歌詩」、「彈箏琵琶尤爲當時第
一」雖然相去不遠，但前者並未記載蕭觀音的任何詩作，不像《焚椒錄》，載
錄蕭后詩四首、詞十首，展現她多才能文的一面。姑且不論蕭觀音作品的文
學成就或評價，但若沒有《焚椒錄》，則世人永遠無法得知原來遼國曾有過這
樣一位能賦詩做詞、善於舞文弄墨的女文人，而她生命的盡頭走得如此凄厲
哀絕。她的詩、她的詞、她的人及她的情與怨，都因《焚椒錄》而留傳千古，
這是《焚椒錄》的貢獻，也是《焚椒錄》爲兩百年大漠《遼史》所保留下來
的芬芳情采。

〔註28〕 張晶先生認爲，王鼎是從遼「以鞍馬爲家的民族習俗」觀點出發，而非囿於
　　　 中原的「女子無才便是德」。同註4，《中國古代文學通論──遼金元卷》，頁
　　　 179。

（二）關於蕭觀音被誣陷一案的記載

《遼史・后妃傳》載：「好音樂，伶官趙惟一得侍左右。大康初，宮婢單登、教坊朱頂鶴誣后與惟一私，樞密使耶律乙辛以聞。詔乙辛與張孝傑劾狀，因而實之。族誅惟一，賜后自盡，歸其屍於家。」《遼史・后妃傳》則僅書皇后被誣，但被誣的原因為何並未說明，只說宮婢單登、教坊朱頂鶴誣后與惟一私通，為何乙辛，張孝傑劾狀能「因而實之」，其間原委，隻字未提。但《焚椒錄》借用類似紀傳體的寫作方法，由遠而近，話說從頭，詳載宣懿皇后被誣事件的始末，鋪寫情節，然後在文末言簡意賅的點出事件發生的原因，使人得見宣懿皇后冤案的來龍去脈。

至於《契丹國志・后妃傳》則說蕭觀音：「生有神光之異，后入宮為芳儀，進位昭儀。生空古里，是為秦王鼎，後名元吉，餘子皆不育。道宗登位，后正位中宮，性恬淡寡欲。魯王鼎宗元之亂，道宗與同射獵，內外震恐，未知音耗，后勒兵鎮帖中外，甚有聲稱。后崩，葬祖州。」其中對《焚椒錄》所記，一樣隻字未提，而且所描繪者似是一能武之北方女子形象，與《焚椒錄》及《遼史》所記工詩善彈琴的形象頗有差距。因此有學者認為「《契丹國志》中所載宣懿皇后勒兵事應為興宗皇后」〔註29〕。

由上述《焚椒錄》與《遼史・后妃傳》及《契丹國志・后妃傳》的比較，難怪學者認為《焚椒錄》具重要史料價值，既能「補《遼史》記載宣懿皇后誣案之疏漏；補《遼史》對宣懿皇后詩文失載之不足」，又能「正《遼史》《契丹國志》之失」〔註30〕。

（三）《遼史・后妃傳》載：「皇太叔重元妻，以豔冶自矜，后見之，戒曰：『為貴家婦，何必如此！』」這一段記載與《焚椒錄》中所述雖然雷同，但僅此一句再無其它。然而這個不起眼的小事件在《焚椒錄》小說中卻被深入解讀，描繪成另一個家族的禍水紅顏，佈置成這一切禍事的遠因。且看《焚椒錄》伏線云：「明年后生皇子睿，皇太叔重元妃入賀，每顧影自矜，流目送媚。后語之曰：『貴家婦宜以莊臨下，何必如此？』妃銜之，歸罵重元曰：『汝是聖宗兒，豈虎斯不若。使教坊奴得以可敦加吾。汝若有功，當除此帳，笞撻此婢。』於是重元父子合定叛謀。」就因重元父子叛變，才有耶津乙辛的

〔註29〕 呂富華，〈《焚椒錄》的史料價值探討〉（《赤峰學報》「漢文哲學社會科學版」，2010年第31卷第4期），頁17。

〔註30〕 同上註，頁15～17。

崛起和「叛家之婢」單登的出現，也才有後來的一切禍事。由此即可看出史傳的單調乏善可陳，僅冰冷地記載人、事、時、地，無波瀾驚醒；但相較《焚椒錄》小說，不但鋪陳氛圍、講究情節、揭露心理，內容高低起伏，生動、深刻、也引人入勝。末了還以春秋筆法在敘事和人物形象的描寫中寄寓個人對時事的褒貶，以發抒心中所思所感，甚至一吐悶騷。

縱觀《焚椒錄》全篇內容及其結尾的評價，王鼎的《焚椒錄》意旨至少有以下兩點：

首先，在明，當然是要為蕭觀音平反昭雪。可以想見，在王鼎當時，當朝國母和儲君之死應當是眾人皆知的大事，也應是百姓茶餘飯後的話題，謠言傳說想必漫天。王鼎做為一個知識份子，一個自認知道事實真相的人，他有必要也有義務發揮良知良能將之說出來，以為蕭皇后平，以正視聽，讓公義得昭彰。

其次，在暗，是揭露時政敝病。王鼎說得很清楚，「鼎觀懿德之變，固皆成于乙辛，然其始也，由於伶官得入宮帳。其次則叛家之婢使得近左右，此禍之所由生也」。換言之，王鼎認為，雖然為官不義（乙辛凶殘和孝傑為一己之私自保祿位）是母后儲君喪命的原因，但制度殺人（伶官得入宮帳、叛家之婢使得近左右）也是原因之一。遼代籍沒法的特點是「實施的寬泛和對籍沒人員的實用及管理方面。大批籍沒奴隸成為帝后之私奴……世宗以後，許多被籍為奴婢者在帝后身邊執役，漸成制度。所謂的『著帳為近侍』，實為遼朝所僅見的現象。」〔註31〕這一奇特的制度成為宮廷政變頻繁發生的原因之一。顯然王鼎對這一點也有他個人的敏銳觀察，因此才有「自古國家之禍，未嘗不起於纖纖也。」制度殺人，這應該是王鼎對當時政治制度的不滿，是他的隱言批判，而蕭觀音只是一個不良制度下的犧牲者。至於《懷古詩》中出現的趙惟一三字，就連王鼎都感到難以解釋的巧合，或許只能說真是「天意如此，徒呼奈何」了。

最後，激發王鼎寫《焚椒錄》的原因，當然與自身懷才不遇和謫貶失意

────────────

〔註31〕 所謂「籍沒」，本意指登記並沒收家產入官。遼代的籍沒法，王善軍先生指出，「籍沒法是遼代法律中的一項重要制度，在司法實踐中佔有重要地位。它的適用範圍雖然較廣，但主要則是謀反、謀叛、謀害重臣等所謂『反逆』之罪。籍沒對象不但包括家產奴婢，也包括家屬親屬。被籍沒者多成為帝王、群臣、將校的私人奴婢」。王善軍：〈遼代籍沒法考述（文本全文）〉（《民族研究》，2001 年 02 期），頁 60～67。

有關。發生在蕭觀音身上的悲劇跟王鼎被流放飄零身世頗有悽悽然相憐之處。蕭觀音不得帝幸，王鼎也未獲帝王青睞。王鼎對當朝蕭皇后的不白之冤既然知之甚詳，基於義憤，在奸臣伏法皆之後，自然要「『略無隱避』，『反覆極言』，毫不保留地表現了他對懿德皇后的同情和由這事件所顯示出來的政治混濁的不滿。」〔註32〕意即，在封建制度的政治陰影底下，想直抒胸臆，就只能藉著藝術的外衣包裝，將眞實的感懷以小說形式表現出來，這也是帝制時代的生存之道和保護自己的障眼法。

伍、結論

《焚椒錄》是遼代至今所見碩果僅存的一部當代文言小說。故事主要敘述遼道宗的妻子懿德皇后蕭觀音因善詩文好音律而遭宮婢單登和當朝宰相耶律乙辛、參知政事張孝傑等羅織罪名，誣陷她與伶人趙惟一私通，最後被遼道宗賜死，以白練一段結束充滿悲劇性色彩一生的故事。

作者王鼎爲當朝遭貶謫的文人，因知道蕭觀音被害眞相和事實經過，基於「大黑蔽天，白日不照」的義憤，將其所知所聞，以類似史家的全知觀點搭配悲劇宿命的敘事藝術手法，將蕭觀音由出生到死亡的戲劇化一生鮮明生動地刻畫出來，情節曲折，以天降異象與宿命悲劇的氛圍爲開端，歷經發展、高潮和結尾，最後在象徵命運鎖鏈的白練復現中軋然而止。爲蕭觀音平反昭雪之心固然情眞意切，文末以微言隱意訴說個人意旨，針砭時政盡洩胸臆之騷，也同樣慨憤而激越。

《焚椒錄》以自然而不失典雅的語言，用傳記小說手法敘述蕭觀音由出生、封后、到不幸遭奸人陷害的經過。透過鮮明的人物刻畫和情節安排，揭發一段不爲人知的宮闈秘辛，也留下一則關於一個皇后之死的千古絕唱，替遼文學留下一抹彌足珍貴的文言小說印記。相較於《遼史》或《契丹國志》的簡約制式，《焚椒錄》豐富生動、人物形象鮮明、情節連貫，對當代宮闈生活的細部描述和蕭觀音的詩詞疏奏呈現，都有其一定的史料參酌價值。

引用書目

1. 《焚椒錄》，王鼎著，收入程毅中編，《古體小說鈔‧宋元卷》，北京：中

〔註32〕同註20。

華書局，2001 年。

2. 《中國古代小說總目·文言卷》，石昌渝主編，太原：山西教育出版社，2004 年 9 月。

3. 《中國古代文學通論——遼金元卷》，傅璿琮、蔣寅總主編，張晶主編，瀋陽：遼寧人民出版，2005 年 5 月。

4. 《中國文言小說總目提要》，寧稼雨著，山東：齊魯書社，1996 年 12 月。

5. 《中國文學史》，章培恆、駱玉明主編，上海：復旦大學出版社，1996 年。

6. 《文言小說審美發展史》，陳新文著，武漢：武漢大學出版社，2002 年 10 月。

7. 《五胡興華：形塑中國歷史的異族》，劉學銚著，台北：知書房出版社，2013 年 9 月。

8. 《宋元小說研究》，程毅中著，南京：江蘇古籍出版社，1999 年 9 月。

9. 《居易錄》，（清）王士禎著，台北：台灣商務印書館，1983 年。

10. 《姚際恆著作集》，（清）姚際恆著，臺北：中研院中國文哲研究所，1994 年。

11. 《納蘭詞箋注》，納蘭性德著、張草紉箋注，上海：上海古籍出版社，2003 年 9 月。

12. 《契丹國志》，（宋）葉隆禮撰，臺北：藝文印書館，1969 年。

13. 《唐宋傳奇總集》，袁閭琨、薛洪勣主編，鄭州：河南人民出版社，2002 年 7 月。

14. 《補遼史藝文志》，（清）黃任恒著，北京：清華大學出版社，2013 年 1 月。

15. 《傳奇小說史》，薛洪勣著，杭州：浙江古籍出版社，1998 年 12 月。

16. 《傳奇小說通論》，石麟著，鄭州：中州古籍出版社，2005 年 11 月，頁 361。

17. 《遼史》，（元）脫脫等奉敕修，台北：中華書局，1983 年。

18. 《遼史藝文志補證》，（清）王仁俊著，北京：清華大學出版社，2013 年 1 月。

19. 《遼詩話》，（清）周春輯，台北：新文豐出版社，1996 年。

20. 〈《焚椒錄》題跋釋文〉，（清）李文田著，見國家圖書館「古籍與特藏文獻資源」，網址 http://rbook2.ncl.edu.tw/Search/SearchDetail?item=c0cc22c1915945ea8350567df7469a47fDU0MTAx0，上網日期 2014/6/16。

21. 〈《焚椒錄》及其史料價值考釋〉，尤李著，《古籍整理研究學刊》，2011

年第 6 期，頁 103～107。

22. 〈《焚椒錄》的史料價值探討〉，呂富華，《赤峰學報》「漢文哲學社會科學版」，2010 年第 31 卷，頁 15～17。

23. 〈遼代籍沒法考述〉，王善軍著，《民族研究》，2001 年 02 期，頁 60～67。

24. 〈蕭觀音與王鼎《焚椒錄》〉，李正民著，《民族文學研究》，1998 年 3 月，頁 73～77。